魔像
逗子物語
橘外男
赤首之繪
片岡鐵兵
魔像
蘭郁二郎
血型殺人事件
甲賀三郎
木魂
夢野久作
不可思議的空間斷層
海野十三
不在地圖上的街道
橋本五郎
抱茗荷之說
山本禾太郎
絕景萬國博覽會
小栗虫太郎
EX-LIBRIS
©DEE TEN PUBLISHING CO.

魔像

蘭郁二郎等／著
銀色快手等／譯

笛藤出版

目錄。

逗子物語。

逗子物語

一九三七年八月 發表於《新青年》

作者簡介 橘外男

本名即是橘外男。明治二十七年（一八九四年）十月十日生於石川縣金澤市。雖出生於嚴格的職業軍人家庭，然而在二十一歲時卻因盜領而進警局。他波濤洶湧的人生，可以參考《我是有前科的人》、《某小說家的回憶》這些自傳式小說。小說《回想奈林殿下》曾獲直木賞。昭和三十四年（一九五九年）在東京去世。

以《回想奈林殿下》獲得直木賞的橘外男，從沒想過自己會被歸類到偵探作家，本篇〈逗子物語〉或是另一篇〈蒲團〉能夠留下這樣優秀的恐怖小說，必然是位具有卓越才能的推理小說作家。

在逗子[1]，有一個屬於天台宗的寺廟名為「了雲寺」。說得更精確一點，應該說是在逗子與田浦中間的地段，或許說比較接近田浦方向更適切些。對於從東京來避暑的旅客而言，這一帶既偏僻又荒涼，幾乎沒什麼人會來到這裡。

沿著田越川，左邊可以看見神武寺，經過飛沙走塵的三崎街道，走啊走的，約一里吧，道路又向兩邊，往左那條是單調又遍布灰塵的道路延續，另一條向右延伸，是一條多石礫的山徑。

了雲寺就是從這條路右方的山徑進入，大約再走個七、八條街的距離，道路豁然開朗，不遠處有一棵高大的櫸樹，樹蔭下幾乎無人往來的道路上，有一戶人家豎起一面褪了色的旗子，標示有草鞋、小點心之類的商品販售。正對面即是一段長長石階的入口，一塊刻有「不許葷酒」的文字且長滿青苔的古老石碑在那邊，然後便是長到讓人心頭為之一緊的石階……對這個無名的鄉下寺廟而言，顯然是太奢侈了一點的長石階……往上看彷彿一直延伸到山頂。白天也顯得陰暗的老杉樹密密覆蓋了整座山，不管什麼時候來，總是沙沙地搖晃著枝葉，簡直有一股森寒之氣，如山岩湧出的水一般教人沁心透涼。

以上就是我要向各位介紹的，發生驚異事件的逗子了雲寺的全貌。

擁有這樣的規模不難想見，當時必然是一座造型非凡且有格調的寺廟，然而如今卻只是荒廢一隅的古廟。不知道有沒有住持在裡面，每次來到這裡，除了林木森森，廟裡一個人影也沒有。只聽見遠方相模灘[2]傳來的強烈海風，有如怪獸咆哮般穿越層層的蓊鬱山林而來。在有月亮的晚上來到這裡，會感覺整座山像是一頭漆黑的怪物，隨時會從頭頂上撲過來！我在借宿的民房裡，光是向房東太太聊天提到這裡，就會忍不住縮緊了脖子簌簌發抖。

撇開這個部分，我究竟是在何時走向這座彷彿被塵世遺棄、充滿陰濕瘴氣的山寺呢？

詳細經過我已不太記得了，大約是剛結婚不久，妻子胸部的病痛發作，後來在鎌倉的醫院過世，正好在那個時候吧！我經常就這麼一個人遠離凡塵過著百無聊賴的日子，帶著幾分厭世的情緒，而這般杳無人跡的幽靜場所正好契合我的心境。於是什麼事也不做呆呆過著憂鬱的每一天。

當時的我，目中所見、耳中所聞，盡是對死去妻子的點滴思念。於是一有空閒，我便一個人啪嗒啪嗒地踏上這座山寺的石階。

1　位於日本神奈川縣三浦半島底部、橫濱市的南西、橫須賀市的北西、鎌倉市的南面、三浦郡葉山町北面的都市。

2　是位於日本關東地方南部的一個海灣。範圍為三浦半島南端城島（三浦市）到真鶴半島真鶴岬（真鶴町）之間連線以北的海域。

逝者已矣，我倒不是一直抱著悲慟不捨的痴情長期痛苦。從這寂靜的石階拾級而上，整座暗黑的森林遮掩了古舊的廟堂和大殿一帶的山地，石階沿著森林穿過長滿青苔的死寂墳場，當我終於走到臨海的斷崖邊坐下，腳下是數十座覆蓋新綠、綿延起伏的山巒，對面則是一望無際的碧波萬頃、遼闊的深藍綠色海洋。

映入眼中的是海天一色的青，沒有船的時候，海面上甚至看不見任何一個小島，只有站在斷崖上高高俯瞰的赤松，伸展著附有蟬聲的枝椏，偶爾闖進我的視野。

我一面聽著蟬鳴，躺臥在斷崖邊的草地上，看著海、天，有時眼光會望向旁邊的墳場，便想起死去的妻子。對於那時的我來說，這是我最快樂的度日方式，也只有在那一瞬間，沒什麼宗教信仰的我，彷彿看到一抹溫柔綻放在死去妻子憔悴的容顏上，而使我籠罩在一股喜悅之中。

當然，我的妻子葬在東京，與這個孤伶伶的山寺一點關係也沒有。而我為什麼每次來到這裡，就會產生那樣的感覺？老實說，連我自己也說不上來。然而當時我那樣坐在蒲團上讀書打瞌睡時，這座斷崖經常會突然闖進我的腦海裡，像是看見妻子向我招手一般，我興高采烈地無論路途多遠都會晃啊晃地來到這個地方。

這故事就是發生在那個時期的某一天。

那天，我一如往常走到山麓斷崖，沒有目的，放任自己沉淪在失去控制的思緒裡，就這麼過了半天。待回過神來，太陽已經沉向海的那一端了，只剩幾絲殘餘的金光，亮晃晃地映著海面。天光漸暗，黃昏暮色掩映上這座寂靜的斷崖。我正想：「又過了一天」的時候，忽然之間，耳朵不由得豎了起來。

不知何處傳來年輕女性低低的啜泣聲，在這杳無人煙的山林隱約可聞。我大吃一驚，觀察一下周遭，卻沒發現什麼異狀，除了餘暉偶爾映見的幾座墓碑閃著青白光芒。

我拍了拍褲子上的灰塵，猜想大概是錯覺吧！然而此時卻更清楚地聽見女子的啜泣，年輕女子的嗚咽聲中，還斷斷續續地在努力解釋些什麼話語。另外還有個像是被壓得動彈不得的老者，囁囁嚅嚅地說著話。

我嚇了一大跳！如同先前說的，這地方我來過不知多少次，從來沒遇到半個人，根本是人跡罕至。然而在這麼寂靜的地方，在這暮春餘暉將盡的黃昏，竟然會聽見這麼不可思議的……人的啜泣聲和吵架聲，真是做夢也想不到。

一股難以言喻的詭異感自心底升起，我全神貫注地聽他們的動靜，拂去身上灰塵的動作放得輕輕慢慢的。接下來斷斷續續傳來小孩的聲音：「爺爺！不要！我不要阿藤被爺爺責罵！」即使聲音斷斷續續的，但那的確是個小孩的聲音。一想到有小孩子，先前的驚怖感消失了，取而代之的是一旦湧上便無法收拾的好奇心。

不管嗚咽聲也好，責罵聲也罷，偷聽人家談話畢竟不是一件正當的事，只是此時此地實在難以克制好奇心，便躡手躡腳地朝著聲音的來源探去。終於發現聲音是從距離七、八步不遠處的森林旁，一座引人注目的大墳後面傳來。

我小心翼翼穿越高大絆人的草叢走進墳場，終於在兩、三碼的距離……一個較其他墳墓大上許多的墳前，看到三名男女佇立在那裡。

其中一人是穿著棉質短襖的老爺子。看來一直都是他在開罵；另一個是年約二十五、六歲，像是大戶人家的年輕女傭，頭髮梳成氣質高貴的島田結[3]。在她身邊的是一個約十二、三歲的少年，他滿眼含淚望著老爺子，蒼白的臉頰看來是一位美少年。

從老人與女子的舉動看來，總覺得他們對這位少年極為殷勤，這名幼小少年或許是他們的主人吧！未戴帽的他露出女孩般一頭黑亮的鬌髮，長長的睫毛，凜然的雙眼，即使含淚也掩不住英氣，雪白的臉頰、細緻的手足……這是一個很容易被誤認為女孩的美少年。唯一美中不足的是：在這個梅雨季將至的溽暑，他居然還穿著襪子和長大衣，衣帶高高繫在胸部，看起來像是藝人的孩子，要不然就是帶病之身，總之感覺他很柔弱。

老人面向墳墓，表情似乎有幾分不捨，邊喃喃自語邊迅速撥灑銅水桶裡的水沖淨墓石。突然，灑水的手停住了，這一回我聽得很清楚，一個沙啞低沉的聲音對著婦人說：

「說什麼好可憐好可憐，結果妳自己先哭出來……真是呆子啊？就只會呆呆杵著不說話……」

接下來的話尾在老人特有的口吻中消失，我就聽不到了。

「夠了！老爺子！不要這樣罵阿藤，我已經不哭了嘛……」少年關心那位以衣袂掩面的女子，像是要打圓場似地說道。大概是喉嚨痛的關係，難怪少年的聲音低沉沙啞，不像是幼弱小孩的聲音。

「什麼！少爺啊，老爺子我可不是在罵人哪，還不是阿藤說話太莫名其妙了，才唸了她幾句……可不是要您擔心來著哪！」

3　島田結由前髮、鬢、髻、褒（日本婦女髮型後部的突出部分）組成，是一種將耳後的髮卷移至頭頂的髮型。

接著老人很快將水灑向石台，似乎對著少年的方向做了個笑臉。躲在墓碑陰暗處的我看不到表情，只聽到他為了討好少年而發出爽朗笑聲，在將暗的昏暮中詭異地空響。後來大約是點了火，一縷香煙從墓中裊裊升起。

「可以了。少爺，膜拜吧！」老人沙啞的聲音傳來。

「今天時間太晚了，下次要早點來。每次都對少夫人這麼說，也真是夠了。快點過來拜拜吧！少夫人已經等少爺好久囉！」

老人自言自語地站起身，長長的眉毛半遮眼，一直望著少爺的背影。

有一陣子沒有再聽見什麼聲音了，只有風吹過樹梢的沙沙聲，偶爾有嗚咽聲傳來，邊哭邊用衣袂遮住臉孔的女子，又開始嘀嘀咕咕地似乎在解釋什麼。

於是少年悲傷的哽咽與老人安慰的聲音，囈語般低低傳進我的耳裡。

「請不要哭了。少爺是好孩子，好孩子不要哭。往生者看到你的眼淚，會心有牽掛，就不能成佛了喔！來，再拜一次，對對對，少爺是好孩子，好孩子不哭喔！」

老人與女子在少年身後，一直合掌並以頭觸地跪拜。老人安慰少年的話語本身也像含著淚似的……一句一句彷彿從地底爬過來，滲進我的心、我的魂魄裡面。

裊裊升起的香煙往我鼻頭衝來，我的眼睛一熱，幾乎就要跟著這三個人一起哭出來了。雖然搞不清楚是什麼事情，但我胸口一股熱血沸騰，心想：如果一起哭可以稍減他們三人的悲慟，那我是十分願意代他們哭泣的。

幼小的少年、樸實的老人和女子，他們單純的淚，將祝福迴向給死去的人，沒有一座墳不會因此而感動吧？連我這什麼也不知道的人，遠遠地看著都不禁要淚流滿面。我這般忘情地感嘆，不覺茫茫然地站起身，而後不知靜止了幾分鐘還是幾十分鐘，如入夢中無我之境，我呆呆杵在那裡。

約莫三人祭拜完畢正要離開的時候，我在恍惚中離開墓碑，悄悄步入森林。在這樣荒郊野外的山墳裡，很難得有這麼氣派的關門聲，嘰的一聲簡直硬生生插進我的胸膛，那喀擦喀擦重重上鎖的金屬磨擦聲又刺入我耳膜。三人踏著落葉穿過樹叢，從我面前五、六步之遙的小徑往寺廟大殿的方向走去。

夕陽終於整個從海面沉沒了。餘暉映著天邊一片鮮紅，從那三個人的方向，應該不會看到站在陰暗處的我吧！然而從我的方向，也只能在眩目的金光中看到他們三人朦朧如霧的身影。這三個人的臉色如何呢？他們老是朝我佇立的方向望過來，不曉得他們究竟知不知道我躲在那裡。

我仔細一看，不覺倒抽了一口冷氣，全身如入冰窖之中。那，該說是活人的臉色嗎？簡直面如灰土，或是呈現半透明的蠟黃色。這三人正從我面前五、六步的距離走到對面。少年拉著直低頭的女子的手靜靜走著，身體前傾的老人提著銅桶子走在後方。

但聞步履踩在落葉上，以及風吹樹梢的沙沙聲，接著一陣強風吹得滿山枝葉嘩嘩作響，三人的跫音終於再也聽不見了。

風靜止了，我仍佇立在原地，彷彿仍聽見那些聲音。爾後漸漸有一股沉重的感覺壓上胸口，我深怕稍微移動就會褻瀆了現下寂然美麗的幻影。然而等他們的跫音離去，整座墳場安靜得幾乎連掉了一根針都聽得見，這種深切的孤寂不知不覺已滲透進我的靈魂。

我全身的重量深深踩在帶濕氣的落葉上，發出了悶悶的喳喳聲，打破周遭的寂寥。彷彿有人從林木深處攫著我的頸子，林間茂密的草木叢裡，許多小鳥的眼睛發光，像是密切注意我這位闖入者的一舉一動。沉重的寂寥感，壓迫得我喘不過氣。

我再也受不了了。從林中小徑逃出來時，太陽已完全下山了。周圍的樹木已經模糊得看不清楚，夜色一點一滴完全占領寺廟大殿。林立的墓碑上方也逐一為夢幻般的黑暗掩蓋，這當中還是那三人祭拜過的大墓最為氣派。

我很好奇，那墓中究竟是何許人也？有兩、三次我忍不住好奇看過去，但在這般寂靜的黑夜裡，那座大墓好像融化在黑夜中，恐怖得令人不敢靠近，於是我什麼也沒看到，就逃離了墳場。

沒多久，在完全轉暗的夜空下，陷入思考的我快步走在只有星光照明的幽暗村徑，不知不覺已看到逗子的燈火了。這一條原本長而單調的街道，出於剛才一路想著那三個人的事，心裡充滿疑惑，走著走著也就不覺得路途遙遠了。

「天哪！您怎麼這麼晚才回來？去了什麼地方啊？我還以為您是到東京了！」

房東太太端出冷掉的晚餐，我趕緊向她打聽關於那三人祭拜那座墳墓的事。

「好可怕喔！先生，聽說了雲寺那裡，一到晚上就會有狸的化身出現，大家都害怕得不敢靠近，那裡不是像您說的會有那種美少年去祭拜的地方啊！更何況那裡的墓都只是附近這些人家的墳墓，並沒有什麼名門望族的氣派大墓啊！」整日都隨丈夫下田工作，曬得一身健康膚色的房東太太，縮著脖子嗤嗤笑說。

「熱水已經放好了，請您使用。」

房東露出臉來，聽到房東太太的話之後，便提及：

「唔……那地方應該不會有那麼氣派的墓才對……至少聽都沒聽過。」

房東夫婦對望了一眼，互相點了點頭。

「這麼說來……那裡是有像太兵衛還有其他民家的墳墓……但是會有那麼美的少爺來祭拜，恐怕是來自東京的人吧？……如果說身體孱弱的少年，還有叫做阿藤的女傭……加上一個老爺子……到底會是什麼人呢？」

他們和一般善良而遲鈍的老百姓沒有兩樣，交疊雙臂思考著，想來想去也想不出所以然。但顯然兩人都非常好奇，以至於忘了要洗澡這一回事。

「啊，我倒沒有非得知道那是誰不可……別胡思亂想了，飯吃飽了就去洗澡吧！」

結果還是我出來打圓場，不然那兩人比我還要投入，一直揣測思考著，就算想破腦袋也沒用。

「怎麼也想不出來了。那……熱水已經放好了，先去洗澡吧！」

房東總算放棄站起身，就在那一瞬間，大概是先前的努力思考發揮了作用，房東的腦袋忽然靈光乍現。

「我知道了！我知道了！總算想到了！」房東拍了拍膝蓋。

「就是那個，那個……喂，就是那個日野家的墳墓啊！」房東眼睛閃閃發光，像是砍了妖魔腦袋般地興奮。

「啊……對對對，我也聽說了。那個應該就是日野家的少爺啦！沒錯、沒錯，我剛剛一直想不起來。」

「先生，你聽說過偉大的女音樂家日野老師吧？有那樣的美少年應該不會是別人。日野家的別墅就蓋在距離這裡一里左右的地方。」

「日野？你是說日野？」

我大吃一驚。如果說是名音樂家日野，指的應該是名鋼琴家日野涼子。我是沒有特別注意她是活著還是已過世了，但據說業界對她的評價相當高，不但是個天才，還是個美人。

「會不會就是日野涼子啊？」

「是啊！好像就叫做涼子，一定是他們家的少爺。我們也不是很清楚，只聽說半年前那座墳墓就蓋起來了，還留下年幼的少爺……」

「聽說過！聽說過！不過我只聽說過她的名字！」我深深頷首。

「喔！原來那個日野涼子已經去世啦！她的墳墓居然埋在那兒，真令人驚訝！」我其實什麼也不知道，只是徒然感慨地這麼說。

名鋼琴家日野涼子！在競爭如此激烈的樂壇上，她不是老早就出道了。我以為或許她的聽眾都還記得她的名字。

早年，她曾以女鋼琴家的身分，被當成最具潛力的樂壇新人，所有人都十分關注她未來的動向。年僅二十三、四歲，就被喻為天才鋼琴家，受到當時整個樂壇的肯定。她擁有如此特殊的才華，同時人又長得高雅大方，在盛傳男女關係紛亂的樂壇，始終堅持自己的操守，為人品行良好，又經常在媒體上曝光。

據說是由於家庭因素，在距今五年前，以她還是二十五、六歲的年輕身分，突然宣告退出音樂舞台，從此銷聲匿跡，如同從社會上完全消失一樣。

我不禁喟嘆「人生如朝露」。

這位才貌雙全偏偏薄命的音樂家日野涼子，竟是長眠在奧津城下[4]，五年後的今天，我在她墳前匆匆一瞥，還記得那位孤獨少年在墳前忘形哭泣的模樣。尤其是深受喪妻之痛的我，感慨也就更加深一層了。

「年紀輕輕，為什麼這麼早就離開人世呢？還留下這麼可愛的孩子！」剛才見到的那名寂寞少年的影像突然浮現腦海，我喃喃自語地回想著。當然，這些素昧平生的人，照理說是不會讓我如此深深感動的。

「先生，大家都是這樣的。」房東太太按住左胸說道。

「或許東京的人不喜歡這個偏僻的小地方，所以很少有人會來這兒住，可是大部分從外地搬來這兒的人，都是從東京來的。」對方皺著眉頭，似乎是想要安慰沉浸在喪妻之痛的我，

4　日本關西三重深山上的一處小村落，也是古時伊勢街道的一大驛站。

看來似乎只有房東對於墳墓主人的事比較清楚。

「我不曉得那一帶的地主知不知道墳墓的事，不過，若是不清楚日野小姐的墳墓也很正常。」說完，呵呵地笑了起來。

「我也差不多全忘了，對了，先生，請到浴室泡個澡吧！不曉得水會不會太燙？」

我會覺得感慨的原因，倒不是因為我和日野涼子之間有什麼關係，完全是好奇心作祟的緣故。

「給我一條毛巾好嗎？」

我伸手拿了毛巾擦拭身體，從浴池裡站起來。

從那時開始，我對這位素昧平生，生前也未曾謀面的薄命音樂家之墓，感覺有一抹不可思議的陰影常駐我心。

又過了一、兩天，我再次造訪了雲寺，心中惦記著該去看看那座墓，果不其然，誠如房東所言，確實是日野涼子的墳墓沒錯。

晚春微陰的陽光穿過林間，嘩啦啦地照在樹葉上，像是石頭蒼白的表面反射的光芒，在日野家之墓巨大雕刻文字的側面，在戒名之下刻有俗名為日野涼子某年某月某日歿，享年二十九歲的字樣。

在其右側同樣在戒名之下，刻有俗名為日野帳三某年某月某日歿，享年二十七歲的字樣。距今約莫五年之前去世的人名，難道會是少年的父親，亦即日野涼子亡夫的名字？

墓的後方被鐵柵圍了起來，柵門上裝飾著三把扇子的家徽。山寺的墓地處於如此荒涼偏僻的地方，竟然會有罕見的大理石堂堂正正地立於四方。只有一個地方，令我百思不得其解，若是先前所見的那位老爺子曾到這裡掃墓，又為何這個墳墓如今看起來似乎是任其荒廢的樣子。

腐敗的落葉層層疊疊散落其上，白茅青萱長得像人一般高，連踩在上面的空間也沒有，任其雜草叢生。但我記得那三人確實是站在這個厚重的鐵柵門前，當時門鎖也喀喳喀喳地掛在那兒，現在仔細一瞧，那門鎖不曉得已經曝曬過多少時日沒人碰過了，以致門鎖上出現青綠色的鐵鏽。

一時之間，我很茫然，莫非真是被狐狸精所騙的心情突然湧上，但是朝周圍巡視一遍，確實那三人哭泣的地方，明明就是在這座墳墓前應該沒錯。

我再次倚著鐵柵門，把目光投射到墓碑的正面，又瞄了一次似乎是日野涼子亡夫去世的那一年，對於被喻為一代天才鋼琴家為何會突然離開音樂舞台一事感到很遺憾，於是陷入沉思的心情。我猜想恐怕是因為先夫過世後，為了要專心撫養那位少年才會提前離開了音樂舞台，想到這裡不禁與那位音樂家的內心世界產生了共鳴，心中湧起無限的敬意。

之前，在我的腦海裡，從不曾對日野涼子這個人的名字有過像現在這樣懷念的親切感。

一直低著頭幾乎要越過鐵柵的我，心中湧起不可思議的懷念之情，我打算為這位素未謀面的薄命天才祈求冥福，想在她的墓前獻花。

不巧的是，我這時才想起本來並沒有要來這兒，只是臨時起意，所以要獻花的話，只能走下長長的石階到山下的人家，或許才可以找到合適的花朵供奉，不過，素昧平生地突然向人家要求這些東西似乎太麻煩了，於是我摘下山崖邊的山百合，配上那附近綻放的野花，越過鐵柵將花供奉在墓前，雖然再次來到斷崖時滑了一跤，但一想到能夠將花獻給這位無緣得見的人，為她祈求冥福，心中真是暢快無比。

我凝望天空，彷彿見到已故的亡妻在我眼前顯現，微笑著對我說：「今天你會前來參拜別人的墳墓真是難得啊！」令我的心情感到很開朗。

從那以後，只要我心情好，就會想要來到這裡。有時來到這附近，如果沒有到日野涼子的墓前參拜一下，總覺得好像過意不去似的。所以，每次當我經過這附近時，都會提醒自己不要忘了到她的墓前進行參拜。有時候若忘了準備鮮花，就會在附近採集野花供奉在她的墓前；若是出門前記得這件事的話，就會到逗子的花店買些花拿來供奉，有時出門前臨時想起來，也會帶著平時用的線香到她墓前上香。

不知不覺距離上次遇到那位少年和老爺，已經過了約莫一個月。當我偶然和那位少年再次相逢，那時已經是陰鬱的梅雨季快結束的時候了，養神亭裡傳來如波浪般木匠揮動刨刀的聲音，我只好拉下葦簾以隔絕充斥屋內的聲響，那一天和往常一樣，再過個半天，就得踏上歸途，回到位於東京的家。

和先前一樣，夕陽朝著海的方向西沉，從森林外面可以看見泛著白色的墳墓。這時候，突然有幾隻烏鴉從巢中竄出，在晚霞遍布的天空飛行。

森林的深處，不知名的鳥兒，發出吱吱吱……尖銳刺耳的悲啼。直到那聲音停下來之後，森林又回復奇妙的靜謐狀態，甚至在山上的墓場連一片樹葉落下來的聲音都聽得見的寂寥感，在澄澈的暮色包圍下，那時我照例發出沙沙的跫音，踩著落葉來到日野涼子的墓前參拜，很多人都是選在這個黃昏時分前來參拜，不過，今天我倒沒發覺四周的墓地有沒有其他的參拜者，就連參拜完日野的墓之後依然沒發覺任何異樣。

我不想遇見任何人，免得麻煩，所以回程路上，當我聽見其他腳步聲的時候，立刻停住不動，在原地蹲了下來，這時意外地發現有個人也發出沙沙的聲音來到日野涼子的墓前，然後停下腳步。

「啊！原來是閣下啊！少爺，這就是經常前來參拜的那位先生吧！」

一位像是女僕似的人開口說話了。接著又說：

「少爺，我們要不要去跟人家道謝。向那位親切的先生好好道個謝，隨老爺子一起去吧！」

這時候，不由得感覺背脊傳來一陣冷颼颼的寒意。我蹲下來的地方，在重疊的樹蔭下還隔著幾個墳墓的距離，按理說，從他們那邊應該看不見我的所在位置呀，然而，在這薄暮之中，為什麼那些人會知道我蹲在這裡，真令我感到不可思議！

既然對方已經發覺我的存在了，我也不能再佯裝不知情蹲在這兒了，就在這尷尬的情況下，我趕緊站起來，不知不覺間他們已經走近了，從萱草發出的沙沙聲可以判別腳步聲，大約在我手邊那棵聳立的松樹蔭下，老爺和女僕似的人在那裡畢恭畢敬地彎下腰來，少年的眼睛閃爍著懷念的氣息，佇立在正中央的位置。

很明顯地，我知道時間已屆傍晚，然而他們每個人身上穿的衣服，看起來與普通人很不同，而且他們三人面如蠟色死板板的樣子，看起來不像是活在世上的人，這讓我再次感到毛骨悚然……

「別這麼客氣……」我連忙站起來回應。

「其實不用向我道謝，只不過是順道去墓前參拜略表心意而已。」

不知怎地，我笑著站起身，感覺女僕似的那名女子好像連忙要制止我，希望我保持原來的姿勢，於是「那麼，時候不早了，少爺，請好好向對方道謝吧！太晚回去不好……」隨著女僕的聲音，三個人向我深深行了個禮致謝後，又朝著原來的方向發出沙沙聲地撥開葉叢打道回府了。

只停留了極短暫的時間，我都還來不及向對方打聲招呼，但這並不會讓人感到有怪異之處，一切是那麼自然，再普通不過了。剛才站在那兒的老爺子確實倒了一桶水（一般是用來供奉神佛的清水），被女僕牽著的少年好幾次回過頭望著我，一副很惋惜失落的表情，然後慢慢從夕暮中消失，這些都是我親眼所見錯不了。而且，當我急忙從那裡離開，在透過林間縫隙察看時，剛才所見的那三人早已消失得無影無蹤了，在墓地到底有什麼捷徑可以通行著實令人費猜疑。我也注意到之前他們來到我躲藏的地方時，也發出了沙沙沙的跫音，究竟這是怎麼辦到的？

已屆傍晚，到了該趕緊打道回府的時候，但我還留在原地思索著剛才發生的事情。我感覺事有蹊蹺，一定有什麼沒察覺到的地方，我打算從三人離去的小徑走下山，卻找不到任何可辨識的路，當我再次經過日野涼子的墓前，如往常一般低下頭看著墓碑，那一瞬間突然有種異樣的感覺襲上心頭，讓我不敢再低頭往下瞧。

墓地四周確實有燃燒的線香裊裊升起，但是墳前卻沒有插上任何線香，我朝著鐵柵門的地方看過去，一次、兩次、三次，確實沒有任何類似線香的東西供奉在那兒。今天我來的時候也注意到，除了我供奉的野花悄然寂寞地插在墓前之外，那些人應該沒有前來參拜吧，因為墓前連花之類的供品也沒有。

此時，有股說不出來的怪異，襲上心頭，我旋即越過鐵柵踏入墓地，環顧四周，相信眼前所見並沒有錯。

我甚至點了火柴，仔細察看墓地每一個角落，但眼前既看不到花也看不到線香供在那兒。還不止如此，最讓我感到迷惑的是明明看到老爺子手裡提著的那一桶水，然而墓前連一滴注過水的痕跡也沒有。這就奇怪了，我漸漸不相信自己的眼睛，整個人頓時忘了回家，茫然地呆立在原地。

有一種被妖怪襲擊的感覺，教人不寒而慄。此時，腳也不聽使喚，不停顫抖，全身上下起了雞皮疙瘩。想要逃卻無法逃，想要向前走也走不了，大概就是這樣的心情吧！

當我站在墓地裡仔細回想剛才情況，先前我不是躲在林中嗎？怎麼會被他們三個人發現呢？還記得當他們的目光朝著我所在的位置投射過來的時候……他們的臉像蠟一般的顏色！

我已經記不得當時有沒有發出尖叫，只記得當時全身寒毛直豎，立刻三步併兩步，一心一意只想從墓地中逃出去。於是飛也似地逃下山，衝下那段長長的階梯，幾乎快要從上面摔下來了。蓊鬱的樹林加上黑漆漆的寺門，我不敢回頭看，只管馬不停蹄地狂奔，能跑多快就多快！

我拚命地跑，遠遠地，終於看見了逗子街道的燈火，在田浦逗子之間奔跑時，隱約聽見了遠處傳來的火車汽笛聲，才鬆了一口氣，放慢腳步。因為跑到汗流浹背，當冷風從胳肢窩灌進來時，感覺腹部一陣冰涼，我從不曾像此刻這樣想念著一般住家的燈火。

翌晨，好像有什麼東西卡在牙齒裡面，或是被惡夢糾纏的感覺，整晚輾轉難眠，感覺相當痛苦。我雖然清醒，眼睛卻睜不開，只能用微弱的視力，看著從外頭工作回來準備吃早點的房東，他穿著外出工作服，就這樣從我房間的窗前經過，然後擋住眩目的陽光，看著我說：

「您終於醒了啊，先生。」接著從刺眼光線下的木門外走進來，問了我一句意想不到的話：

「先生，不好意思，想請問您一個無關緊要的問題……」他看起來就像摸到了什麼很可怕的東西怯生生地說著，「前些日子先生不是說過關於了雲寺的事，那時候您說看見了一位很俊美的少年和他的女僕以及老爺子一起到日野涼子的墓前參拜嗎？」

「……」我一直凝視著房東的臉，「我也正想起這件事，因為昨天我又遇見他們了……」

「咦？先生！您是說真的嗎？」

頓時，房東的臉變了，被太陽曬得黑黑的臉上，熠熠發光的眼睛，表現出一副非常驚訝的神情。

「先生，您說的是真的嗎？會不會看錯了？」

「我是真的遇上了，應該不會認錯吧……有時候我去參拜時，會把花供奉在墓前，昨天確實遇見他們向我道謝致意……」

我盡可能保持順暢地說下去，但房東的表情看來十分滑稽，令我不自覺地微笑。不過，看到他蒼白的臉孔，感覺到他對此事抱持相當嚴肅的態度。

「果然如此！」房東很失望地坐在我身邊，雙手交疊在膝上，青筋糾結滿是皺紋的手還顫抖著。突然他激動地揮手對我說：「不可以！不可以！先生！請您不要再去那個地方了，我怕會出事！」

他不顧我一臉吃驚的模樣，繼續揮動著手說：「先生，您遇到的並不是活著的人！因為日野的孩子聽說去年的這個時候就死了。日野的孩子死去沒多久，那個女僕和老爺子也差不多在同一時間去世，所以他們都葬在同一個地方。」

「什麼？他們都是死人？」

「先生遇到的那些人，全都是幽靈啊！」

「不會吧！你是在跟我開玩笑吧！」

不知為何，我抱著肚子卻怎麼也笑不出來，好像有什麼東西梗塞在我胸膛。

「如果先生所言屬實，那麼我所說的就不是在開玩笑或是撒謊了。先生到日野涼子的墓前參拜，那個地方位於了雲寺附近吧！我昨天才聽到這些傳聞的……」

房東露出很嚴肅的表情說著。

「……」

我聽了也感覺十分詭異。

「昨天聽到這些傳聞，本想等您回來之後再告訴您，但是我內人覺得不妥，央求我還是等到隔天早上再跟您說比較好，所以才……」

終於，我的臉愈來愈嚴肅了，房東詭異地壓低聲音跟我說了這番話，不曉得是不是幽靈逼近的時候就會有這種感覺？我的脖子突然感覺一陣冷颼颼的寒意，雖然外面的天空很晴朗，也看得見雞在庭院裡啄食的模樣，但房東卻壓低聲音，加上他蒼白的臉孔，好像看到了什麼幽暗恐怖的東西，表現出一副欲言又止的模樣。

接下來，房東將他所聽到的事向我娓娓道來。

起先房東聽到我遇見那些人的事情並不感興趣，只不過提起在了雲寺那樣的荒廢山寺附近，有一位叫做日野涼子的東京人葬在那裡。正好昨天到外面工作的時候，巧遇當時住在日野宅邸附近的鄰村村民，兩人寒暄起來，房東忽然想起住在家中的客人（也就是來自東京的我）曾說過在墓地附近遇見少年一行人，於是那位村民就笑著說：

「別開玩笑了！日野女士的孩子，一年前早就因病去世了，不是嗎？」

房東聽了對方所說的話之後就沉默了半晌。

房東形容那位少年長得真是俊美，十一、二歲就留長髮，年紀大約二十五、六歲的女僕和上了年紀的老爺子，三人同時出現在墓地附近，於是對方突然間什麼話也沒說，表情變得很陰沉。

「於兔吉君！你說的句句屬實嗎？確實是日野的孩子？」

「光天化日之下，沒有人會特地把人叫住，還開這種玩笑的！」房東相信那是事實才會如此回答對方，並且露出一臉不高興的表情。

我雙手抱胸專注地聽他說下去。

「先生！我絕對沒有惡意。請您不要再到那裡去了好嗎？連原本的地主都已經很少走到那裡了，那是個極荒涼的地方，要是出了什麼差錯……我可擔待不起啊！昨夜我把這些事情告訴內人，她也覺得毛骨悚然……真令人傷腦筋啊！」

聽到房東這番話之後，我也感覺很不舒服，回想自己曾經多次駐足那塊墓地，內心的惶恐不安，更是明顯地表現在臉上。

當然，我的知識水準並沒有低落到愚笨的地步，倒是不會人云亦云全盤接受剛才的說法，但也不會嗤之以鼻，應該算是半信半疑吧！其他人根本不知道，只有我親眼目睹那三人出現在墓地的事實，如果將我所描述的內容一概當作荒唐無稽之談，那也未免太武斷了。愚笨歸愚笨，至少這位房東是不會隨便亂說話的，這點確實是如此。

「若下次再遇見那位茂十先生，可以多請教他關於日野小姐的事情嗎？」我低聲問道，並且看著房東的臉，「真過意不去，能不能麻煩你帶我去找那位先生呢？」

「嗯，沒問題啊！若先生能夠和對方當面談的話，茂十先生或許就不會把我說的話當成玩笑話了⋯⋯他的住處距離這裡差不多一里半左右，不過我知道有個捷徑可以通往該處，假使您願意的話，我可以帶您一道過去。」

我當然很想知道自己看見的是不是亡靈，因為心中一點頭緒也沒有，昨夜也因為思索這個問題，弄得我輾轉難眠，若得不到真正的答案，總覺得難以釋懷。

鄉下人果然比較爽快，房東根本不用什麼準備，就直接帶著我出發了。

在房東的引導之下，很快地我們穿過庭院前那片麥田，從稻荷神明的祠堂旁樹木林立生長茂盛的櫻山，踏著陡峭的小徑，繼續往深山裡前進，原來這就是房東所說的捷徑啊！若不是在地人，恐怕不會知道這麼隱密的一條小路。我從未想過會從東京來到人煙罕至的逗子，又踏進如此隱密的深山，這片陽光照射不到的山陰，不管怎麼走，路總是蜿蜒曲折。好不容易繞了幾座山峰，眼前一片開闊，田圃映入眼簾，在樹林裡有幾戶人家散置其間，中央有一座像是小學的建築物聳立在那兒，從山上看下去一目瞭然。

「那就是茂十先生所住的谷津村，再走幾步路就快到了！」

房東邊指著前方邊對我說，若是按照正確的路徑，從逗子的方向繞到這裡，必須沿著田浦的街道，花上一個半鐘頭的腳程，然而對於鄉間小路還走不太習慣的我來說，剛才走的這段路像是已經走二、三里路那麼遠。不過，好不容易已經走到村莊邊境，沿著兩旁種植許多柿樹的向陽街道上，在一間屋頂由稻草葺成的房子前面，房東終於停下腳步。

「這裡就是茂十先生的家。我問問看他在不在家，請您在這裡稍待一會兒。」

於是房東很快地走進屋內。沒多久，有個人從裡面走出來。

「您好，我就是您要找的茂十。」

一個年約五十五、六歲的老頭彎著腰拿著手巾，果然是鄉下的歐吉桑，身上穿著外出的工作服，一看就知道他絕對是個堅毅固執的老實人。

稍微寒暄幾句，茂十說什麼也要請我進去屋內喝杯苦茶。於是我們三人邊喝茶邊眺望在寧靜的庭院裡盛開的梔子花。

「唉呀！您知道嗎？俺從於兔吉君那兒聽到關於您的事，真是嚇得我魂飛魄散！」

然後茂十先生便斷斷續續地用他濃重的口音將我想知道的事娓娓道來。

當然，倒也不是說茂十先生和日野家的關係有多親近，雖不曾踏進他們家，但是從東京遷移到此居住的日野家，在這雞犬相聞的小小村落裡，大家早晚都會碰面，所以對於對方的背景多少還是有些了解。

首先，基於我的要求，茂十先生形容了一下關於日野涼子孩子的容貌身材，他所描述的和我遇見的那位少年的容貌和身材幾乎分毫不差，也是穿著長袖衣物、身材瘦弱的樣子。

其次是那位女僕——茂十說他並不知道對方叫什麼名字，不過依據他的形容，和我所見到的婦人的容貌也是分毫不差；最後是那位老爺子，因為他外出工作的時候經常會遇到對方，所以關於老爺子的事所知甚詳，我也照例問他對方長什麼模樣，結果他形容的體態、動作、上了年紀但精神矍鑠的容貌，也和我所見到的是一模一樣。

雖然茂十先生謙稱他知道的事情並不多，可是在這小小的村落裡，從身為在地人的茂十先生口中探聽到的事，可說是知之甚詳。我簡略描述如下。

約莫六年前，日野家在此蓋了一棟新房子，年輕的男主人也就是上回所見墳墓的主人與年輕的太太也就是日野涼子和他們的孩子三人，加上老爺子與他的女兒，也就是後來我所看見的女僕，他們一同從東京遷到此地定居。

平日從未與村民有過任何往來，所以也很少人知道哪一位才是男主人，據說男主人外貌俊俏，身材略顯瘦弱，好像是個學者，平時不曉得在進行什麼樣的研究，剛搬來還不到一年，就因病去世了。

當時日野涼子還特地從鎌倉請來醫生救治，但是連村民們也不知其因，於是大家流傳著日野一家會從東京遷移至此，真正的原因恐怕是因為罹患肺病的緣故。

年輕的太太也就是音樂家日野涼子小姐，有時候會前往東京進行演奏，不過，自從男主人病逝後，就漸漸從樂壇淡出了。

大部分時候都是老爺子陪同她到田浦的停車場，然後坐火車送孩子去鎌倉上學，俺以為她的身子會如此虛弱，主要是因為丈夫過世後，必須獨自撫養那位少爺的原故。她在丈夫過世之後，停止對外的一切活動，來到這裡之後，她的個性也變得愈來愈封閉。

大約三年前，那位少爺也不去鎌倉上學了，每天由東京來的家庭教師指導課業，俺也曾見過那位東京來的家庭教師。

總之，男主人、女主人和他們的孩子，他們的肺似乎都相當孱弱，一直安靜地住在這裡，雖然幾乎不與村裡的人往來，卻經常看到從東京來的朋友或醫生開車到這裡來探望他們一家人。

日野家是遷來此地進行療養的，因此與村民們並沒有來往。日野家新建的宅邸是蓋在一處名為桐澤台的高台處，因此又叫做「桐澤台別莊」。

村民知道年輕貌美的女主人是一位名音樂家，卻從不擺架子，不論何時何地，也不管是誰，只要看過這位女主人一眼都會臣服於她的美麗，她那溫柔祥和的眼睛，好像剛從睡夢中醒來似的令人沉醉。村裡唯一進出過桐澤台別莊的只有在小學裡教唱的女老師。

「真可惜！今年春天，剛好這位女老師也轉到橫須賀地區的學校教書，實在很不巧！您來的時候，她已經離開這兒了。」茂十先生邊說邊叼起菸管吸了一口菸。

雖然和村民沒有什麼往來，不過聽村裡的人說女主人的老家可是紀州一帶的大財主，從那裡送來不少生活用品，讓日野家過著極為豪奢的生活，像是村裡牽線裝置電話的，就只有桐澤台別莊一家；另外村裡捐獻的時候，只要向他們家募款，總是會募得許多錢，為人慷慨的日野家被村民傳為美談。

「本來宅邸裡應該過著快樂美滿的生活，有時候夜裡經過別莊時，可以聽見美妙的鋼琴聲，伴隨著少爺和女主人的笑聲，感覺氣氛十分熱鬧……」

茂十先生想起當時的情景，不覺閉上眼睛沉思良久。

去年春天，女主人去世了，葬在了雲寺附近的墓地。從那以後，桐澤台別莊就好像啪一聲火熄滅了似的，變得落寞而荒涼。後來，據傳少爺的病況也轉為惡化，黃昏時，偶爾來不及從田浦送冰塊來，那位老爺子只好獨自一人向村裡的冰屋討一些冰，讓少爺退燒。

去年八月少爺依然病逝了，那時候從紀州老家來了許多親戚前來探望，這時候女僕的病況也漸趨惡劣，沒多久女僕的棺材也尾隨少爺的腳步葬在了雲寺附近的墓地，接著那位老爺子性情就變得怪怪的，最後選在自家倉庫自縊身亡，後來是由紀州老家那邊的親戚前來收拾善後，並且把他們的遺物都帶回家鄉。

從那之後，桐澤台別莊就由村公所的會計永瀨先生負責管理，由於村裡的人都很害怕，沒人敢靠近桐澤台別莊一步。

最近聽到的消息是紀州的親戚好像和永瀨先生之間有信件往來，決定拆掉別莊，把地產捐出來給我們村裡，至於詳細內容，俺並不是很清楚，若想要知道更進一步的消息，建議您不妨去找永瀨先生，他應該很樂意分享吧！

以上就是茂十先生以他濃重的口音，彷彿鄉下人講古的方式，敘述整個故事的來龍去脈。

「真是多虧了他們啊，捐了那麼多錢給村子，但是他們是因病移居至此，對於村民來說真不知道該感謝？還是避之唯恐不及？實在是令人左右為難，就好像身體某個部分又痛又癢，教人不知該如何是好……」茂十先生苦笑說：「至於那位老爺子啊，聽說很久以前就一直在紀州的老家幫傭，那位女主人啊，從小就是讓老爺子一手拉拔長大的，你看見那個女僕啊，是他的親生女兒，他們父女倆一直都忠心耿耿地服侍著女主人。因此當女主人和少爺相繼去世之後，自己女兒也亡故，對老爺子來說，這世上再也沒有什麼值得留戀的事了，才會走上自縊一途。村民們認為那棟宅邸給人一種不太舒服的感覺，所以幾乎沒人敢接近一步，只好任其荒廢，真是可惜，偌大的宅邸竟落得如此下場！」

茂十先生說完，便替我們重新沏了一杯茶，杯裡還放了菠菜的葉子，這茶中果然帶著農家才有的在地風味。

從茂十先生的話裡，可以感覺到日野涼子一家背負著深愛這片土地的人們對疾病產生的偏見，難怪他們生前過著如此寂寞的生活，這點多少也能體會了。

「罹患宿疾之人，想來就覺得很可憐，那麼可怕的疾病，當然還是選擇一處固定的地方長期休養比較好，我們這個村子是很適合沒錯……但這個方法終究還是行不通啊！」

茂十先生回望房東露出苦笑。這對於最近歷經喪妻之痛的我來說，真是說中了我的切身之痛啊！因此更能體會那樣的感受吧！

「茂十君目前還在村裡的衛生所服務嗎？」

房東擺出一副應酬似的樣子說道。總覺得從剛才茂十先生所說的內容，大抵是以村子或公共的立場提出的看法，原來如此，這下子總算明白了。

「還有聽說得了那種病的患者，大部分都長得很美，肌膚晶瑩剔透，現在想起來，那個時候好像病得還沒那麼嚴重，常常看見女主人牽著少爺……從了雲寺的墓地參拜回來，有時候會在前面的坡道上看見女主人，兩個人看起來簡直就像從畫中走出來似的那樣美麗。對方看見我這個老頭子常常會心一笑，我在這個村子裡住了這麼久，還從未見過如此美麗的女子。」

茂十先生在敘述著他所見過的日野涼子的時候，適巧看著屋內走出來一位年約十歲，膚色黝黑，臉上還掛著鼻涕的孩子。

總之，關於日野家和村裡的人詳細的往來情況，茂十先生也不太清楚，然而大致上我所聽到的主要是以女主人以及少爺的情形比較多。

當然，上述這些並不能滿足我的好奇心，正因為感到有興趣，才會專注傾聽茂十先生的說法，不過我想知道的疑問，其實多到堆得像山一樣高。

首先，如此氣派的家庭，為何墓地不選在故鄉或任何地方，偏偏要選在一個人煙罕至、交通不便的逗子附近，而且又是設在荒廢已久的了雲寺旁？

為什麼沒有人來掃墓，難道了雲寺的住持或是管理墓地的連一個主事人也沒有嗎？若少年一行人的墓地葬在同一個地方的話，又為何不和日野家的男主人、女主人合葬在一起呢？不停往下追究，一連串的疑問便盤據在我心頭，久久揮之不去。

仔細一想，以上就是到昨天為止我心中感到好奇的事，但是現在我只想知道一件事。那就是到底我是不是真的遇見已經死了的人？對我而言，這是目前唯一的關鍵所在，而且我也是基於這個理由才會大老遠跑到這裡來，現在正是我準備說出心中想法的時候。

茂十先生突然欲言又止，一副躊躇的樣子，後來還是說出以下這段話。

「俺不曉得這樣說是好還是不好……所以不敢大聲對你們說，村子裡傳言說要是住在那棟別莊，最後的命運必定難逃一死。有一個說法是女主人住在紀州的親生父母，從前是鞣製[5]革皮起家的，後來富甲一方，但是為人相當刻薄，甚至連女主人在小時候也受過繼母的欺凌，過著苦命的生活，於是報應在她們這一家人，我不知道這種傳聞是從哪兒聽來的或經由誰口中傳出的，不過像這樣做壞事的結果報應在這家人身上，大家聽了都覺得很害怕……」

看來話題似乎轉到茂十先生所說的那個故事上面了。

我在想到底該配合他的話題好呢？還是將話題一轉，要求對方滿足我真正想要知道的疑問好呢？不過，我曉得即使從他所說的故事中刨根究底，也不可能滿足我的好奇心，所以決定中斷這個話題，說出心中真正想要獲得解答的疑問。

簡單來說，我遇見的那三人，不論是那位少年、女僕或老爺子也好，三人之中只要有其中一人的照片讓我看一眼，就可以判別我親眼所見、親耳所聞的那些人，到底是不是已經不存在這世上。

「有啊，您這一提，俺倒想起來了，女僕和老爺子的照片沒什麼印象，只有那位少爺的照片，俺記得在逗子的照相館裡好像放了一張，從前經過照相館門口時，記得曾看過……」

這正是我要的答案。於是我們一行人即刻前往逗子的停車場旁那家照相館，想要看看櫥窗裡擺的那張照片。

我感覺無比雀躍。當然只要有那位少年的照片就夠了。因為茂十先生曾見過那少年，我們求他務必與我們同行，我認為有必要再次確定茂十先生所指的少年的臉和我所見到的少年的臉是否吻合？

「應該不會錯吧！雖然到昨晚為止，俺也一直在整理思緒，不過，要俺現在說出有什麼特徵，一時之間也說不出個所以然……」

看到茂十先生一臉困惑的樣子，我也不好意思再麻煩他了，畢竟他已經提供許多有用的線索給我了，若是再添他的麻煩會很不好意思，我考慮了一會兒，到底該暫時壓抑自己的好奇心？還是讓對方繼續傷腦筋？就在我拿不定主意的時候，對方先開口了。

「這樣好了，反正俺在外頭走習慣了，還是和你們一道去吧！在逗子那邊多少也有個照應！」

5　鞣製，是指使用丹寧酸液等「鞣劑」浸泡鞣漬。

果然是村子裡熱心公益的有力人士，他很爽快地答應我們。

當然這麼偏僻的村莊應該叫不到計程車，不過，在茂十先生的指引下，我們沿著街道走出去，來到一處可以往返逗子的計程車停車場，途中越過稻田，在位於遙遠彼方的小高丘上幾棵椿樹或是櫻樹之類的樹蔭下一棟和洋折衷式建築前方，茂十先生指了那棟氣派的房子告訴我們說：

「就是那裡！那棟房子就是日野家的宅邸。」

聽到那正是一家人全死光、如今沒人住的廢宅，不由得打從心底升起一股寒意，但是看了看屋頂似乎也沒傳聞中那樣荒涼，雜草蔓生。在日照之下彷彿像初見一位美麗的都會婦人撐著洋傘喜孜孜地出現在面前，予人一股怡然清新的風味。

不久，飛沙走塵地朝目的地奔馳的我們，沿著長長的街道往逗子前進，茂十先生所指的照相館，我倒是從未注意到，從平時經過的停車場往田越橋方向走，過了路旁的神社就近在眼前，最後汽車在照相館旁停了下來。

「出現了！果然還在！」

茂十先生正準備下車的時候，往櫥窗的方向望去不自覺叫了出來。於是我們三人小跑步湊近一看，擺放在櫥窗裡的眾多照片之中，果不其然，如茂十先生所言，我一下子就認出了那張照片。

由無數照片裝飾的櫥窗，差不多是正中央位置，一張大大的照片裡，有個男生穿著附有金釦的西裝，沒有戴帽子，有點嚴肅地站著，凜然的眼神，像女孩般優美有氣質的容貌，相信只要見過他一次，就會留下揮之不去的深刻印象。

我再次全身寒毛直豎，卻噤聲不語，等待茂十先生主動開口打破沉默。

「是這位少年沒錯吧？」

茂十先生帶著令人嫌惡的語氣，從玻璃櫥窗上用手指著就是那張令我全身寒毛直豎的照片。

但是我故意不那麼快答覆他，歪著頭假裝在思索。剛才我已暗自下了決心，不想再惹上任何麻煩了。若是我據實以告，說照片裡的人就是我所遇見的那位少年，那麼等於確認了我遇見的是亡靈，如此一來一定會出亂子的，那麼日野涼子的墓可能死後還要被村民挖出來不得安息。而且恐怕會使得原本已經嚇得提心吊膽的房東和房東太太更加惶恐不可終日，所以我寧可把這些當作是謠傳，就算知道真相讓我覺得很害怕或覺得很恐怖，只要當作是自己的祕密藏在心裡，也不希望周圍的人陷入沒來由的恐慌中，所以我絕口不提關於亡靈的事！

「先生，是照片上的人沒錯吧？」

無法直視照片，背對著櫥窗，站在我面前的房東發出顫抖的聲音，凝視著我，似乎在等待我的答案。

「完全不對！」

我斬釘截鐵地回答。

雖然和照片中那位眉清目秀的少年四目相對，已令我陷入無止盡的恐怖之中。但我仍舊開口說：「不對！」，並且補述一句：「並不是這位俊俏的孩子！」

「可是先生您說過那位少爺不也長得很俊俏？」

房東雖然心有不安但仍以平和的語氣對我說。

「俊俏歸俊俏，但絕不是這位俊俏的孩子！因為我所遇見的那位，眼神很可怕，而且臉蛋是圓的。茂十先生，我認為他並不是我在日野涼子的墓前所遇見的人。」

「果然是認錯了人！」

茂十先生似乎很安心地說著。不過，大老遠從家裡跑來這兒卻毫無所獲不免有些牢騷，於是他帶著幾分諷刺的語氣說：

「俺不早說過了，天底下豈有這種道理？在這世上有幽靈存在，那簡直是愚蠢至極，不是嗎？要是真有幽靈存在，不曉得會引起多大的騷動……」

茂十先生在不驚動大家的情況下，獨自在一旁喃喃自語。

後來，原本一直喃喃自語的茂十先生，突然也緘默不語，我悄聲對房東說，該是打道回府的時候了，於是用紙包了些東西當作謝禮，向佇立在一旁滿臉不悅的茂十先生致謝之後，房東便帶著我返回位於櫻山的旅館，沿途因恐怖和不舒服感令我一陣惡寒。

關於這世上是否有幽靈存在，對我而言已經毫無意義了。不管幽靈存不存在，現在最重要的是如何化解我心中的恐懼感，此外別無所求。正因無法掌握確切的證據來證實少年一行人仍活在世上，才會令我感到渾身戰慄，面對這種不祥的感覺，我完全不知所措。

「那麼明天咱們再到了雲寺附近，日野家的墓地仔細詳查一遍如何？」

房東如此對我說。不曉得他是否察覺出我的異樣？

那是不可能的事。若是從前對這件事還一無所知的時候倒還可以，如今要我再到那座荒蕪山寺的墓地去，光用想的就令人渾身顫抖不已。

即使披著夏季的外套拉高衣領，也愈發感覺寒風刺骨，彷彿此刻在我眼前也聽得見撥開萱草的沙沙聲從前方傳來，並且朦朧映現那些呈現蠟色般的臉孔，忽然有種好想緊緊拉住同行房東的心情。

「啊！怎麼啦？先生！」房東回過頭來皺眉說。

「您是哪兒不舒服啦？看您一臉蒼白！」

到底是蒼白的臉？還是驚魂未甫的臉？其實我自己也不清楚，在那時候我心意已決，差不多是應該離開這裡的時候了，明天要打包好行李，回到燈火輝煌的東京。不過，在此之前，我應該找什麼理由向房東說這件事呢？看來今晚得為此事傷透腦筋了。

向房東表明我的去意這件事的確有些難以啟齒，雖然如往常一般，獨自一人睡在自己的房間裡，但是對我來說，似乎從未有過如此長夜漫漫，等待遙遠黎明到來的心情。不知不覺已是清晨了，從雨窗縫隙可以看見東方的天空已呈現魚肚白，不免令人興起一刻千秋之思。

我打從心底起了冷顫，在初夏濡暑的夜晚，我盡可能蓋著厚厚的棉被，卻愈覺得凍寒，整個人蜷縮在被窩裡，不停顫抖。

一想到昨天為止還能在墓地裡逍遙自在的心情，就覺得那個人其實並不是自己，彷彿是別人的感覺。現在想起來覺得很不可思議，我當時怎麼會有那種勇氣？真教人百思不得其解。

現在若要我再去給那些死去的人們祈求冥福，點燃線香放在火缽裡燒，就算心裡這麼想，我也辦不到了。這時我從被窩伸出手，說時遲那時快，好像有什麼冷冷的東西鑽入我衣襟，接著就像萱草上颯颯吹過的蕭瑟風聲從遠處傳來不絕於耳。

終於聽到第一聲雞啼、第二聲雞啼，接著聽見第三聲雞啼，當白色晨光從雨窗的縫隙射入屋內，真想向太陽和無心啼叫的雞獻上我由衷的感謝。

黎明到來的同時，感覺像後有追兵似的，當然連早餐都還沒吃就趕緊收拾行李，準備結束在逗子漫長的生活。

幸好，雖然我打發掉原來的房子移居到逗子住，不過在東京的中野還有當軍人的大哥一家可以暫時收留我，那兒有可愛的姪子，如果我在他家落腳也有很大的空間可以睡覺休息。先前，大哥就對我說過，哪天結束逗子的生活回到東京來不妨到他家，所以我現在突然打包行李過去他那兒落腳，應該不會給對方添什麼麻煩才是。

為何不繼續在這兒住下去？對於替我操心的房東夫婦，我邊找適當的藉口搪塞，邊請房東先生替我打包行李，支付應該支付的費用，該打招呼的打招呼，希望能趕在傍晚之前處理完畢。住了相當長一段時間的逗子，還是有許多事情必須一一親自打點，沒想到許多事全都集中在這個時間處理。雖然初夏的白天特別長，最後依然忙到夕陽西下將近夜晚時分才好不容易結束這一切。

夜晚又即將來臨，真令人感到厭煩，離開幽暗的鄉村，打包回到燈火通明的城市，那時就不會再想到這些可怕的事了。於是我招了一部計程車，終於來到大哥所住的中野，那一夜約晚上八點多吧！大哥那時候是住在沼袋靠近新井的藥王廟再往裡面一點的地方，那一帶附近都是偏僻的田地和森林，到處都是剛蓋好新建的大房子，商店寥寥可數，以郊外的住宅區來說感覺頗荒涼。

正當我坐的車穿過了藥王廟來到幽暗的住宅區時，車了不時一頓一頓地停住又向前開，真是個奇怪的司機啊！我不禁暗忖。這時，司機突然把車停下來。

「真的很奇怪耶！先生不好意思，請等我一下……怎麼會遇到這種事？」

然後，司機把車停住，一手握著方向盤，視線越過擋風玻璃凝視前方的暗處。

「發生了什麼事！」我坐在後座大聲問道。

「先生，好奇怪喔！從剛才開始有兩、三次，我看見一位瘦瘦的孩子在車子前方徘徊……」

司機好像在向我道歉似地邊眨眼睛邊心虛回答我。

「但是把車停下來卻又不見任何蹤影……好幾次都是同一個孩子在前面徘徊，難道我眼花不成！」

司機恍惚地說著，我聽完他的話也感覺自己全身顫慄，臉上的血液好像頓時被抽光似的。

「向前開！不論誰擋在前面都別管他！」

我的語氣非難似地向司機咆哮。

「連個人影也沒有！真怪！對不起！繼續向前開吧！」司機喃喃自語。

再次發動車子往前開。走了還不到五、六部車間隔的距離，突然間……

「危險！」司機發出尖銳的叫聲。

只聽見輪胎與地面劇烈摩擦的聲音，原來車子其中一個輪胎陷入路旁的溝中，司機才會緊急踩煞車。

車子停下之後，司機臉色大變迅速下車，連忙蹲下來一會兒看看輪胎下面，一會兒又繞到側面去察看。

「真是的，連個鬼影也沒有！」

司機好像快哭似地茫然愣在那兒。我突然有種奇怪的感覺，不想看到在暗處被車前燈照著的司機的臉。

「走吧！搞什麼東西真受不了！到家之後我再把車錢付給你！快跟著我一道來吧！」我大叫。

「對不起，先生，我從沒遇過這麼奇怪的事……」

司機把車子停在原地，急忙跟上前來，不時還訝異地回頭看車子所在的方向，但是那一帶黑漆漆的什麼也看不見。

我已不想管到底發生了什麼事情了，心中只想快一點趕到大哥的家，但怪事還不只如此，當我來到大哥的家，在門口的燈下把車錢付給司機讓他回去之後，進入玄關時，明早上學的孩子們已就寢了，女僕們則是忙裡忙外的尚未休息。

「啊，是公一啊！好久不見呢！」

很訝異竟然是嫂嫂親自出來迎接，經過飯廳的我走到一半突然朝玄關方向豎起耳朵傾聽。就在我身後準備關門的嫂嫂，站在脫鞋子的地方，似乎不知道在跟誰講話。

「唉呀，我怎麼沒注意到！你從剛才就一直站在這兒嗎？是跟著小叔一道來的嗎？」

本來準備坐下的我，立刻站起身朝玄關的方向飛奔出去，同時嫂嫂也朝這邊快步走來。

「來，請往這邊走！」說完回頭看著我說：「啊，公一，你也真是的，帶朋友來也不跟我說一聲，居然放著他一個人待在玄關那兒！」嫂嫂說完，便拿起床墊拋向地板，鋪好兩人份的床鋪。

「嫂嫂！」我終於受不了，從她手中搶走床墊，「妳在做什麼啊？這裡除了我沒有別人啊！」

因為我粗暴的言詞，嫂嫂顯得相當吃驚吧！一瞬間像發呆似地跪在原地抬頭看著我說：

「你說什麼啊？」尷尬地笑著，發覺好像真有點不太對勁，於是回頭瞄了一下走廊的方向。

「好奇怪！剛才不是跟在我後面一起進來的嗎？」

嫂嫂一臉茫然，愈想愈覺得奇怪，於是她一會兒走到玄關處把門嘎啦嘎啦地打開來瞧一瞧，一會兒又回到屋裡瞧一瞧，一副心中疑慮難以釋懷的表情，最後終於放棄回到屋裡。

「剛才載我來的計程車司機和嫂嫂都說了同樣的話。到底有誰在那兒？是不是一個孩子在附近徘徊？」我有點憎惡並且語帶嘲諷地說著。

「嗯，沒錯……」嫂嫂坦誠接受「差不多如同你所說的」，然後用手比了一下她看見的那個孩子的身高，「看起來好像病弱的模樣，像女孩一樣漂亮的俊俏臉龐，小叔你真的沒有帶任何朋友來嗎？」

嫂子覺得我像在和她開玩笑似地，一臉狐疑的眼神望著我。

這時候，大哥慢條斯理地從二樓的階梯走下來說：「回來了！」

嫂嫂終於放棄地說著：

「那，果真是我看錯了？」

嫂嫂仍一副不解的表情，站起來轉身要離開，但是我並不想開口跟大哥說話，因為此刻我的內心十分惶惑不安，心裡七上八下的，無所適從。

這次，恐懼的感覺再度襲上我心頭，與其說憎惡或不舒服，倒不如說我心中充滿了憎恨，莫名其妙的我，卻苦於不知該向誰發洩才好。那個亡靈居然在這裡也出現，我心中咒罵著，不禁怒火中燒完全無法心平氣和。

但是，我生氣的對象並不是活著的人，也不知道他何時會現身，就算現身在眼前我也看不見，只有周圍的人可以看見他的存在，連個鬼影子也摸不著。我搔著頭心想。

「幽靈出來吧！快點現身吧！」我很想向那位看不見的亡靈提出挑戰，有種說不出來的暴戾之氣向我襲來。接下來我覺得好疲倦，便靠在茶几上喘息。

「怎麼回事？你的臉色好難看……」

大哥話說到一半，無意識地望著我，一臉沮喪的樣子，彷彿整個屋裡充滿了陰鬱的空氣。

「自從弟妹去世之後，也難怪你會感覺到一個人很寂寞，現在連你也病了，真是傷腦筋啊！我還一直擔心你說要回來住卻遲遲沒有消息，剛想到這件事，你又慌慌張張地回到這裡，真是的！」

看著大哥的臉，我再也忍不住了，我根本不想再跟他多說話。

「大哥……很抱歉打斷你的話。」我看著大哥躊躇的臉色，繼續說道：「別怪我說的東西無聊……大哥，感覺得到有人坐在我旁邊嗎？像是小孩或什麼東西坐在這裡的感覺……」

「……」

大哥呆瞪著我。

「大哥，我之所以會這麼說，絕不是因為發瘋或腦子有問題……最近我遇上一些怪事，弄得我快發狂了！我很害怕那東西。大哥，你的臉色變得怪怪的……我很討厭那東西！大哥，真的沒有別人嗎？在我身邊，真的沒有像小孩之類的東西坐在那兒嗎？即使現在沒有……我想他一定會出現的，如果出現的話，請你跟我說一聲好嗎？我有句話想說。到底對我有什麼恨意，總是讓我遇上這些怪事！」

「……」

我整個人幾乎呆掉了，內心困惑不已，想說出來又不知從何說起，複雜的表情全寫在臉上，而緘默不語直盯著我的大哥，當時他的表情我一輩子也忘不了。

大哥不知道我究竟是瘋了？還是受到什麼刺激？一時之間精神錯亂。只是睜大眼睛不發一語，把我的臉當作空洞般凝視著。

最要命的是大哥並不知道整件事的來龍去脈，而我已沒有多餘的時間和力氣，再按照事情發生的先後順序重新敘述一遍。雖然我平靜下來想試著說，但是無來由的暴怒與憤懣，讓我感到不安與迷惑，我的腦子一片混亂，完全無法進行理性的思考。一看到大哥像木偶般呆坐在那兒，不免怒火中燒，我又開始搔頭了，這顯示我內心有多焦慮！

「大哥，光說這些，聽得懂我在說什麼嗎？如果我旁邊有人，請務必立刻告訴我……我沒有發瘋，我沒事！但是，再繼續下去的話我會發瘋！我好害怕那東西……我知道如果發瘋會很可怕，所以才拚命想拜託你！」

「真傷腦筋啊！」大哥好像可憐我似地看著我喃喃道。他突然改變了語氣。

「好的，好的！我了解！我了解！我已經知道了，你可不可以暫時冷靜一下，總之先休息！想做什麼事情我都會幫忙的。總之，先休息一下……我會陪在你身邊……暫時先冷靜一下好嗎？」大哥站起身，把兩個坐墊收起來，「來吧，先躺在這裡！我馬上替你拿床墊！」

大哥從背後用力拍我的肩膀，硬是要我休息。

「別再說那些愚蠢的話了，大哥，別開我玩笑，難道你聽不懂我在說什麼嗎？」

「不，我了解！我了解！我沒有誤會你的意思！絕沒有誤會你的意思！先照我的話做吧！」

大哥很快地離開房間，沒多久和嫂嫂兩人急急忙忙趕過來，女僕也幫忙把塞在櫃子裡的床墊和被單拿出來，並且拿了一條濕毛巾放在我的額頭上！那滑稽、可笑的模樣真是令人啼笑皆非。

大哥和嫂嫂進來之後什麼話也不說，我知道他們心裡一定很擔心我的狀況，我想等明天早上大家心情平靜了再慢慢向他們說明，暫時不想管他們。但是，這時候門鈴突然響了，女僕前去應門。

大哥把濕毛巾放在我的額頭上，這點還可以忍受，但是他現在又請附近的醫生過來替我注射鎮靜劑，這點我就受不了，所以我立刻跳了起來，大哥很慌張地連忙將我壓制住。

「大哥，我不需要醫生！快點停下來……我說過了我沒有問題……煩死了！大哥！是我不好，我沒時間好好向你解釋清楚，所以你聽不懂我在說什麼對吧！我應該從一開始就好好把話說明白讓你接受……」

「我了解！我了解！這些我都知道，你可以暫時先冷靜下來嗎？」

「說什麼我了解！我了解！其實大哥一點也不了解我！」

「我很了解，沒問題的……我會注意的……我會注意的！我會注意你所說的那個人！」

「真是太好笑了，淨說些廢話！」我實在覺得太好笑了，於是不自覺地「啊哈哈哈哈哈哈哈」捧腹大笑。

這一笑，讓原本擔心不已的兄嫂更加擔心，以為我大概發病了才會如此反覆無常。兩人互相看了一眼，然後很擔心地偷偷看著我。

他們大概以為我這個弟弟簡直精神錯亂了，大老遠從逗子像烏雲一樣跑來引起一陣騷動。兄嫂心裡一定想著，本來應該是休息時間的，沒想到卻發生這種事。可是這令我相當困擾，我從沒遇過被別人當成是瘋子般對待，不管怎麼向他們解釋都沒用，在他們眼中的我，是個不折不扣的瘋子，就算死也不可能成為喜劇的主角，我開始胡思亂想，萬萬沒想到連我的親哥哥都無法理解我說的話，這種事怎麼會發生在我身上？真教人無言以對！

而且，最尷尬的是，之所以會從逗子逃出來是因為恐懼，而現在令人恐懼的人居然變成我自己，這不是很可笑嗎？因此我從剛才就一直嘲笑自己。

明天我還要再返回逗子一趟，出發去了雲寺，在那裡待一個晚上也好，兩個晚上也罷，總之要等到那位少年出現，好解除我心中的疑慮，若不這樣做的話，心中的憤懣真不知該如何發洩，我凝視著天花板上的電燈想著這件事。

大概是看到我的狀況逐漸穩定下來，可憐的大哥雙臂交抱於胸，一旁的大嫂也隨侍在側，整夜看守著我。

當天晚上。

經過一陣混亂的騷動之後，兄嫂在二樓的客房鋪好了床，準備讓我好好休息，說些明天再來看看我之類安慰的話後，便下樓回房了。我鑽進厚厚的棉被裡，仰望著微暗的天花板，很認真地思考，看來今晚想睡也睡不著了。

身體過度疲勞加上憤怒等諸多複雜的心情終於緩和下來了，好不容易開始想睡，腦中好像有什麼栓子被拔掉似的，一會兒又啪地醒了過來，四周安靜無聲，只聽見遠處傳來狗吠聲好像貼近枕邊似的，這時候已經是半夜了吧！

我不曉得其間醒來過多少次，一直緊閉雙眼的我，眼前歷歷如繪竟是了雲寺墓地的景色。寂寥的森林、暗處的白色墓碑，好像飄浮在夜晚的黑暗中，在那當中踩著落葉悄然走近的那位少年的形影，令我忘也忘不了。

我努力不讓自己繼續想下去，但是不曉得是誰一直盯著我看，如同磐石般的力量壓迫著我，感覺好像天花板滿是令人目眩的光芒。豎起耳朵聽，不曉得從哪兒傳來使葉子顫抖不已的颯颯風聲。

大概是因為我的心已經疲倦了，不再感到恐懼或憤怒，甚至連人類的感情都消失了，像個白痴凝視著那樣的風景。

接著那位少年朝著我的方向接近。有一種言語無法形容的寂寞雙眼……令人懷念的臉龐……以及世間少見如此優美高貴氣質的人物。少年的眼睛像在訴說什麼似地注視著我，像風吹掠過樹梢發顫的感覺，也像哪兒有鳥悄悄啼叫著。少年的唇什麼話也沒說，卻彷彿已道盡一切。或許是因為我凝視著他，使他膽怯害怕開不了口，但是他的模樣卻深深打動我。看見我笑了，少年的唇似乎也漾起了美麗的微笑。

「哈哈哈哈哈哈哈」，實在太可愛了，我不自覺笑了出來，「少爺，請不要生我的氣，我只是深感困擾罷了！」

大概是聽懂我說的話，少年相當困擾地垂眼佇立在原地，一副陷入沉思的模樣。那樣子看起來更加可憐。

「我終於能夠體會少爺的心情了。少爺會懷念我嗎？」

我看見少年開心地點點頭。自己也莫名其妙地跟著點頭。看著少年的眼睛，有種好想跟他說些什麼，卻不知從何說起的感覺。

「現在我終於了解了。過去，我不了解所以會感覺到恐怖，而且心裡一直覺得難以釋懷。少爺，你可以諒解我嗎？」

我看見少年露出靦腆的微笑。

「既然明白了，以後我不會再對你害怕或生氣了。不過……」我突然想起逗子的房東和大哥一家人的事，「不過，少爺你已經不在人世了，如果一直跟著我，會讓我很困擾！」我微笑著。

「你瞧！我所到之處，不管是逗子的百姓也好、還是我哥的家人也好，大家都把我當作瘋子，對我而言非常困擾！以後你如果想來找我，無論多少次都沒關係，我不會生氣的，也不會覺得討厭，更不會無來由地生氣。但是白天來的話就傷腦筋了！」

我笑了出來，而且感覺少年好像也跟著我在笑。看見那位少年的笑容。

「所有人都把我當作瘋子耶！」我又笑了出來，接著一直笑一直笑，笑到眼淚都流出來了，好久不曾有如此痛快的感覺，少年就好像我的親弟弟一樣可愛，讓人好想緊緊抱著他。

「若你想來的話……請記得晚上來……趁著四下無人的時刻……別讓任何人看見晚上到我這裡來！那麼我就會無論多少次都願意陪著少爺玩……」

不知何時，我感覺好像已經和少年走在一起。我們一起走著，少年開心地與我眼神交會，當我注意到我們所在的位置好像是夕陽西下的墓地時，突然間又換到別的地方，慢慢地四周被白色的霧靄包圍，我感覺自己像是輕飄飄的氣體，很愉快地走著，心情真好……不曉得睡了多少個小時，從沒這麼快入眼過，既沒有恐懼也沒有憤怒，既沒有悲傷也沒有寂寞，像是做了一場快樂的夢似地睡得很沉很沉。

當我睜開眼的時候，打開的玻璃窗外遠方射入了美麗的夏日晨光，清爽的微風吹拂著窗簾，窗台上康乃馨的花瓣也隨風搖曳，風吹在睡得精神飽滿的我臉上，心情相當好。

我看見整晚守著我擔心不已的兄嫂站在我面前。

「睡得還好嗎？」看到我醒來睜開眼睛，大哥開口說：「怎麼樣，身體還好嗎？」

「……」

我不知道該怎麼回答他，於是不發一語，看見我微笑的臉，大哥也眉開眼笑。看著大哥的臉，我又不知道該怎麼敘述昨晚發生的事，因此決定當成祕密，一輩子埋藏在心裡，不跟任何人說。

為了那位喜歡我而且年紀輕輕就死掉的小朋友，我今天還是要再去逗子一趟，這次改到了雲寺旁少年的墓前親手獻上香花。

我心中盤算著再去一趟逗子，並且篤定地回望一直守在我身邊似乎已經放心的大哥那張軍人模樣粗線條的臉龐。

赤い首の絵。

赤首之繪

一九二七年二月 發表於《新青年》

作者簡介

片岡鐵兵

明治二十七年（一八九四年）二月二日生於岡山縣蘆田郡芳野村，昭和十九年（一九四四年）十二月二十五日去世。大正七年（一九一八年）在關西地方任職記者。以短篇作品〈舌頭〉，確立其作家地位。大正十三年（一九二四年）與橫光利一[1]、川端康成[2]、中河與一[3]等人共同創立《文藝時代》，以新感覺派[4]的評論家聞名，同時，又以左翼作家的身分與《文藝戰線》站在同一線上。昭和七年（一九三二年）遭人檢舉後他的政治立場丕變，後來以軍中記者的身分被派遣到前線服務。

片岡鐵兵並非偵探小說作家，但其風格與《新青年》標榜的現代主義有所共鳴，曾發表〈死人的欲望〉、〈椅腳的曲線〉。

---

1 橫光利一：一八九八～一九四七，日本小說家，生於福島縣北會津郡（現會津若松市），在三重縣度過童年。

2 川端康成：一八九九～一九七二，新感覺派作家。一九六八年時，成為首位日本諾貝爾文學獎得主，同時也是第三位獲得諾貝爾文學獎的亞洲作家。

3 中河與一：一八九七～一九九四，日本小說家，生於香川縣，筆名中河哀秋。

4 新感覺派為二十世紀初在日本文壇興起的一個文學流派，為日本最早出現的現代主義文學。該學派主張文學以主觀感覺為中心，否定客觀，以「新的感覺」表現自我。

三木是我中學時代的好友，已經十一、十二年沒見到他了。

以前常向他借一些奇怪的書來看，像是恐怖推理大師愛倫坡[5]的小說、波特萊爾[6]的詩集以及王爾德[7]的小說，這個男人帶領我進入惡魔般唯美的文學世界。

讀中學的時候，他是校內著名的美少年，紅頭髮、白皮膚、尖鼻子，簡直像個外國人，所以同學們喜歡戲稱他為「紅毛仔」。

他家境富裕，中學畢業後直接進入美術學校就讀，美術學校畢業後，順利進入洋行工作，此後就一直沒有他的消息。幾天前，我在銀座來來往往的人潮中，忽然感覺有人拍我的肩膀，回頭一看，竟是許久不見的三木！

想不到短短十年光景，人的容貌竟會有如此大的改變，著實令人訝異。三木已不再是當年的美少年，雖然他的紅髮依舊，還認得出是從前那個「紅毛仔」，但仔細一看，他的面色蒼白、眼窩深陷、兩頰削瘦，就像幽魂一般。然而，奇妙的是，縱使他一臉憔悴，卻依然有一種說不出的俊美，就像古代的天鵝絨織錦所散發的光采……從他深刻如浮雕般的臉龐，可以感受到某種奇特的魅力。

大約一年前，三木回到國內發展，如今住在郊區一棟自行興建的住宅。他表示如果有空的話，歡迎到他家玩。由於他身邊還有其他朋友，不方便多談，我們也就沒再多聊了，彼此寒暄一下，便各自離開。

兩、三天後，我一時心血來潮，前往土地建設公司營建的郊區住宅拜訪三木。因為是重劃區，如同棋盤似的道路鋪得相當整齊，我很喜歡這樣的居住環境。猶如美式風格的社區住宅，有草地和樹蔭圍繞的紅色屋頂，在晴朗的天空下，構成了一幅美麗的景致，這裡的人們似乎都過著相當幸福的生活。

三木的家，應該與我想像中的房子相去不遠吧！就在三木遞給我名片的那一瞬間，我心中突然浮現出一幢外觀奇特的洋房，特殊的建築風格難以用言語來形容，總之，是一棟住起來可以讓人享受舒適生活的房子。

進入這一帶的住宅區時，我停下腳步，努力從放眼望去的洋房中，尋找我心目中那幢理想的房子。

「應該就是這裡！」

我走到一間平房式住宅的門前，確定是這裡沒錯！房子的外觀看來相當清爽！但是，這棟房子卻散發一股強烈的妖異氣息，令人感到侷促不安，裹足不前。

5　愛倫坡：一八〇九～一八四九，美國作家、詩人、編輯與文學評論家，其懸疑及驚悚小說最負盛名。

6　波特萊爾：一八二一～一八六七，法國詩人、象徵派詩歌先驅、現代派之奠基者、散文詩的鼻祖。

7　王爾德：一八五四～一九〇〇，愛爾蘭作家、詩人、劇作家，英國唯美主義藝術運動的倡導者。

果然，如我所料，門牌上確實寫著三木的姓氏，宛如夢中所見。於是，我信步踏上入口處的石階，緊張地按了門鈴。

隨後，一名身穿白色圍裙的少女替我開門，我將自己的名片遞給她，並告知來意。於是她引領我進到屋內的一個房間裡。

那兒應該是三木的接待室兼畫室吧！不論是椅子上或是桌子上，到處擺滿了驚悚的繪畫，奇怪的色彩在房內亂舞，一踏進這間畫室，就有一種無以名狀的壓迫感直逼胸口。

這些油畫散發著抽象的肉慾之感！使我感到無比眩惑，手臂和臉頰上的血管急速收縮，臉紅心跳不已，在羞愧與快感之間，感覺窘迫不堪。甚至連房間的牆壁都因感官上的反應，出現有如肉慾橫陳的幻覺。

更奇妙的是，其中一幅似乎剛完成的畫布上，隱約可以看出些許輪廓，卻看不懂到底在畫什麼？像是嘴唇的放大，或是拉斐爾[8]的奇想世界。不過，從用色大膽的紅色筆觸，可以感覺到畫家奇怪的執念與心中的焦慮。到底這幅畫想要表現什麼？就在我張大眼睛貼近畫布時……

「啊，你來得正好！」

三木神采奕奕地走進房間，向我打招呼。

「呃，這幅畫，到底畫的是什麼？」我指著畫布問道。

「看不懂是嗎？你不知道，我在紐約跟一個無頭的美豔女鬼結婚嗎？」

「……？」

我被友人突如其來的這番話嚇著了，稍一回神，卻不敢直視對方的臉。

「那件事，和這幅畫之間有什麼關連？」

「和這幅畫之間的關連？暫且別管這個啦！前幾天偶然遇見你，真的很開心。回日本後，我幾乎很少與人往來，不是不想交朋友。只不過，因為我和美豔女鬼結了婚……如果交往的朋友，對這個話題沒什麼興趣，一定會覺得很乏味吧！你說是不是？」

「可是，我是個無趣的人，對於無頭美女，也沒多大的興趣耶……」

8　拉斐爾：一四八三～一五二〇，義大利畫家、建築師。與達文西和米開朗基羅合稱「文藝復興藝術三傑」。

於是，三木似乎有點強顏歡笑地說著。

「如果沒興趣的話，可以聊些別的話題啊！我現在不找個人說說話，心裡怪難受的，請你當我的聽眾好嗎？」

「有話就說，我洗耳恭聽。」

「謝謝。其實，前幾天遇到你的時候，我說過從巴黎準備要回國之前，先到了美國轉一圈，在紐約的時候……」

「能夠旅行，真令人羨慕啊！」

「但是，你知道我為什麼要去紐約嗎？好像是為了談一場戀愛而去的。總之，到了紐約沒多久，就陷入愛情的漩渦。」

「你愛上了什麼樣的女人？」

「我愛上很純粹的紐約女子。」

雖聽到三木談起他和洋女人談戀愛，卻絲毫沒有彆扭或不協調的感覺。至於為何如此？

倒令我想起從前在學校大家習慣叫他「紅毛仔」的往事。他會與洋女子談戀愛，好像也理所當然，一點也不足為奇。他英俊的外表早已超越了國界，確實是個令人稱羡的美男子。

（以下是三木的自述）

我坐船抵達紐約之後，立刻叫了一輛計程車，在黃昏的街道上急忙找尋投宿的飯店。但是車子到了某個轉角，不知為何就突然停了下來。

「怎麼回事？」

我怒氣沖沖地質問計程車司機卻不得要領。過一會兒，車子又發動了。這時，我身旁彷彿有一隻巨大的蝴蝶飛撲而來，一位女子突如其來跳上車，抓住我的肩膀。

「喂，別掙扎了，你逃不掉的！」那女子在我耳邊細細說著。

我嚇了一跳，仔細一看，原來是個年輕女孩，長得非常漂亮的美女！

（她是女賊？還是扒手？瞬間，我的思緒如墜入五里霧中）

於是我開口問她：「對我，妳想做什麼？」

「嗯，我只是想……」

她在車裡邊貼近我邊說著。我以為她會拿著手槍，槍口抵著我的腰際準備勒索。沒想到當我朝下方一看，並不是什麼手槍，而是白皙的手指貼在我的腰際，假裝要瞄準的模樣。

我心想，原來紐約也有這種阻街女郎？對此，不由得興奮起來，心情驟轉，整個人變得明朗而躁動。

「要多少錢？」我問對方。

「哈哈哈哈，你以為我是白痴啊！我從港口那兒就盯上你了，一路跟蹤至此，別以為幾個錢就能打發我，沒那麼簡單。先講好，我並不認識這位計程車司機！」

「那妳到底想怎樣？」

「我想要你全部的財產。」

「這下可好了，我明天得餓肚子了。」當然這句話是開玩笑的。

笑。

「別擔心，我不會讓你餓肚子的……其實……」

她邊說著，大大的眼睛溜溜地轉，突然發出驚聲尖叫。

「哇喔！你是日本仔！真奇怪！真是可愛的日本仔！我好喜歡你喔！」說完，便哈哈大

我生氣了，對她大吼：「滾下去吧，妳這個瘋女人！」

「別生氣嘛！你錯了，其實我很可憐的！」

「像妳這樣美麗的貴婦，怎麼說自己可憐呢，真教人難以理解！」

「看來，你挺不賴的嘛，這麼會說話，好吧！今晚就送你大便作為見面禮好啦！」

以上這段對話，應該能讓你明白我當時的心情真的可說是非常愉快。我喜歡刺激冒險！在此之前，我一直想像自己能有這麼一天。

只要遇上冒險，不管之前多麼不幸，陷入多麼苦難的困境，我也不會感到不安，或是心煩意亂，這就是我的個性。現在能遇上如此令人興高采烈的冒險，我絕不會後悔！這就是我

一直以來的生存之道，也是我面對人生的態度，我就是這樣一路走來的，相信未來也同樣會繼續走下去……

總之，我讓對方來決定我所有的命運。完全信賴她，並以我的生命作賭注。我是那種對於女人的反應比一般人敏感的男人。換言之，我從她身上並沒有嗅出任何邪惡的意圖。

不，那是因為在車內，我已經感覺到自己瘋狂愛上她了。

計程車在一棟灰色建築物前停下來。

我們一起走進那棟建築物。

那是一棟公寓，由她當嚮導，帶我爬上陰暗的階梯，走到二樓的長廊。沿著長廊，所有的門倏地全開，裡面形形色色的男人臉孔朝我們窺視。我看見幾十雙炯炯發光的眼睛，在我身上停駐。

「去！做你們該做的事！」她大聲叱責。

同時間，男人們的臉孔消失，所有的門，像是裝有機關似的，突然霹哩啪啦關上了。她轉身對我露出一個燦爛的笑容。

「這是蜜蜂的巢，那些工蜂剛才是在嫉妒你，很不可思議吧？」

「那妳不就是女王蜂，幼齒的女王蜂！」

（於是，兩人展開一連串的熱吻……）

這裡恐怕真的是蜜蜂的巢。然而，對我而言，它卻像個美人窩。

我在她的房間，住了一個禮拜，在那期問，得知更多有關她的事情。

她名叫比利．莎姬，是紐約一帶有名的不良少女。令人訝異的是，她居然擁有無數的手下，個個都是孔武有力的彪形大漢。而這棟公寓，就是長期租給他們這些無賴漢住的地方。

但是，大部分的男人，並不是只為了想喝酒，才擁護她作首領。換句話說，其實比利擁有令人驚異的交際手腕。

憑她的本事隨時都可以弄得到酒來，不管多少瓶都沒問題。不過，這也不足為奇，因為她和走私集團的首領混得很熟，才能擁有源源不絕的供酒來源，她能在無數的底層階級中呼風喚雨，也是理所當然囉！在美國，誰要是能供應免費的飲酒，底層階級的人就會奉之為神明看待。

我在想，把我載來這兒的那位司機，八成也是因為想喝酒才甘願做她的手下。

「可是啊，在那群工蜂之中，也有人不是因為想喝酒，才願意做我的手下，那些人是為了想奉承我，才會為我做牛做馬的！」

雖然她這麼自豪地說著，但是事實擺在眼前，絕非瞎口胡說。這棟公寓裡，每天晚上前來拜訪的紳士不止十人。幾乎可以在地下室開個酒吧了。在地下室，以她為中心，那些紳士和無賴漢之間，展開怎樣的對峙場面便可想而知了。不過，這些和我所要說的故事一點關係也沒有。

然而，我最欣賞的，就是這些前來造訪的紳士們，都接受了波特萊爾精神的光榮洗禮。當然他們或許不知道誰是波特萊爾，但是他們長期對於享樂的追求，不知不覺就成了頹廢美學意識下的俘虜，這點絕對錯不了。

比利一一向我介紹這些紳士……記者葛利先生，身材高大，鬍鬚很濃，眼神炯炯如黑鷲，令人印象深刻；藥劑師柯爾曼先生，長得一副狗臉；律師韓泰森先生、還有同為律師的庫拜先生。這些人之中，唯一令我難忘的，則是醫學博士格雷先生。

當她向我介紹這位「格雷博士」時，真不敢相信世上竟會有長相如此凶殘的臉孔，我從他的眼神中感覺到有種不祥的惡意。

格雷的頭幾乎禿光了。因為他本身是整形醫師，所以常跟人說，像他這樣的禿頭，總有辦法治得好。

「他可不是吹牛的，我想他一定有辦法治好禿頭。不過，為什麼他的鬍子總是不刮乾淨呢？」

她向我做了以上的說明。接著，又說不光是禿頭能治得好，格雷博士目前也正在積極研究整形手術的方法。

「如果完成的話，人們對戀愛的看法會完全改觀！」比利好像非常信賴博士似地又補上一句。

同居了一個禮拜，比利的魅力深深根植我心底。

「比利，我已經不行了，我在等待著妳殺了我。」

「要殺你還早得很，我還想要教教你更多的情欲！」

比利是個大膽的女人。她用熱情的雙手擁抱著我，並且坦率地說出她的殺意。

「但是，比利，那些博士啊、畫家啊、律師們，難道不會嫉妒嗎？」

「咦，為什麼要嫉妒？」

「妳別裝了。那些傢伙，不都是等著被妳殺掉的工蜂嗎？」

比利不禁大笑。

「是啊，他們可嫉妒得很！不過，那些傢伙與我一點關係也沒有。我只在乎我們兩人享樂的時刻，沒必要想其他的事！」

「不，我只想被妳一個人占有！」

「別說那種蠢話了！」

不過，我終於發現一個很微妙的現象，那就是比利似乎漸漸對我產生了特殊的感情，這點我感覺到了。

「親愛的！我再也不是什麼女王蜂了。雖然有點不甘心，可是，我還是得承認，沒有你，我活不下去！」

聽到她這番告白，我心中無限感激。好像突然感覺自己提升到另一個境界，一瞬間，我在她的額頭、臉頰、鼻頭、眼皮、下巴以及嘴唇，彷彿花雨般落下無數的吻。

某天，我得到比利的許可，到街上散步。從陰暗骯髒的小巷子，漸漸來到車水馬龍的十字路口，看見一位世間少見，長得很可愛的女孩。

那名女孩，在街角兜售香菸，她的肌膚，簡直就像冷水洗滌過的白色花瓣。年紀差不多十七、八歲吧？鵝蛋臉，像黑水晶般清澈的眼睛，給人一種無比清新的感覺。

我向她買了一包維吉尼亞香菸，忍不住盯著她瞧，一臉呆滯的模樣。

「喏，先生，這是找你的零錢！」

聽到她的提醒，我才回過神。

「啊……」

我不由得叫了出來。

耳畔突然響起比利高亢的尖笑聲。我感到有點悲傷，清純的少女，如今令我汙濁的內心，為之暈眩不已。

「如果這名少女能夠救我出去，那麼即使立刻從比利那兒逃出來我也不會感到後悔！」

我邊幻想著，邊回到比利的住處。當我正要打開她的房門時，聽見屋內有人在說話。於是乎，一時之間把剛才看到那名少女的事完全拋諸腦後了。我的體內彷彿有熊熊的妒火燃燒。我側耳貼在門上仔細聆聽，很努力地想聽清楚房裡的人交談的內容。

「不可以！怎麼能做那種事？」那是比利的聲音。

這時候，另一個聲音又急促地響起。

「沒什麼不可以的。比利，好好考慮一下……好嗎？……然後，殺了那傢伙……那個日本仔……」

「不，我的臉沒什麼問題……不需要整形……倒是那個日本仔……我從未聞過男人身上有那麼好聞的味道……教人難以抗拒……就算你是博士……也不能把人當作實驗品吧？」

「看來妳和他關係匪淺……還耽溺著……他的床上技巧……妳這個笨女人！」

我聽得很清楚，那是格雷博士的聲音。

我小聲地敲著門。

「啊！你剛才去哪兒了？」

格雷博士看著我的臉笑著說道。

「我和比利正在討論調雞尾酒的方法呢！」

「別騙人了！博士剛才正想要殺掉你呢！親愛的。」

比利居然說出了實話！然後將頭埋在我胸前啜泣起來。

「真搞不懂妳在歇斯底里什麼？」

格雷博士彆扭地笑著，丟下這句話，逕自離開房間。

「比利，發生了什麼事？」

「沒什麼啦！只不過，我很困擾，剛才的話，你聽了可別生氣噢……」

「我不會生氣的，我想知道究竟是怎麼一回事？」我不安地說著。

比利告訴我，若我繼續待在這兒很危險，所以，拜託我暫時離開這兒，到附近租一個房間。

「我一定會每天去探望你的！」

「嗯，我說過了，要是那些傢伙敢壓迫妳，我會挺身而出替妳解圍！」

我感覺到自己額上浮現青筋，聲音聽起來很宏亮，不再顫抖了。

「不，不！快別這麼說！」

比利突然衝向我。我一時站不住腳，就一屁股倒在床上。然後，我看見剛才一直哭個不停的比利臉上，出現了花朵般燦爛的微笑……

結果，我離開了比利的公寓，在四、五條街外，租下一個房間住。

隔天比利來到我的住處找我。

我一度很想見她，曾經去那棟公寓找過她一次。我永遠忘不掉那可怕的光景。不知為何，我來到比利的房間，卻沒見到她人，房間裡什麼也沒有，我悄悄往床旁邊的簾子望去，並且伸手觸碰房間裡的坐墊，感覺好像剛才有誰窩在這裡似的，坐墊上還留有暖和的溫度……

我不假思索，突然站起身，撥開那簾子一瞧，只見暗暗的燈光，照在床鋪上，忽然看見枕頭上，有個異樣的東西放在那兒。

看起來像是黑色外套的頭巾，我正懷疑那到底是什麼東西？伸手摸摸，還是搞不清楚究竟是何物？於是把那個東西拿起來，放在手上仔細一看……

「危險！」我把溜到嘴邊的叫聲又吞了回去。

那根本不是什麼頭巾，而是一張牛的頭皮。牛的臉和皮膚，就好像脫掉一層手套似地，好端端被扒了下來，上頭完全沒有任何損傷，也沒有破掉，皮膚上還沾著生血，可以說確實是從牛的身上活生生硬剝下來的皮。

我當時感覺一陣噁心，趕緊從那個房間逃了出來。

後來，我再見到比利時，不曉得為何心裡就產生了一種骯髒的感覺。難道她把牛的皮膚當成她的寵物在把玩？愈想愈覺得噁心，有這種怪癖好的女性，還真是世間少見啊！我一直以為我對她有興趣，但不知怎地，現在我的心情剛好相反。

老實說，我並沒有覺得那樣很不可思議。只是一想到比利，就覺得胃液翻攪，我有充分理由，做出如此的反應。從那時開始，我漸漸想和那名賣香菸的少女親近。

雖然一方面，仍舊對比利有著強烈的渴求，但另一方面，賣香菸的少女逐漸吸引著我。然而，想要追求全身麻痺的頹廢快感，又不能沒有比利的陪伴。因此，在我心底，對於追求純真的美麗，總感覺到有一絲絲不安。

南西——那位賣香菸的少女，彷彿可愛天使一般的對象。

當我在比利的床上，發現了醜惡的生牛皮之後，我整個人似乎被猛然敲醒，對比利產生反感，覺得愛上南西是理所當然的事。

故事很單純地進行著。總之，南西和我愈走愈近。她在比利沒來拜訪我的隔天，也來到我的住處。

「南西，救救我！」

某天夜裡，我在房裡迎接南西的到來，終於向她告白。

「你在說什麼啊？像你這麼有錢的人，到底為了什麼如此痛苦呢？」

南西睜著大大的眼睛，直盯著我的臉瞧。如此天真無邪！我感動得幾乎要陶醉了，不由得將她的肩膀拉過來，在她耳畔說起悄悄話。

「不是物質上的缺乏，妳知道嗎？南西，此刻教人痛苦的是，我的心已經墮落了，我想只有妳救得了我！」

「如果想要得到救贖，就會得救！好像曾經在哪部電影的字幕上看過這句話。」

南西微微抬起頭，一根細長的手指頂著唇邊，若有所思地喃喃自語。

我已經忍不住想要抱住她了！

「南西，我愛妳！」

意外地，南西也以肯定的語氣對我說。

「我也是，親愛的……」

我緊緊抱住她，於是接吻。

而我，也不是什麼好男人？我一定是受到了比利的影響，內心才會如此腐敗、墮落。

現在，擁有無數光明正大的理由，將她緊緊抱在懷中的我，把所有不安和憂慮全拋在腦後。不管我手上的女孩是天使？還是比利？已經沒什麼差別了，於是我把用在比利身上的那一套，也試著用在南西身上，那瞬間。

「不可以這樣！你不可以這樣！現在還不行！親愛的，請你尊重我，好嗎？」

南西發出叱責的聲音，接著從我懷中掙脫而出。

我的夢碎了，我回過神，像石像般僵立在原地。

「親愛的，請尊重我。你可知我是如此愛你，你怎能……」

南西於是放聲大哭。

「南西，請原諒我。我知道了，請懲罰我，我是屬於妳的。」

「我也是……屬於你的啊……」

這時候，門突然打開，原本今夜不會來訪的比利，帶著小小的一束花出現在我們面前。

「啊……」

南西嚇了一跳，整個人往後退了一步。用眼神向我示意，於是離開了房間。

「那女孩，該不會在橫町賣香菸的那個吧？」

比利邊目送她離去，邊以輕蔑的語氣說道。

「看來，還真是不能大意！」

「我已經受夠了！」我開口說話。

「什麼受夠了？」比利逼問我。

我沉默不語。我的腦海裡想的全是南西。「NO！NO！NO！不要！不要！現在還不行！」南西的聲音迴盪在我耳邊，令人戰慄的聲音，彷彿神聖的鐘聲不絕於耳。

「喂，親愛的，快醒醒！」

「比利，我今夜不想見到妳！」

我斬釘截鐵地說。

「今夜？嗯，今夜的意思就是永遠吧？你居然這麼說……我不甘心！」

比利幾乎要發狂了，她把手裡的花束用力地甩在我身上，頭也不回地奪門而出。

翌日，我到十字路口迎接那名少女。但是，不知為何，等了一整天，都沒看見她的出現。我感到悲傷，同時很擔心她的狀況。隔天的情形也是一樣，她仍舊沒有出現。於是，又過了五天，依然不見她蹤影，日子就這樣一天天過去。

或許是因為知道不良少女比利和我的關係很親近，所以南西放棄我，再也不想和我見面，連平日販售的地點也改變了，所以始終不見她的人影。

但我相信，事情絕不是這樣的。如果真是如此，那麼她一定很看不起我吧！曾經愛過我的這個事實，如今必定成為她錐心的悔恨，成為她心中難以抹滅的傷痕吧！

一想到這裡，實在難掩我心中的悲痛！

我想她想得快發瘋了！現在才猛然想起，為什麼和她見了那麼多次面，卻從未問過她住在哪裡？陷入熱戀之中，反而極力想要忽略任何現實環境的因素，是我向來的習慣，如今卻變成我的咒詛，如果能知道她住在哪裡，我會立刻衝去她的住處，化解這些誤會，一定要讓她獲得真正的幸福！

奇怪的是，從那以後，比利也沒再來找過我。

第五天夜裡，有人敲我的房門。

轉身一看，門打開後，一名女子走了進來，竟然是南西！

「喔，南西！南西！」我不假思索地大叫，並且奔向她。

「南西，我好擔心妳！我以為妳要放棄我了，不過現在看到妳太好了，真的太棒了！」

我緊緊抱住她。

「妳生病了嗎？」我問她。

「不是，因為伯母急病的緣故，這幾天回去故鄉一趟。不過，已經沒有大礙了，所以……我也好想見你啊！」

我和南西，臉頰緊緊貼在一起，兩人靜靜地落下淚來。

××、×××××××××××××。××××××××、××××××××××××××××××××。

×××××××、×××××××××××××××××××。

×××××××××××、××「××××××××××××××××」××××。

「××××××××！××××××、××××××××××」

××××××××××××××××××××××××××××××××××××。×、××××、「×××××！」[9]

一陣親密的熱吻後……突然，南西高聲大笑！

這時，我才發覺自己被打敗了。

「可惡的比利！」

我內心充滿憤怒。

突然想起，前兩天好像在報紙上看到，紐約的黑街有人發現無頭女屍。該不會就是南西的屍體吧？

猶記得比利曾說過，格雷博士的整形外科手術，是為了改變世人的戀愛觀。

又想起曾在比利床上發現了牛的臉皮。

這麼說來無頭美女……南西臉部的皮膚不就移植到比利的臉上了……

「沒想到妳真的是比利！」

「不，比利早已死了！」南西回答道。

「那麼，妳究竟是誰？」

「我？我是南西的幽靈！」

9　本文中有許多××××××隱藏看不見的字，很可能是當時的編輯為了躲避內務省的檢查，因此讀完原稿後將其隱藏。又或者可能是作者特意將一些故事的段落敘述隱藏起來，以製造懸疑的效果。作者的另一個短篇作品——〈蟲〉，當中一半以上的內容也同樣使用了×××的方式來表現。

啊，我又被打敗了。

「請帶我回日本！」

比利……不，是南西的臉部皮膚貼在我的臉頰下方，冷冷顫抖地說著。

三木的故事就說到這裡結束，於是我偶然對著剛才進來時，那幅看不太懂的詭異油畫又瞧了一眼。突然，那幅畫好像動了一下，同時，我清楚地看見畫中真實的模樣，終於了解，原來那是一張女人的臉，而且是被剝除掉臉皮後，露出皮下肌肉的血紅臉龐。

「原來如此。」我回頭瞄了三木一眼。

「你終於明白了！」三木也回以微笑。

這時候，門靜悄悄地打開。

「這位是我太太。」三木向我介紹。

只見一位美國婦人，拿著水果盤站在那兒。蒼白的皮膚，擁有黑水晶般澄澈的眼睛……

那是南西的幽靈啊！

魔像。

魔像

一九三六年五月發表於《偵探文學》

作者簡介 蘭郁二郎

本名遠藤敏夫，別名林田葩子，大正二年（一九一三年）生於東京。昭和六年（一九三一年）在《偵探趣味》裡發表了處女作〈停止呼吸的男人〉。後與同好共同發行《偵探文學》雜誌。二次大戰時，擔任報導班員遠赴南方前線，昭和十九年（一九四四年）因飛機事故身亡。享年三十一歲。

蘭郁二郎為日本早期科幻小說（SF）作家，其作多以人體零件或生理現象為題材，創作出各種異想天開的故事，並受到前輩作家海野十三的青睞，然而不同於海野氏混合了本格推理[1]與科幻的風格，蘭郁二郎對於本格派擅長的解謎手法似乎不感興趣。本篇故事充滿異色奇想，獨樹一格，令人印象深刻。

---

1 本格派為推理小說的流派之一，又稱為正宗、古典派或傳統派。此流派以邏輯至上的推理解謎為主，在驚險離奇的情節與耐人尋味的詭計當中，透過邏輯推理來展開情節。本格派在內容設計上會盡可能地讓讀者和偵探站在同一個水平線上，擁有相同數量的線索，滿足以解謎為樂趣的讀者。

今天一大早，寺田洵吉又開始忙碌尋找工作了，雖然到處碰釘子，對他來說倒是已經習以為常，不過他還是願意不斷嘗試下去。就在他漫無目的在街上閒晃的時候，不知不覺來到了淺草公園。

這是寺田每天的「例行公事」。自從離鄉背井以來，他不願再回鄉下過著愚蠢的生活。關於未來，他想了很多，後來決定投靠在東京唯一的叔父，便離家來到這裡，然而叔父的經濟狀況也不是很寬裕，無法讓他在家裡遊手好閒，供他白吃白住，因此他每天都要出去找工作。

寺田打算在公園裡稍作休息之後再出發，他習慣走到公園水池附近一座爬滿藤蔓的棚子底下乘涼。

這時候不曉得從哪兒傳來類似瓦斯漏氣的聲音，他呆坐在那裡，聽著令人不安的聲響，附近各個常設展覽館的繽紛宣傳旗幟，宛如五彩的暴風雨般歇斯底里地狂亂吹著，寺田直盯它們瞧。

（他還是個了不起的傢伙……）

寺田喃喃自語，忽然想起兩、三天前，在這附近偶遇中學時代的同學水木。

同時他又想到。

（如果去水木那兒，說不定可以請他幫忙介紹工作）

接著他開始怨自己當時怎麼沒想到可以請水木幫忙，寺田一邊覺得懊惱，一邊在身上唯一的西裝口袋裡反覆尋找水木留給他的名片。

會遇到他完全是偶然，而且相對於水木似乎很有錢的樣子，自己窘迫的生活好像會被人看透似的，因此他當時一拿到水木的名片連看都不看，就趕緊塞進自己的口袋裡了。

（有空請到我家玩……）

水木的聲音從他背後傳來，寺田近乎逃亡似地趕緊與水木道別，不想讓他看到自己一臉狼狽的模樣……

幸好沒將他的名片弄丟，雖然弄皺了，至少還是從口袋底部將它找了出來。

他喘著氣，將皺巴巴的名片攤平。這是一張用細明體印刷而成的精緻名片，上頭寫著：「水木舜一郎。東京都杉並區荻窪2-400」，地址位在東京的新開發區域。

寺田再次讀了名片上的地址，立刻決定離開那座爬滿藤蔓的棚子，穿過六區，趕搭通勤電車。再轉乘幾次電車之後，終於到了荻窪，時間已接近薄暮，天色也暗下來了。

從車站沿途問路，進入更深的地方，渡過小河，穿過一排商店街，終於來到所謂的新開發市區，好像沒什麼人住在這裡，感覺很荒涼。

寺田洵吉突然想起家鄉荒廢的田地，在太陽逐漸朝西墜落之時，他拖著長長的影子，認錯了好幾次路，才好不容易發現「水木舜一郎」的門牌，儘管外面的空氣冷冷冰冰的，他的體內卻感覺異常暖和。

他環視四周，看到水木家北側屋簷下的大片玻璃牆，躊躇了好幾次才推開玄關的門，試著詢問有沒有人在家。但是，沒有人在家嗎？為何家裡靜悄悄的，根本沒有人回應。

過了一會兒，寺田索性脫了鞋子赤腳走進屋內，他一邊緩緩移動冰冷的腳，一邊試著鼓足力氣再喊一遍「有沒有人在家？」然後側耳傾聽，好像有個聲音從遠方傳來：「是誰……」

他似乎聽見有人回應，隨即提高了音量：

「是我啊！寺田、是寺田洵吉……」

「啊，寺田君嗎？你來得正好。我現在手上正忙著，抽不開身，可否請你先上來……」

回應他的聲音，雖然聽起來很遙遠，不過，那的確是水木的聲音。

寺田一方面對自己用一雙髒兮兮的腳在別人家裡踩來踏去，還大聲嚷嚷的感到不好意思，一方面卻已悄悄推開房間的門，窺伺裡面的動靜。

（哇喔！）

寺田不知看到了什麼，突然一瞬間，倒抽了一口氣，心臟狂跳不已，好像要壓迫到喉頭似的，到底他看見了什麼？

正面的牆壁上，有個直徑長達約莫一呎的巨大眼珠，精神飽滿地盯著人看，猶如洞穴一般，從眼裡射出令人遍體生寒的視線，嚇得他全身上下直打哆嗦。

眼白布滿如蜘蛛網般的血絲，上方還有如火把般林立的睫毛，另外在那眼珠的正中央，空虛的黑瞳之中，還映照著讓人捉摸不定可怕的影子……

洵吉完全無法直視那個巨大的眼珠。

那個危險的眼珠從牆面掉到地板上，他喘了一口氣之後，立刻又發現牆壁上有一截巨大的腿，當場嚇得魂不附體，大約比普通的腿還大上四、五倍，毛茸茸的一截腿從天花板垂下來，四周安安靜靜的，一點風也沒有，然而腿上的毛，好像被風吹亂了似地，糾結在一起。

接下來，他又看到只有手臂、只有腹部，或是只有耳朵、只有乳房，好像從巨人身上，分別切下的各個人體部位，飄浮在幽暗的空間裡，無聲無息地蠕動……

那些人體部位的蠕動似乎比剛才更加劇烈，而且像是要穿過黑暗的房間似地，朝洵吉的周圍游過來。

他嚇得全身癱軟無力，好不容易才把房間的門推開。

那時候，若不是聽到隔壁傳來水木的聲音：

「我馬上就好了。請等我一下……」

寺田很可能會嚇得落荒而逃，水木家簡直就像鬼屋……但換個方向想，也許當時寺田如果嚇得奪門而出，或許對他而言反而是一件幸福的事……誰會知道後來的發展竟是如此出人意料？

這時候，從隔壁的房間又傳來水木的聲音：

「房間裡很暗喔！電源開關在門附近，你找找看，幫我開個燈好嗎？」

但是寺田聽到了聲音，卻沒有立即回應，而是用他不停顫抖的手，慌張地摸索牆壁四周，好不容易找到了電源開關，用力地按下去。

只聽見啪一聲，房間終於大放光明，就在他眨動眼睛的瞬間，原本飄浮在空中的巨大手掌、腳掌以及嘴唇，都緊貼在壁上，各自慢慢吸進掛在牆上的照片裡，洵吉假裝剛才不曾發生過任何事情，周圍一切也恢復了正常。

（這是什麼鬼照片啊？）

寺田洵吉心想，這大概又是水木熱中的怪興趣的照片吧？這才鬆了一口氣，但因剛才受了刺激，仍呆立在房間的入口處，心臟還在噗通噗通跳個不停，感覺頭暈暈的，還有一點點耳鳴現象。

就在等待的時間裡，他想起中學時代的水木舜一郎的往事。

就洵吉記憶所及，從那時候開始「水木」就和「攝影」分不開了。

水木家境不錯，因此雖是鄉下的中學生，也能擁有屬於自己的照相機。

剛開始光是拍攝班上的同學就能滿足的他，逐漸轉向拍攝一些特殊的照片，例如拍下自己倒立的畫面（真是奇怪，怎麼會有人喜歡拍倒立時痛苦的表情？話雖如此，照片洗好還是與普通照片沒什麼兩樣，不會特別奇怪）或者是把毛毛蟲拍得像結婚紀念照一般大小，看了教人寒毛直豎，毛茸茸的，真是醜斃了，但是同學們似乎看得津津有味，當然水木心裡也喜孜孜的很有成就感，當時他還是個年少的美少年。

他拍的照片當中，有一張連寺田本身都讚不絕口。

（這張簡直是傑作！）

他記得，有一次水木從文具店蒐集了許多女明星的宣傳照，把照片上的五官分別剪下來，再重新組合成新的明星臉，然後用相機翻拍。例如嘴巴是東活（日本的電影公司）冬島京子的、眼睛則是東邦製作的春澤美子、耳朵則是……從眾多女明星當中，挑選其特徵部位加以組合，居然能製作出一張新的合成美女照，真是巧奪天工！

水木會把他拍的合成照偷偷藏在課本裡，帶到學校給同學們看。

（喂，你知道這個部位是哪個女明星嗎？）

看到自認是專家的同學，歪著頭看著合成照的模樣，水木真是開心得不得了。

當時洵吉也偷偷看到那些照片，經過重組後創造出來的美女臉龐，看了直教人心跳加快，即使是現在，當年的情景依然歷歷在目。

就在他發呆想著這些事的時候，水木突然出現在他面前。

「不好意思，讓你久等了……」

「我在沖洗照片，一時忙得沒空招待你……喂，你在發什麼呆啊？」

「嗯，沒事，沒什麼啦……」

洵吉雖然勉強擠出笑容，但看得出來他的臉頰十分僵硬。水木並沒有察覺到這些，只顧著檢視手裡的底片，遞給眼前的寺田。

「怎麼樣，很棒吧！這張是淺草的小川鳥子。今天請她到工作室來，當我的模特兒……

拍下了這些裸照。」

「小川……」

「小川鳥子，不正是淺草的紅牌舞孃嗎？怎麼會……」

洵吉似乎被挑起了興趣，接過水木手中遞來的底片瞧了一眼，沖洗底片這方面對他來說完全陌生，只見到乳白色的背景中，眼睛的部位是全黑的，而嘴巴的周圍全是白色的，像黑人一般的少女，擺出無矯飾全裸的姿態。

「你看，這個鳥子，真是難得一見的美麗肌膚，很棒……」

水木似乎很愉悅地喃喃自語，將抽出來的底片再次放回去，然後對洵吉說：「今天還要稍微進行一下顯影的工作，你也一起來幫忙吧……」

於是洵吉隨著水木走出門外。

那個房間，是一間小小的暗房，周圍飾以全黑的厚窗簾布，其間皺褶起伏不大，就這樣緩緩垂下來，在那之中，有一盞小小的暗紅色燈光，幽幽暗暗，映著微弱的光圈。

「中學時代的朋友真是令人懷念啊！好久不見了，能在淺草遇到你，算是很偶然的機會了！」

水木緬懷著舊日情誼，把門用力關上之後，在紅色燈光的陰影下，將藥水調配好之後倒進白色器皿裡。

洵吉望著水木動作靈活的手指，注視著那美麗的指甲，說道：

「嗯……的確好久不見了……為什麼你喜歡這種照片？和你學生時代拍的傑出作品真是大不相同……」

水木在白色器皿之中放進蛋白色的相紙，開始上下左右搖來搖去，要讓相紙充分浸在藥水裡，以便洗去多餘的感光膜。

聽到寺田的問話，真虧他還記得這些，水木不由得露出了苦笑，隨即以認真的神情回答：

「你知道嗎？我就是最喜歡這種氣氛，簡直像嗑藥，無可自拔地迷戀上這種變態的照片。」

「不管別人怎麼說，我無所謂。你瞧，剛才什麼也看不到的相紙上，起先像是天空一般，無論景色也好、臉部也好，看起來都是白茫茫的一片，現在影子慢慢出現了。這時候，我就會忍不住興奮地微微顫抖起來，感覺好開心！」

「『原本什麼也看不見的相紙上，接下來會出現什麼畫面呢？』這樣想的時候，心裡那種輕鬆又愉悅的興奮之情，你應該也能體會吧！」

水木渾然忘我地看著手上即將顯影的相紙，戒慎恐懼地期待著，不知能否洗出高畫質的照片。

「照片能創造出超越五官的神祕感，構成一幅美麗的圖畫。耽溺在這些攝影作品之中的我，覺得自己好幸福喔！」

自言自語的水木，蒼白的臉在紅色的燈光映照下，像中風患者一樣，在黑暗中浮出病態面容，還有他紅色的嘴唇，此刻看上去卻是綠色的，有種說不出的怪異感。

另一方面，寺田就在目睹水木進行照片顯影的過程，看到濕答答未乾的相紙一角，一開始只是霧霧的、淡黑色的汙點，然後迅速布滿整張相紙，接著出現不可思議的影像，那種教人說不出的期待，讓人感受到強烈的吸引力。在他幫忙水木進行照片顯影的過程中，也開始對於照片產生了濃厚的興趣，和水木一樣感受到樂在其中的陶醉感……

顯影的工作終於完畢了，接下來要用清水洗去殘留的藥水，因為相紙上的水分還未乾，可以稍作休息一下，於是洵吉跟隨著水木來到那間貼著巨幅照片，嚇得他臉色發青的恐怖房間。

在那完全黑暗、紅色燈光幽暗的氛圍下，洵吉曾一度掙扎，感覺到自己的脆弱，但那只不過是引領他進入未知世界的一個開端。很快地，洵吉的態度有了一百八十度的轉彎，整個人也開始變得怪怪的，好像對這些可怕的事物產生了免疫力。

現在面對眼前如此怪異的照片，寺田一點也不會覺得有壓力。惡夢仍繼續蔓延，一看到這些醜陋的照片，他立刻湊上前去，仔細盯著照片瞧，貪婪的眼神教人不寒而慄。

他看得血脈賁張，毛細孔放大，像天文照片上的月球表面一樣，而且身上的毛髮也突然激增，有的毛髮豎起來，有的毛髮和肌肉糾結在一起，有的毛髮分叉，隨著身體上的變化，洵吉的性格也變得十分怪異，感覺到無以名狀的興奮。

他早已把水木拋在腦後，忘情看著那張巨幅照片，一會兒踮起腳尖向上看，一會兒蹲低向下瞧，巴不得貼上去似地，不停觀賞……洵吉被畫面上無聲的波動給迷住了，好像木頭人似地站在原地，一點也沒有想要離開這裡的意思。

那簡直是藝術的極品啊！

照片上，被切割成不同部位的人體，彷彿置身在夢裡，巨大的頸部、乳房、肚臍之中，有山丘、也有河流、有森林、也有山谷、甚至連風的聲音，所有的一切全都混合在一起，協調和緩的起伏彷彿會呼吸一樣。

洵吉的內心悸動不已，寂靜的房裡，水木站在房間的一角，看著洵吉的模樣，忍不住發出淺淺的笑聲。

「寺田君，你好像很欣賞這張照片嘛……時候不早了，乾脆在我家住下來算了，反正這裡只有我一個人住，你不用擔心！」

正當水木這樣說著的時候，他的視線越過玻璃窗朝院子的方向望去，在銀白色的月光下沉澱著寂靜的幽暗，風在玻璃窗外有一陣沒一陣地吹著。

「沒想到這麼晚了。如果可以的話，你從叔父家搬出來，來這裡當我的助手好不好？你也不想一直待在叔父那裡，不是嗎？……而且你似乎對攝影也有興趣，這不是正合你意嗎？」

一說完話，水木緊閉著薄唇，直盯他瞧，似乎在等待洵吉作出回應。

（叔父……）

聽到水木這番話，洵吉的眼前出現幾個畫面，那是陰鬱的長屋一隅、嬰孩的哭聲、腳微妙地踩在褪色的榻榻米上以及叔父臉上深刻的陰影……不連貫的畫面逐一浮現又立刻消失。

「嗯！請讓我當你的助手……」

洵吉以飛快的速度回答水木，心想與其繼續在叔父家寄人籬下，看人家的臉色過日子，還不如選擇住在有錢的水木家，當他的助手，每天幫忙處理這些精采又有魅力的照片，這樣的生活方式，比起從前真不知好過多少倍？

下定決心後，洵吉當晚就投宿在水木家，隔天一大早很快地回到叔父的住處，簡單說明了理由，就帶著所有行李直奔水木家。

他們兩人每天為了創造出照片上奇怪的「陰影」埋首工作，幾乎到了廢寢忘食的地步。

事實上，至今為止洵吉還不曾有過如此愉快的生活，他從前根本想像不到會有這一天。

水木和洵吉特別喜歡一張蛇把青蛙吞下瞬間的特寫，於是想到來拍一個以「絞首台的死刑囚犯」為題的照片，由洵吉擔任模特兒，在陰慘的背景前，用一根從天花板上垂吊的繩子，然後裝作被絞死的模樣……

為了達到效果，讓光線可以在他身上拖曳成長長的影子，洵吉差點斷了氣……然而沖洗好的照片上，正好是臨死之前的一瞬間，駭人的景象彷彿一點一滴從照片裡滲透出來，令人毛骨悚然！

「太完美了，這張照片非常成功……」

水木和洵吉一邊說著，一邊像是要將尚未乾透的照片搶到自己手中似地，互相偷瞄了一下，然後擊掌慶祝，在房間裡開心地手舞足蹈。

他們在房裡，不斷製作出像這樣的怪異照片，並且累積了可觀的數目。

有一天水木邊整理這些照片，邊對洵吉說：

「喂，寺田君，這些精采的照片，只有我們兩個人知道實在太可惜了，真希望能找個地方舉辦公開的展覽，如果沒人願意展出我們的這些照片，也可以召募會員，舉辦私人的展覽會，一定會引起轟動，到時候搞不好真的有人會在展覽現場昏倒也說不定！」

當然，洵吉聽了也非常贊成這樣的構想。

（搞不好真的有人會在展覽現場昏倒也說不定……）

這句話激起洵吉內心的虛榮感，此刻的他，心臟噗通噗通地跳得好快！

「好啊，你準備什麼時候辦展覽？」

他很快地瞄了水木一眼，只見水木好像陷入思索。

「現在還不行，因為還有一個從過去以來就一直想完成的偉大夢想還沒實現。如果能夠把它拍出來，就可以舉辦展覽了！」

「你說的那個作品，究竟是什麼？」

「嗯，現在還不方便講……不過，我一心一意想要拍攝這件作品，如果你願意幫忙當然是最好！」

洵吉聽完這番話，又忍不住進一步想探聽相關細節。

「到底是要拍攝什麼樣的作品？不管做什麼我都願意幫忙！」

但水木沒有回答，依然陶醉地整理他的照片。

此時，洵吉才發現水木的神情顯得相當認真（似乎心中已經有了重大的決定），於是沉默了下來。

經過兩、三天，剛好底片用完了，水木託洵吉前往車站附近的攝影材料行補貨。

洵吉買好了各式各樣的底片，準備打道回府，此時他心中突然有一種不祥的預感，於是不知不覺加快了腳步。

腳底踩著黑色鬆軟的泥土，拔腿狂奔，水木家逐漸浮現在他的眼前，就在路上拐個彎之後，他看見平時用來採光的玻璃窗屋頂有半面正閃耀著光芒。

（希望別發生什麼怪事……）

特別是今天，那眩目的光線，令洵吉感到相當不安。不過他一如往常穿過大門，拉開玄關的門，就在這時候突然……

「天啊……」

他喃喃自語。果然，如他所料，就在出門的這段時間，家裡一定發生了什麼事。

在玄關的石階上，洵吉發現了和水木的生活完全不搭調的一雙工作用膠鞋隨意棄置在一旁，還有一個用來穿鞋的鞋拔子，在灰暗的玄關閃爍發亮。

洵吉很快地把襪子脫下後，大聲叫著：

「水木君、水木君……」

洵吉在屋裡四處搜尋水木的蹤影，但是他的叫聲，像是被牆壁靜靜吸進去似地，完全聽不到水木的回應。

他開始到處找尋，最後來到位於閣樓的工作室，一打開門。

（水……）

他探頭進去，卻看到水木慌張的表情，像是要控制對方的樣子，看起來相當危險，本想喊出水木的名字，又立刻吞了回去。

不過，洵吉很快就明白了一切。水木之所以變得慌慌張張，像是要控制住對方的樣子，不是沒理由的。因為在他腳邊，有一名穿著薄紗、年輕而健康的女孩，正安穩地睡在地上……

洵吉有點不好意思，緩緩靠近水木的身旁，手輕輕地搭在他的肩上說：

「她是誰？你女朋友來我怎麼都不知道……不過，她好像睡得很沉？」

「哈、哈、哈！」

水木突然放聲大笑，整個房間的空氣都在震動。那聲音聽起來好像狂人一樣，不規則而誇張。洵吉不由得感到很恐怖，他有點擔心，這女人恐怕再也醒不過來了。

「寺田君，你誤會了！這個女的，是我今天才在路上遇見的……仔細瞧瞧，她分明已經死了……」

一時之間，洵吉不知該說什麼，他壓抑著自己，不去理會因緊張而表情扭曲的水木，接著將買回來的底片，從袋子裡取出來。

「不用太驚訝。這個女的是推銷員。你正好不在家，所以我只好親自動手！」

洵吉突然想起在玄關發現的工作用膠鞋的鞋拔子。

最可怕的是水木用他巧妙的話術，把人一步步誘拐到他所設下的圈套，洵吉只知道水木為了說服淺草的紅牌舞孃小川鳥子拍攝全裸的寫真，大約花了兩、三天的時間，而這次竟能夠在這麼短的時間內，誘騙這名女推銷員再加以殺害。（難不成在玄關就把對方殺了吧？）

洵吉想到自己只不過是來水木家拜訪，不到兩、三個小時，就被擄獲，開始喜歡上這些奇怪的照片，接下來甚至變成他的傀儡被使喚……

呆立在一旁的洵吉，並沒有想什麼，腦中卻浮現這些片段。

「來吧，你也來幫忙……」

聽到水木的聲音，洵吉不覺鬆了一口氣，剛才所想的那些事，轉眼間煙消雲散不知揮發到哪兒去了。

「玄關上還留有一雙工作用的膠鞋，讓我幫忙收拾好了……」

洵吉也搖身一變，成為殺人魔的幫凶！

接下來洵吉照著水木的吩咐，幫忙他把這位女推銷員的內衣予以卸下，工作室旁邊有一個置物櫃，然後將裡面的一個大型的玻璃箱（寺田早就知道有這個東西，卻不知道該作何使用）搬出來，把那名女子的屍體，像處理廢棄物那樣，讓她安安靜靜地躺在裡面。接著蓋上玻璃蓋，邊緣用膠布封好，重新仔細端詳那名女子赤裸的姿態。

那女子在玻璃箱裡安詳沉睡的模樣，好像被冰封的人魚，絕美的容顏，黑色的長髮放下來，在枕邊匍匐迴繞，還有那失去血色的唇，微微開啟，可以窺見到她整齊潔白的牙齒，讓人感覺到她好像在作一個快樂的美夢，可惜她身上散發小麥光澤的肌膚，如今已消失了原有的健康彈性。

不知為何，洵吉嘆了口氣，不經意地回頭，望向水木的方向，水木聽到他嘆息的聲音，便訕笑說：

「怎麼樣，很棒吧！我剛開始遇到的時候也嚇了一跳……從以前就一直很想得到像這樣理想的身體啊！而且她是女推銷員，誰會知道她人的下落呢？真是太棒了！」

水木說完，便取出準備好的相機準備拍下這美麗的畫面。

「你要拍下她……可是為什麼要放進玻璃箱裡？如果只是為了拍照，犯不著把她殺了吧？」

洵吉依舊滿腦子疑問。

「你不知道我費了多少工夫，才找到這麼理想的女體。而她是自投羅網的……至於殺她的原因嘛……」

水木說話突然停頓，然後才又繼續：

「因為啊……呵、呵，這麼美麗健康的肉體，接下來就會慢慢腐爛了，所以我要把所有過程拍下來，很驚訝吧！現在看起來如此豐腴的小腹，到了明天一定會慢慢凹下去，眼睛也會逐漸融蝕，臀部的嫩肉也會腐爛，我就是要拍下這些畫面。她身體的各個部位，每天分別拍下一張作紀錄……」

聽到這麼可怕計畫的瞬間，洵吉感覺到這是非正常人所能想像的噁心照片，就連常助手的洵吉看了也覺得胃裡的東西好像快湧到喉嚨似地感到一陣暈眩。

在這個玻璃箱裡，健康女孩的屍體不知何時開始有了紅黑色的腐爛液體從皮膚組織滲出來，剝去她的表皮之後裡面爬滿了蛆。已呈現藍紫色腐化的內臟、肉塊從骨頭上鬆脫，成為玻璃箱底部濃稠如泥漿的腐敗汁液……

露出的骨頭上還有蛆在縫隙中鑽動，水木看了口水直流，很認真地進行對焦的模樣……

洵吉幻想著令人作嘔的一幕。她的屍體還保有生前的彈性尚未僵硬，將她放進密閉的玻璃箱裡，可想而知過了很久打開來，裡面撲鼻而來的腐臭味會有多麼噁心，簡直令人再也不想待在這間屋子裡了。

他突然飛奔出去，從閣樓的工作室衝到樓下才能好好安心吸一口新鮮空氣，水木絲毫不為所動，臉上看起來充滿希望，神色自若地從閣樓的工作室走下來。

洵吉坐在椅子上喘著氣，水木倒了一杯水給他喝。

「寺田君，幹嘛嚇成那副德行？……虧你長得這麼壯，怎麼一點男子氣概都沒有！」

被他這麼一講，洵吉倒是覺得有點害臊，趕緊將杯子裡的水，一口氣喝光，這時內心才恢復平靜。

「水木君，你到底為什麼要拍下那個女的腐爛的過程？」

「我，恕難從命……」

洵吉稍微加重了語氣，繼續逼問。

「你問我為什麼……不是早就告訴過你了？我這一生最大的願望，就是拍一組名為『腐爛的亞當和夏娃』的作品。怎麼樣，這題目很棒吧……」

「亞當和夏娃？」

「是腐爛的亞當和夏娃！」

「夏娃已經找到了，難不成接下來要找亞當？」

(然後再把對方殺掉囉！)

洵吉，忽然有一種不舒服的感覺襲上心頭？

但是，水木十分平靜。

「亞當已經找到了！而且在這之前就已經決定好了。就是那個替我找來夏娃的助手……」

「呃？」

（這麼說來，亞當不會是我吧？）

「呵、呵，瞧你馬上變臉了。我在淺草遇到你的時候，就喜歡上你這種『甲種合格』的體型了……現在心情如何？有沒有覺得剛才喝下去的水有點怪怪的……」

「水木，我要殺了你！」

洵吉大叫，想要抓住水木，卻被椅子擋了下來。

藥效已經發作了，如今洵吉整個人完全使不上力，隨即癱倒在地上。

他用盡全力大聲詛咒，照理說應該是怒吼般的聲音，如今聽在自己的耳朵裡，卻是如蚊子發出嗡嗡聲一般，一點也不響亮。

在他逐漸失去意識的過程，感覺到自己好像已經從腳趾開始腐爛起來了……

地図にない街。

不在地圖上的街道

一九三〇年四月 發表於《新青年》

作者簡介 橋本五郎

本名荒木猛，別名荒木十三郎、女錢外二。明治三十六年（一九〇三年）五月一日生於岡山縣牛窗。在大正十五年（一九二六年）的《新青年》五月號發表處女作，昭和三年（一九二八年）開始在《新青年》雜誌編輯部上班。

之後以〈疑問之三〉參加新潮社的未發表作品集《新作偵探小說全集》。那是橋本唯一的長篇，在此之前他一直被視為短篇作家。昭和二十三年（一九四八年）五月二十九日，歿於牛窗町。

本篇藉由敘述一個不幸男人的奇妙體驗，一針見血地指出貴族社會的自我。

將自己的故事告訴我的人，名叫寺內。聽說去年十一月底，正好是我聽完該故事後返家的當天晚上七點鐘，他因為病情惡化，一頭撞上自己房間的柱子過世了。

如果出事的時候是七點鐘的話，那距離他送我離開還不到三個鐘頭。

閒聊中無意透露此事的友人，對於我的異常詫異，告訴我說寺內的死當然是自殺，正確來說是偽稱病逝，而且只要如此，一切都能完美地結束了。雖然他的死因對外已用病逝論定，但我在那一瞬間還是很懷疑是否真的該這麼做。

因為我想起了在他生前從他那裡聽來的故事，當時……我被強迫傾聽這個故事的時候，純粹是因為地點、對象剛好，況且我跟他只是素昧平生的人，也就是所謂的強迫中獎，當時單純覺得很有趣，聽過就忘了。

如今，聽聞他自殺以後，當時他那種極端認真的模樣啦，還有這個故事的情節其實十分合乎邏輯等等，一切似乎都說得通了。

他在說故事的空檔，極力主張自己是正確的，現在回想起來，那種過度的激昂以及對於其他事物近乎惹人厭惡的怒罵，全都是他自殺前的悲哀吶喊，我想我已經能充分理解了。

在我之前，他可能也曾將這故事告訴某人。但，故事遠遠偏離了我們的常識，其次就是對於地點、對象的成見所致，恐怕誰也不會相信他吧！他一定是除了自殺之外，別無他路可走。當時，就連我也不知不覺被故事的精彩程度所吸引，而在他受到監視的房間內坐了將近兩個鐘頭，但心裡仍擔心說不定會受到傷害，才抱定了萬一有什麼事的話要立刻飛奔而出的覺悟。

他因憤怒而銳利瞪視的眼睛、因詛咒而格外激動的說話口吻，以及儼然是個壯士的態度、時而像隻貓兒留意走廊情況的模樣等等，的確是我們誤會他了。他和我們一樣，在明朗的青空下，同樣有權力主張當個鎮定安詳的人！

我打算為他發表這個故事。

就算無法將他從偽稱病逝的錯誤死因中解救出來，哪怕只有一個人願意考慮故事的真實性，想必他在九泉之下也會覺得有幾分安慰。其次是他在這個故事裡的命運，我相信不久後也會是我們命運的另一面。

這個恐怖的故事，是三十幾歲過世的他在二十幾歲的春天，怎麼說都是從一場格外詭異的冒險展開的。然而讀者一定知道，微笑的背後經常是隱藏著黑色面具的……

寺內在那時候，已經對都市這地方絲毫不感到眷戀了。所謂的職業介紹所，也只需要限定的特殊人士，領悟到除此之外沒有任何意義的他，將一張履歷表和學校的任職命令、戶籍謄本還有空錢包放進口袋，總之踏出腳步不斷往前再往前。

因為沒有抬頭挺胸的心情，所以只是看著髒汙的地面不停走著。不過，有時與他並行，或者沒有並行，狀似匆忙地走離及走近的諸多腳步，卻仍會映入眼簾。那時候，越過那些人的腳和腳之間，可以看見道路對面家家戶戶的屋子底部。可以看見像滿載著乘客行走的電車車輪。於是那些腳和車輪和家家戶戶，讓他即使身處人群之中，仍舊感到舉目無親的孤寂。

空腹感是一開始就有的，但走著走著也就不太嚴重了。不過，在類似睡眠不足而不耐煩的腦海中，穿著圍裙的女人臉龐啦、館子的招牌啦、桌上的一根湯匙啦、味噌湯的顏色啦，那些東西不斷忽隱忽現忽隱忽現……

宛若夢遊般一直那麼走著的時候，寺內不知何時已來到淺草的公園。換算成距離是將近三里的地方，他不知不覺跋涉到了瓢簞池畔那些油漆剝落的長椅之一。

時間剛好是越過六區之後不久，在那兒，愉快的人們再度變成黑壓壓的一群流向電車，一個接著一個遠去的腳步聲，對頹倒在長椅的他而言，據說就好像是從埋葬的墓穴中，聽到前來參加葬禮的親戚轉身離去的聲響。

六區的電燈啪答啪答地逐漸熄滅。

彷彿是被它攆走似地，迄今一直吵鬧不休的夜間攤販推銷吆喝聲，一個接著一個消失了，熱鬧背後的冷漠益發圍繞在他腳邊。似乎有股又甜又酸的風，從他胸口朝背部方向，迅速穿越肺臟而過。

漫不經心地暫時閉上眼睛後，他從口袋拿出履歷表，心不在焉地緩緩注視那文字。因為是士族[1]而優先錄取的原因，讓他覺得異常滑稽，突然對學校的公職二字憎恨不已。

鄉下的種種從腦中一閃而過。然而他的聯想非但不是汽車貸款，反而是事到如今自己連一毛可使用的金錢都沒有，他就像一塊豆腐般茫然發呆。

他反手將履歷表丟進瓢簞池，接著是任職命令、謄本，還有空錢包。

那盞佇立在長椅旁，好似在同情他的通宵夜燈，彷彿幻燈機般反射出青白色的光芒，搖曳地照耀著寺內逐漸掉落的過去。不管有什麼樣的過去，什麼樣的經歷，對目前的他而言不已沒有任何必要了嗎……

1 世族為一八六九年隨版籍奉還賜與舊武士家族的身分稱謂。與華族不同，在法律上並沒有特殊待遇。一九四七年廢止。

「哈、哈、哈」他試著縱情大笑。

彷彿在配合著當下的氣氛，某人也哈、哈、哈地笑了，而且就在他身旁。

他當時的感覺，好比被人用火鉗之類的東西打到小腿……總之很難描述。定睛一看，同張長椅的另一端，有一個男人……一個用破毛毯裹住身體的老人，看到他之後再度發笑。

「怎麼回事？」

不久，老人開口搭訕，然而當時，他猶在驚訝身旁竟有人在，一時之間無法回答。

「士族真是無聊的玩意兒啊！」

老人再一次開口攀談的時候，他想到了過去曾聽說過的，拐人到北海道當苦力的事情。這老人到底是不是那麼恐怖的人物呢？於是他凝視著老人圓圓的臉、柔和的眼睛、狀似健康的表情，還有粗壯的體格。

「學校的教職還真無趣啊！」那老人繼續說道。

但，他還是沒辦法以言語回答。

「錢包這玩意兒根本完全派不上用場。」

這老人何時來到這張長椅，又是在何時得知那樣的他是士族子弟，過去曾擔任國小公職等等事情呢？他依舊注視著老人的臉，不發一語。

「怎麼樣，要不要吃？」

哈、哈、哈，老人笑著，從先前一直蠕動的毛毯懷中，拿出一個報紙包打開它。於是八、九根吃剩的香蕉，猛然喚起他的食慾。不能伸出手，不能伸出手，些微理性讓他想像著那個北海道苦力的悲慘下場。然而那時候，他描述自己終究無法戰勝那誘惑。

「我可以收下嗎……」

年輕的寺內原本打算那麼說，不過嘴巴突然黏住，沒能說出的話就從唇邊消失了。

但，下一秒鐘，沒有任何理由，他已經和老人並坐在一起，感情和睦地剝開香蕉皮。而那口感是何等的柔軟，碰觸著喉嚨啊！

「要抽菸嗎？」吃完後老人問道。雖然他沒想過在飯後來一根，但被那麼詢問後，難以壓抑的菸癮，漲滿至冰冷手指的每個尖端。

「唉呀，抽完了嗎？我記得還有的啊……沒關係，店應該還開著吧，我去去就來。」

他還沒來得及回答，伸手在毛毯中摸索的老人，看似無法在身上任何地方找到香菸，喃喃說了那些話後就從長椅上站起來。

在老人拿香菸回來之前，徘徊在他心中的思緒，既非對過去的詛咒也非對前途的想像，而是剛才離去的老人到底是哪一號人物。

從那一身打扮來看，就算是不熟悉當地的寺內，也覺得老人除了乞丐之外什麼都不像。不過雖說是乞丐，其談吐的細微之處，還有態度，總覺得相當紳士。

從他表示要去討香菸的話來思考，假設老人是北海道的苦力販子，前去討菸的地方是否就是夥伴的家？

如果是那樣的話，自己接下來將會如何？

聽說只要和他們交涉過一次，憑那集團的惡勢力，絕對不會讓對方有路可逃的。不過，如此差勁的惡人，既然想將自己賣掉，為什麼身上會連香菸錢都沒有？倘若老人是乞丐的話，自己已經從那乞丐身上蒙受過一飯之恩。來到東京才僅僅兩個月，自己已經踏入乞丐的社會一步了……在他心中，來來去去的淨是那種寂寞的預感。

「來了，不過是朝日菸……」

不稍多時，老人精神奕奕地回來了。

對於那時的誘惑，寺內表示自己還是無法戰勝。

反正都會被賣到北海道，管他什麼東西全都收下吧！據他說他的心情開始流於下流無賴。

啪地打開朝日菸的盒子，點燃其中一根菸的愉悅，讓他第一次體會到「感謝」一詞的意思。

滿滿吸入胸腔，然後再盡可能地慢慢拉長時間，靜靜地靜靜地吐出來，暫時閉上眼睛，呼往空中的白煙，將他肚子裡面的各種穢物一掃而空，他陶醉在那樣的清爽中。

「將錢包丟掉，是因為失業嗎？」

老人的態度宛如正靠在喫茶店的桌子上，問人的方式相當尊大。在他心中，從早上開始的，不，是兩個月來對這方面的痛苦感覺，漸次復甦了。苦不堪言的都會經驗，以各式各樣的面貌逼迫他記起。

老人的問題讓他興起幾分警戒。寺內說當時以一種事後回想也無法說明的心情，將迄今發生過的事情全告訴了老人。不過，老人並沒有提到他暗自揣測的北海道話題。

「那今晚沒地方住囉？」雖是充滿同情的聲音，卻是老人聽完後所說的第一句話。「不過沒關係啦，因為你還年輕。之後一定會有好運的，你可別想不開噢……那麼今晚，可以到我那裡住，要來嗎？出外靠朋友嘛，你一點都不用客氣，總之先離開這裡。已經到了管區巡邏的時間，被發現的話又要囉哩囉嗦了。」

一聽到管區，寺內說自己嚇了好大一跳。至今想都沒想過的寂寥感，像潮水一樣吞噬他的胸口。他跟著老人，沒時間多想就站起身。然後在池畔稍事休息，來到如今已經全部變暗的六區石板路。

「對了，去之前要不要洗個澡，你很累了吧？」

老人停下腳步。當時他並沒有特別想洗澡，抱持著事到如今違逆老人也於事無補的心情，遂以表情示意悉聽尊便。

「那你在這裡等我一下，我這就去籌洗澡錢……」

老人就那樣繞過戲院G館轉角，消失了片刻。

什麼叫籌洗澡錢？該不會是用偷的吧？他終於厭倦了揣測老人的真實身分，後知後覺地回顧，自己這不到半個小時的詭異行動。

「久等了，走吧！」

老人費了一些時間才回來。既然他說走吧，表示已經籌到錢了。

寺內邊猶豫著該不該詢問這件事，就那樣不知不覺地尾隨著老人，來到連城鎮名字都不知道的某間大眾澡堂，穿越布簾走進裡面。他看到老人將一枚五錢白銅，以及五枚一錢銅板放在收費臺。

寺內重新注視著脫掉衣服的老人。不，包含周圍的人和收費員的眼神，他都裝出　副若無其事的樣子觀察著。

如果能知道這些人是如何看待老人的，大概就能察覺老人的真實身分了。想是這麼想，但是沒效。都市的所有一切都是個人主義。

只要收過錢之後想做什麼事就悉聽尊便了，收費台的男子頻頻打瞌睡，為數不多的顧客，大家也都各自急著回家，甚至沒有人看他或老人一眼。

明亮的燈光下，老人的圓臉滑潤地閃著光澤。柔和的瞳孔不停散發出幸福的光輝。帶點孩子氣略顯豐厚的手掌，遠比寺內的手還要漂亮。

老人絕對不是乞丐，領悟到這一點的他，有種前所未有的恐懼感。

但，當他思考著今後該何去何從的時候，那種類似恐懼的東西，不知不覺竟已變淡了，之後在沖水場盤腿坐著的他，已經在幫老人洗背，或是讓老人幫自己洗背了。對於澡堂借來的手巾上的髒汙，他現在也一點都不介意了。

不過這時候又有誰知道，他早已陷入老人的恐怖計畫中！

從澡堂出來的老人，抽完一根菸後，彷彿自言自語般說：

「那麼，因為今天有客人，就不去公館改去別墅吧！」

在老人的伴隨下，他穿過幾條幽暗的巷子。兩側不見一間裝設玻璃門的人家。恐怕是因為建築式樣太粗糙了。透過緊閉的木板窗戶瀏覽各角落，可以從微弱的光線窺出那些人家的節儉。如果能在太陽下觀看的話，想必是髒亂不堪的一處貧民窟。

之後兩人所抵達的別墅，頗為巨大、黑漆漆地聳立在這城鎮一角。連圍牆也沒有，到處都看不到照明。從天空劃下的黑影，他最多只能判斷出那棟建築物是洋房。

「門已經關上了，我去施一下咒語，馬上就回來。」

老人低聲說道，然後拐進建築物的大門那一側。寺內獨自站在漆黑的地面，不用說他又開始想像有關老人的種種了。然而不可思議的是，他表示自己現在對於老人的言行舉止，已經不再有任何懷疑了。

「快，可以進來了。事情很順利。」

黑暗中傳出說話聲，他面前出其不意地開出了一個洞。建築物的一扇門被打開了。

「在那裡脫掉鞋子，因為有階梯。」

如果沒有老人的提醒，那時候他大概馬上會被眼前的樓梯撞到小腿吧！走廊彷彿貼住胸口般狹窄。隨老人在走廊轉個彎，光線隱隱約約從左手邊的房間洩出。呈現在他眼前的估計是打通兩間八疊大的寬敞房間，走廊的交界處沒有半扇拉門。

一看，有了有了！在唯一的燈光照射下，這房間塞滿了穿著和服外套、法披[2]的人，最多的是蓋著南京米袋的人，個個都像是無法在大馬路看到的男人們，將近四十人，擠得滿滿的，橫七豎八地在那裡和衣而眠。

「保持安靜。還有你看，你可以躺在那一塊。肚子餓了吧，明天再說。冷的話可以蓋這個睡覺。」

老人將先前穿在自己身上的毛毯借給他。寺內表示一直要到隔天早晨，他才知道這棟建築物是A區的免費投宿所。

雖然知道老人口中的別墅，單純只是黑話，但蓋著毛毯睡覺時，他仍無法不去思量益發無解的老人的真面目。

「好吧，明天就問他。然後再根據老人的真實身分來判斷，如果是不該接受的好意，就痛快拒絕吧！」

多少恢復些自信的寺內，鑽牛角尖想到最後，又覺得肚子餓了，因此好不容易才睡著。

「我不是勞工，但也稱不上是乞丐吧！當然職業是什麼東西這十年來也已經忘光光了。別看我這樣子，早就已經越過六十大關了。不過就算沒有工作也不會缺少吃的，睡覺時不會凍著，話雖如此，要說髒的話，那就是我吃的，穿的，以及睡覺的地方，都是那麼骯髒，但這也有這的好處。我可以順應心意，或吃或睡或玩，如你所見，悠閒自在地活到現在。都市這種地方實在很方便，因為可以免費得到任何東西啊！所以呀，你用不著擔心，欸……想喝酒的話就有酒……啊啊酒大概不行，那麼想抽菸就有菸，喜歡什麼隨便你說，我會像昨天那樣弄來給你。想要女人的話就連女人也……走快一點吧，不然來不及吃飯了。」

老人走著走著，邊那樣回答寺內。離開昨晚的免費投宿所，兩人再度走在漆黑的河岸路上。

儘管時間急迫，老人還是告訴寺內各種驚人的都市密道。

例如昨晚的香菸。據說那是老人到附近的打靶屋，只是露個臉便能得到的東西。

老人以前曾經到過那十二間相連的打靶屋，一間接著一間，看準時機。

「唷，大家好！」說完便走了進去。接下來，「怎麼樣啊！大姊，可以給我幾顆子彈嗎？」

2　法披為古日本式的短大衣。

在第一間打靶屋，「請慢用。」對方很乾脆地將子彈放在他面前。於是完全不懂打靶的老人將上半身栽在台子前，說道：

「哈、哈，大姊還很年輕嘛，瞧妳那麼認真的樣子，我倒不想玩了。因為妳會很可憐，唉呀！還是到下一家好了。」

老人就那樣繞到下一家，關於陌生老人的打靶技巧，又有哪家從沒看過他打靶的打靶屋能夠識破呢，老人在這裡又要了子彈。他將同樣的對白重複一次，老人毫無阻礙地輕鬆跑完十二家。

然而有趣的是，從第七、八間開始，老人的身後，已經跟了一堆無所事事的觀眾，此後每當老人走進打靶屋。

「唉呀呀，你就是××老頭，厲害到讓人家傾家蕩產的人物嘛！」、「如果讓他射擊的話，不管有幾家打靶屋，我看連一家都別想活。」之類的話自然而然就傳開了，不知不覺他背後出現了壯聲勢的人群，到了第十家，「唉呀！這不是大師嗎，今天真不湊巧剛好擠了一點，一點小東西不成敬意……」都還沒開口就先塞過來一包「朝日」了。

以後只要老人想抽菸，抓準時機到那十二家……不管在哪一家打靶屋露臉，一句「我來打靶了！」三兩下就能弄來朝日菸。

換作大眾澡堂也一樣，倘若是十錢、十五錢的小事，聽說不管哪裡的熱鬧地區都有專門掉錢的洞穴。若要一一追究撿來的東西，只會沒完沒了，不過是將放著任其腐爛的錢撿起來，算什麼過錯呢，金錢本身的願望不正是被使用嗎？聊著聊著，兩人來到了目的地。

「聽好了，筆直走進去，別說話，假裝你會付錢盡量吃吧！」

老人三言兩語交代完畢，早寺內一步，從沒有門牌、什麼都沒有的木板圍牆門口，光明正大地走進裡面。有些陰暗的大門裡，穿著法披的啦、綁腿的啦，每個看起來都像勞工的一群人，同樣也是一、兩人結伴走來。於是寺內和老人混在人們之中，無須膽戰心驚，在寬敞嶄新的木造食堂內，用溫暖的食物將肚子塞得飽飽的。

「這也是都市的密道嗎？」

寺內在思考的過程中又添了好幾碗飯。

從大門離開的時候需要一些手段。這間食堂，是某種合作經營的餐廳，能夠在那裡吃飯的勞工，在圍牆內等待片刻後，便會隨著工頭前往工地，賺取那一天的工錢。

不過，將近三十人的勞工裡，並非沒有剛好要買菸而走出門的人。寺內與老人，極其自然地裝成那樣的勞工，不費吹灰之力地，再度從大門來到自由的馬路。

「怎麼樣，你覺得有罪嗎，像我這種方式的生活？」

在離那大門幾條街遠的地方，老人依舊邊走邊說道。於是目前對老人有幾分信任的寺內，針對老人的問題闡述了少許意見。

「當然犯罪就是犯罪啦，不過，這種罪行絕不會給其他勞工帶來麻煩，再說又不會害工頭拉肚子，如果是和周圍完全無關的犯罪，對社會而言，那樣子一點也不算罪過吧！」老人如此闡述了相當奇怪的意見。接著老人為了表明那樣並沒有錯，列舉了兩、三件似罪非罪，卻對自己非常有利的例子。

「若覺得有趣，接下來要不要到某個地方，讓你的衣服變得更氣派呢？當然，一樣不花半毛錢。如果我比現在還要年輕，還有魅力的話，多少會將自己弄得整潔點。不過到了這年紀，還是這模樣比較輕鬆。」

這又是一個有趣的提議。

寺內在當時，將老人所抱持的主義或者該說是哲學，對照自己到目前為止的生活之後，便產生了肯定的感覺。

比起這種不可思議的生活，到底有沒有罪之類的問題，接下來即將面對的服裝冒險，反倒讓他產生難以言喻的興趣和勇氣。

「既然是你提起的，自然不會有危險吧？」

「啊啊……當然囉，沒人會抱怨的。就算有也絕對不構成犯罪。唉呀！天氣還真不錯，悠哉悠哉地慢慢踱去吧！」

此刻正在接近中午的城鎮巷道內，寺內和老人邊爭論著與服裝毫不搭調的都市道路論等等邊悠閒散步。

「欸，只要在這一帶閒晃片刻，等一下應該就會有人拿衣服過來了。」

那裡是日比谷公園位於前圖書館後方的樹叢。老人如此低喃著，然後在旁邊的長椅坐下來。

即便是公園，一旦到了這一帶，就會有一點幽邃的感覺，漫步的人影很稀少。早春的淡淡陽光，越過樹木空隙在地上交織出層層疊疊的細影。

寺內同樣在老人旁邊坐下，為什麼只要在這附近閒晃，就會有那種好事者拿著衣服來呢？他正想開口問老人這件事。就在那時候。兩人背後似乎有某種慌張的騷動。

「喂！」

沙沙沙沙……樹叢傳出聲響，兩人眼前出現不可思議的人物。而且，對方手中的匕首已經拔出刀鞘，可以看到它閃著光亮。

「麻煩將你的衣服給我，我會將我的給你……不要的話就說不要，快一點！」

那男人長得一副股票掮客的浪蕩子模樣。三十歲左右，眼角上吊，確實有一股凶狠的味道。他露出後有追兵的態度，再一次說：

「快一點，拜託。」

男人用沒拿匕首的左手，拜託因過於驚訝而傻住的寺內。

「快一點，動作快一點！」

回過神的寺內只得脫下衣服。一套西裝已經賣掉了，現在脫掉的是被油垢弄得皺巴巴的立領襯衫，然後是已經變形的黑短靴。

男人從寺內脫下的衣服那一頭，俐落地將立領襯衫穿在身上。當他想看對方穿好了沒，人家早已從樹叢那方跑掉了。

寺內只好穿上男人的大島紬（鹿兒島縣大島所產的綢緞），將短外褂上的對結綁在一起，那時候寺內總覺得老人說的話，就好像神的旨意一樣，但在下一秒鐘，追上來的刑警卻從後方抓住他的肩膀。不過，刑警一定認識先前的男子。當他提心吊膽地說明自己被匕首威脅的事情後。

「很好，然後他往那個方向去了，是嗎？那麼等一下到××署來，你可是目擊證人！」

刑警丟擲似地將名片交給他，就那樣也從樹叢那方跑走了。簡直像在作夢一般的這段時間。這件事在一時之間……據說一直到老人說明之前，寺內怎麼樣也無法相信它是事實。

衣服變了。他如今是個出色的青年。啊啊……該如何形容老人的話呢，多麼有智慧啊！對於寺內的驚訝，老人一如往常地哈哈笑，然後說了。

「看吧，完全不一樣了？只要稍稍修整門面，不管到哪兒都是不丟臉的年輕人。為了慶祝中午就在餐廳吃吧！不知道那袖子裡有沒有放錢。沒有的話就到這附近撿也可以……」

老人的話讓他試著將手伸進袖子。怎麼一回事，儘管沒有錢包，卻有一張光溜溜的五元紙鈔，而且連一道折痕都沒有呢！

「唷，這可是意外收穫啊！」

應該說老人的驚訝更勝於寺內。寺內只是茫然發呆，暫時還不知道要做什麼。

「總之先去某個地方吃午飯吧，只要有錢就算上館子也不用怕。」

老人率先站起身。寺內跟在後面。然後走進近處的餐廳，老人甚至點了一杯啤酒給他，老人還會告訴他什麼事情呢？

「沒什麼啦，只要稍微瞭解都市的情況，這種事也不是不可能的。今天早上，我在那家食堂，稍微偷聽了一下隔壁傢伙的談話，聽說麴町的某個地方，發生了一樁案件。雖然是無聊的強盜案件，總之從他們的對話當中，我大概可以想像嫌犯是什麼樣子的人。如此一來，像我將近過了十年這種生活的人，那嫌犯會在什麼樣的地方如何躲藏，之後又會從哪條路逃亡，我大概立刻知道了。我想既然有便衣在追捕的話，大概是那一帶吧，所以才會帶你去碰碰運氣。袖子裡放進了這個算額外收入吧！沒錯啊！是預測啊！因為他大概沒辦法馬上換掉衣服，什麼？有必要去嗎？在遼闊的東京是不可能第二次遇到那個刑警的。如果去警局的話，好不容易到手的衣服才會被沒收。」老人的心情大好，如此說明道。

之後又接著說：

「吶，都這麼派頭了，離開這裡後順便經過理髮廳，將臉打理乾淨吧！如此一來，我會教你更加有趣的事情。絕對不是犯罪喔！還有這一次，順利的話說不定會弄到相當的金額。不對，說不定是有錢也買不到的好事。因為你是個老實人，搞不好，或許還可以回到人群裡。欸，那些事暫且打住，總之你早一點修整門面回來。我會在公園裡和猴子玩。」

老人所說的下一件好事是什麼呢？從一大早，不，從昨晚開始的經驗，已經讓寺內對老人完全信服。還有對於這種愉快的生活，如今的他幾乎持贊成意見。

他在附近的理髮廳邊聽著剪刀近在耳畔的聲音，邊思考著老人的下一樁「好事」。

自己睡了。然後吃了、穿了。此外還會有什麼好事？錢嗎？不對，老人說比錢還要棒。說起比錢還要棒的東西……喔喔……女人，難道老人要給自己一個戀人嗎？

寺內懷著喜孜孜的心情離開理髮廳，折回老人等待他的公園。

「聽好了，這城鎮沒有名字，就算是參謀本部的地圖也找不到它。仔細聽好了，如果你沒有出錯的話……」

老人做了如此的開場白，差不多該透露下一件「好事」的場所了，在公園一處光滑地面上，拿著石頭開始畫下新奇的路線。

「這裡是三越，瞭解吧！然後這裡是車站，從三越和車站之間拉出一條線，這地方朝直角走一會兒，會來到有白色郵筒的香菸攤前面。嗯，油漆脫落變成白色的了。這家香菸攤的右邊有條巷子，從這巷子這樣走進去之後，數右邊的房子，在第一家、第二家、第三家、第四家的地方，路像這樣分成兩條。不可以走左邊的。接下來只有一條路，你就一直往右往右走。走了十四、十五分鐘的時候，會碰到黑色的木板圍牆，沒關係，你只要推開木板圍牆就可以了。明白嘛！之後會來到大約這麼狹窄靜謐的通道，聽好了，最後走到這條通道時，要盡可能安靜，吹著口哨慢慢從這裡走到這裡。嗯，那樣就可以了。那麼做的話，一定會有好事發生的。絕不能畏首畏尾的。不論何時都要神采奕奕，還有不管何時都要落落大方……唉呀，總之你就去試試看吧！如果什麼事情都沒發生就再回到淺草，我大部分在這時間都會在那張長椅上。」

老人說的話不知何故很具有威力。雖然結果如何無法料想，但在經過上述的冒險，以及和老人相處間的對談之後，寺內下定決心要勇敢地朝著那不在地圖上的街道前進。

雖說白天變長了，不過都市的夕陽不一會兒就照射在公園的長椅上了。距離五點鐘還有一點時間，晚報的發售鈴聲嘈雜響起，家家戶戶那彷彿會喚起鄉愁的冰冷電燈都亮了起來。

和老人分手後的寺內，胸口邊鼓譟著不可思議的感覺，他順著老人指示的三越和車站間的路線，經過有郵筒的香菸攤，還有老人稱作一家、二家、三家的地方，造訪那座疑雲重重的城鎮。

進入香菸攤的巷子一帶，尚未覺得四處的房子有什麼奇怪之處，往前一步，彎過第四家的轉角後，沒想到在東京、而且是鬧區的一角，竟然會有這麼奇妙的巷子，那條小巷子曲曲折折地蜿蜒著，而且左右兩側的每棟房子，全都用黑色木板牆圍著，那條巷子的對面，一整棟房子竟然連一個通往廁所的出口也沒有。就好像是憤世嫉俗的怪人，偷偷為消磨時間而打造的、看起來一點意義都沒有的死路。

往前一會兒，碰到了老人口中的木板圍牆。寺內試著推開。令人驚訝的是，那兒再度如那老人所言，靜謐的、附有格子窗的屋子，悄悄在他眼前展現開來。他斷然地吹起安靜的口哨。溫柔的節奏彷彿敲門般，溜進了空無一人的各家屋簷，流洩進格子窗內。

我在此處，並不太喜歡提到寺內接下來所發生的事情。不過，依照到目前為止的書寫順序，我將大概說明，在那一間房子內，寺內他和一位婦女交往的情況。

雖然我也無法相信，東京的正中央，會有那麼一個只限出海人居住的城鎮，簡單來說，那裡是全由看家的女人組成的一區，邀請寺內的正是長時間苦於無人陪伴的女人。他沒有人帶領便闖入那裡一事，格外令對方高興，寺內和女人度過了一個禮拜，據說每天都過著很值得讚嘆的日子，風趣又迷人的生活讓他忘了一切。關於他忘了一切這一點，雖然需要更進一步的說明，不過男女之間微妙的關係，讀者應該很能理解。

就在寺內過著那種生活的時候，他明白了對方是何等的美麗……這份美麗包含女人的聰明、教養、氣質。終於超越了單純的興趣，以前不曾懷有的情意，在那個美代子身上——第一次感覺到了。

因此當那難以描述的一週結束，已經不能再待下去的時候，那次的離別讓他感到何等的哀傷啊！

「過了一個月又能見面了，這也是莫可奈何的事，一個月後再來吧！」

寺內表示當時對方的眼眸中，閃爍著某種濕潤的東西。

就那樣，結束了這詭異的一個禮拜，寺內辭別了女人家再度成為都市一員時，已非從前的一文不名了。我不知道那樣算是犯罪還是沒有男子氣概，總之寺內突然獲得了足夠生活兩個月的金錢。

但，故事到了這裡還沒有結束。雖然只是一件小事情，當他辭別女人的住處回歸久違的人潮時，不得不提到有輛險些撞死他的轎車。那輛轎車，宛若欲置寺內於死地般，他往右躲就往右開，他往左閃就往左開，將近五分鐘的時間，在電車通過的中途，忽左忽右地追殺他。但，不可思議……真正的不可思議是……他得以從那劫難脫身，之後他謹慎地展開新生活，一個月後無法忍受思念的寺內又再去到那個不可思議的城鎮一看，儘管有那麼劃分的一區，但就算試著從鄰居那兒打聽她的消息，怎料得打從一開始就沒有她這個人存在。

寺內再度花上了一天的時間，在淺草打探老人的行蹤，有好幾晚他都靠在那張充滿回憶的長椅上，直到最後還是沒能見到老人……

經過了兩年，在第二年的初夏，他偶然在歌舞伎座的華麗特等席上，發現了先前的老人，以及女人，而且還是兩個人在一起。

「喂喂！美代子，美代子！」寺內在眾人面前忘我地大叫。

《菊五郎的棒絞》[3]劇中正熱鬧滾滾地演到精彩的時候，基於某種因緣，眼神飄到特等席的寺內，那兒，喔喔，打扮得光彩奪目的她，正與先前那位不可思議的老人並肩坐著，大概是傭人吧，女人讓一位同樣美麗的年輕女子抱住兩歲的孩子，靜靜注視著舞台。

忘不了的長臉、眸子、嘴唇，而且那個老人，竟然穿著日間禮服，一臉平靜、從容不迫地坐在她身旁！

寺內多麼驚訝……那老人是何許人物？還有那女人，他所愛慕的美代子又是誰的夫人？現在看來，很明顯地，老人並非乞丐，而她顯然也不是船員的妻子！

「美代子……美代子！」

他再次忘我地呼喊。然後就那樣地從座位站起。

但此時，另一方面，老人和女人，不知是否認出了他的聲音，或是特別的時間到了，剛好也從座位起身準備回家。

寺內跌跌撞撞地穿越吵鬧的人群，儘管一度弄錯方向，仍舊拚命跑出玄關。跑出去之後，他看見老人和女人一起搭上轎車。還來不及思考，轎車已在不自覺間消失於黑暗中了。

稍微瞥見的司機長相，總覺得在哪裡看過似地，但那時候寺內並未想起來。

不過，他還沒有絕望。周圍的照明讓他清清楚楚地看到轎車車牌。從戲院的人們對待他們的慎重態度，司機對待他們的恭敬態度，說明了他們是大有來頭的老人與大有來頭的夫人。那輛轎車一定也是他們的自家用車……

他以一一一六六六的車牌作為基本資料，很快地得知女人是子爵脇阪夫人，老人則是入贅的七尾醫師。

他沒有一絲勒索的念頭。不過，知道這件事之後，在某種難以說明的東西驅使下，某天他造訪了麴町的子爵宅邸。然後，喔喔，那一點點的行動，竟將寺內推入這般不幸的境地！

「吶，仔細想想這是一開始就計畫好的，關於香菸的那件事。」長長的故事結束後他說道。

「打靶屋云云的姑且算是合理好了，但是事實上真的會發生嗎，還有大眾澡堂也好、日比谷的小偷也好，事實是否和他說的一模一樣呢？而老人為何要幫我到那種程度，吶，全是

3　《菊五郎的棒絞》是歌舞伎的劇名。描述某諸侯為了不讓家臣在自己外出時偷喝酒，遂將他們綁在棒子上。沒想到家臣照喝不誤，喝醉之後還戲弄辦完事回家的諸侯。

為了讓我和那女人發生關係，老人一定從以前開始便在物色適當的青年。他看過我的履歷表，只要演一整天的戲試探該位年輕人，不就能查明對方身為一個男人是不是完美的嗎？」

「特別是我，那天晚上一開始，已經被調查過身體的各個角落了。沒錯，就在那間沒有名字的大眾澡堂。那女人帶到歌舞伎的小孩子，啊！確實是我的孩子。他們一心想要孩子，所以才會那樣利用我。利用完後便想殺我滅口。一一一六六六的轎車，就是當我從那個不可思議的城鎮走進久違的人潮時，想要撞死我的車子。」

「我認得司機的臉！然後我好不容易和那老人見面了，該怎麼說呢，他們運用金錢和權力，終於將我送進這種地方。愈是辯解愈被當成病患看待，讓我深陷在這個無法逃脫的地獄。啊啊……有誰，有誰願意多少相信我的故事呢？那個孩子，將來的子爵，其實是我的孩子啊……」

在還算自由的精神病院一室裡，寺內告訴我這些故事。

聽說他自殺後，我想起了這個故事的點點滴滴。

不知讀者對於這故事，是否依然會將它視為精神病患的瘋言瘋語，完全不相信，不做任何思考呢？

抱茗荷の説。

抱茗荷之説

一九三七年一月 發表於《ぷろふいる》

作者簡介 山本禾太郎

本名山本種太郎。明治三十二年（一八九九年）二月二十八日生於神戶市，昭和二十六年（一九五一年）三月二十六日去世。關於他的資料甚少，僅知他是由海洋探測器製造公司的經理轉型為偵探作家。

山本禾太郎和西田政治[1]同為關西偵探文壇的長老，在文壇享有崇高地位。常和夢野久作[2]等人一起在《新青年》刊登作品。其戰前長篇作品〈小笛事件〉曾在《神戶新聞》和《京都日日新聞》同時連載，與甲賀三郎[3]的〈支倉事件〉並列為戰前「犯罪實錄小說雙璧」之一。

1 西田政治：一八九三～一九八四，《新青年》懸賞小說的第一屆得獎者。

2 夢野久作：一八八九～一九三六，日本推理小說作家，本名杉山泰道，最出名的作品為涉及精神病學的《腦髓地獄》，被譽為日本推理小說四大奇書之一。

3 甲賀三郎：一八九三～一九四五，本名春田能為，小說家、推理作家、戲曲作家。

女人名叫田所君子。

君子不知道雙親的長相，也不知道名字，甚至連自己的出生地都無從得知。君子從懂事以來便與祖母兩人，住在山頂臨時小棚般的簡陋屋子裡。好像是從某個遙遠國家流浪到那裡的。

根據祖母的枕邊絮語，君子是在攝津[4]國家的風平村或風下村出生的，但現在則連村名、甚至是國名都已經從君子的記憶消失了。唯一像作夢般記得的是，後門有棵大柿子樹，夏天讓人覺得總有六尺長的大蛇，從屋頂爬到柿子樹上，或者像蜂斗菜那麼大的向日葵將臉望向太陽，不過這些事對尋找自己的出生地一點幫助也沒有。

然而，唯一可以確定的記憶，是站在後門往左方眺望，能夠看見遠方還要更高一層像矛一般的尖山，頂峰僅有一棵大松樹。那抹滿濃紫的山頂上，宛若用墨描繪般的一棵松樹，在美麗夕陽中顯得格外鮮明，這畫面異常清晰地殘留在君子的記憶裡。

自君子展開旅途以來，一遇到美麗的夕陽，常會站在別處農家的後門，試著觀探一下，不過關於自己記憶中的山或松樹毫無所獲。因此覺得連這個可靠的記憶，說不定其實只是君子製造出來的想像。

君子的祖母在君子八歲的時候離開人世。根據祖母在枕邊告訴君子的故事，君子的父親，在君子出生的隔年秋天就死掉了。父親是個重視善念的人，為了到四國、西國巡禮寺廟的朝聖者，開放一棟屋子作為結善緣的旅店。

朝聖者來到村中，詢問這村裡有沒有給朝聖者留宿的人家時，村人立刻指出君子家。於是各種樣貌的朝聖者都來住宿了。有的是看起來人很好的老夫婦，也有美麗的尼姑。

受一宿之恩的朝聖者們在別館解下行李，便會來到主屋的庭院，重新對君子的父親或母親打招呼。父親吩咐君子的母親要將煮的一些菜、湯、火鍋等東西拿到朝聖者的地方，有時候自己也會到別館，聽朝聖者說故事作為消遣，朝聖者也曾不請自來跑到主屋。聽說那時候母親會坐在父親身旁，安靜傾聽。不過，所有稱為朝聖者的朝聖者，並非全是美麗尼姑，或為人善良的老夫婦，其中也有眼睛負傷的彪形大漢、單薄虛弱好似幽靈的老人、沒有手的人等等，陰森悚然的朝聖者並不稀奇。當那種朝聖者投宿時，據說母親就會嚷著好可怕、好恐怖，然後縮在房子裡面不出來。

這麼一說，祖母的枕邊絮語似乎很有條不紊，其實祖母的故事並非這麼有次序。有時候，時間一長愈是說得斷斷續續的，而且大多是君子在懂事時從床邊聽來的故事，如今遙遠的記憶已模糊不清，那些故事片段，似乎只能和夢幻物語聯想在一起。但是，對君子而言也算是

4　舊國名之一。在現今的日本，包含大阪府西部與兵庫縣西南部。

在臨時小棚般的陋屋裡與祖母兩人一起生活的愉快回憶。

她讓記憶的那頭逐漸褪色，用自己的想像一一補強祖母的故事，如今那些片段在君子心中似乎已發展成既定的事實。例如，和美麗的女尼聊天的父親模樣，坐在一旁安靜傾聽的母親模樣，女尼朝聖者的長相等等，就像電影似地清楚浮現。

父親的死，不，正確來說是被害死的，那一天有兩個朝聖者投宿。

一個是上了年紀六十二、三歲的老嫗吧！不見一縷黑絲的滿頭白髮剪得短短的，朝後梳攏，是個身體看起來就像男人般健壯的老嫗，雖然五官很高貴，但過於悖離老者的體格，據說給人一種不太自然、氣味陰森的感覺。

另一位朝聖者也是女性。年紀和君子的母親差不多，大約三十七、八歲吧！這女人用灰色的高祖頭巾[5]將臉整個包起來，露出來的地方只剩眼睛。

據說那是一雙眼神非常清澈、美麗的眼睛。這位朝聖者連在房間裡，甚至吃飯的時候都沒有將高祖頭巾卸下，沒有人問就主動表示自己是因為罹患惡疾，臉部醜陋到讓人無法再看第二眼，所以才始終罩著頭巾，打扮成像大師的這般模樣，據說她們當時是如此說道。

白髮的老嫗和這個高祖頭巾的朝聖者，雖然穿著打扮都和一般朝聖者無異，卻有一種說不出的高貴氣質，一眼就知道並非所謂的乞食朝聖者，而是宗教朝聖者。

這個戴高祖頭巾的女朝聖者，似乎頗受祖母的注意。這是因為女朝聖者極度酷似君子的母親，從高祖頭巾的隙縫窺望出來的眼睛等等，簡直就像將君子母親的眼睛搬移到那裡似地，縱然是雙胞胎一詞也難以形容兩人酷似的容貌。如果，這個女朝聖者沒有戴高祖頭巾的話，據說根本分不出誰才是君子的母親。

兩人雖然假裝是偶然湊巧投宿在同一地方，但看樣子是一夥的，而且還是主僕關係，老嫗感覺上像是戴高祖頭巾女人的僕傭。

君子從祖母那兒聽到這兩個朝聖者的故事時，正因為是父親被殺當晚的事情，在年幼的心裡，就像聽什麼恐怖的鬼故事一般，害怕得蜷縮身體。如今記憶已淡薄，不再感到歷歷在目，但在兩人身影偶然浮上心頭的時候，父親的臨終、白髮的老嫗、高祖頭巾的女朝聖者等等，感覺上就像親眼目睹了一幅地獄圖似地。

無怪乎這幻象一再浮現在君子的心頭。

從兩位朝聖者投宿的前四、五日開始，君子的母親便因為高燒而下不了床。頸子長出小

5 日本古代女性的禦寒衣物。頭巾取自衣服袖口的形狀，戴上後臉蛋便猶如從袖口中露出。

疙瘩，深為高燒所苦。

因此，她並不知道有這麼兩位女朝聖者投宿的事情。那裡是距離醫生居住的城鎮兩里之遠的鄉下地方，況且，在村子裡面，有人生病的話大家通常不會請醫生。

君子父親拿出自己到四國朝拜時隨身攜帶、據說是很珍貴的手杖，或是撫摸昏睡病人的頭，或是誦唸經文，徹夜在妻子的枕邊照顧。

差不多到了拂曉時分，兩位朝聖者因為要早早上路，表明想和屋主打一下招呼，君子的父親遂離開病人枕邊，來到茶室。已經完全備好行李的兩位朝聖者，慎重地答謝留宿一夜之恩並說道：「聽說夫人身體違和，想必您一定很傷神吧，這東西就作為報答一宿之恩的謝禮，我們在當天早晨曾祈禱病人早日康復，這也是四國朝聖者該做的功課。這個護身符是巡禮四國十次以上方才授與、異常珍貴的護身符，讓病人喝下它吧！」她們說著，接著就拿出一個小小的金色護身符。聽說當時父親不勝感激，恭恭敬敬地收下這個似乎很靈驗的護身符，由衷地再三道謝。

兩位朝聖者離去之後，祖母像平時一樣，進入朝聖者過夜的房間察看，一如大部分的朝聖者，房間整理得相當乾淨，沒有留下任何東西。投宿的朝聖者在出發時必定會貼上一張符才離開的出口大門，因為貼滿符紙而突出一塊的那扇大門，據說好像也有那兩位朝聖者新貼上的兩張符。

儘管祖母的描述，委實只剩下很模糊的記憶，但君子確實看過，來自四國朝聖者的符紙，貼滿了大門內側，那些符紙一張疊著一張，就像貼畫的羽子板[6]一樣鼓鼓的。

父親將朝聖者所給的金符浮在水中想讓母親喝下，但聽祖母說當天早上已經退燒的母親，怎麼也不肯喝下它。即便父親像在哄小孩般，將茶杯抵在母親唇邊強迫她喝，母親仍搖著頭堅決不肯喝。父親拿著茶杯，看了母親的臉好一會兒，說了句這樣實在太浪費了，因此很隨性地張嘴一口將符水喝光。聽祖母說在那之後不到一小時之內，父親嘔出黑血，在痛苦中掙扎死去。

在祖母所有的故事裡，最鮮明殘留在君子記憶裡的，就是這件事。或許因為是父親橫死的重大事件，或是收下金色靈符的父親，為什麼會立刻死去的疑惑，抑或是這個令人感到不可思議的大謎團。

那兩位朝聖者，似乎不是只有在投宿君子家那一天才出現在村莊。據說大概在二、三年內，來過村裡五、六次，打探著村裡有沒有病人呢？確定沒有病人的話，便會直接離開村子，

6　羽子板是一種長方形帶柄的板，一般在日本過年時玩球類遊戲時所使用。玩法類似以大的乒乓球拍來打羽毛球。

偶爾聽聞有病人出現，雖然會去確認是哪一戶人家，卻不在那戶人家現身，就那樣前往鄰村。

查明病人是君子的母親，然後才來投宿的事情，據祖母說是在父親死後聽村人提起才知道的。因此祖母不可能沒聯想到這兩個朝聖者和父親之死有關連，然而君子卻一點兒也沒聽祖母說過父親是被這兩個朝聖者害死的，諸如此類的說法。

有可能是君子忘記了。

反倒是祖母彷彿贊同父親之死的話語，隱隱約約殘留在君子耳底。

母親是一個柔順得叫她往東就往東，叫她往西就往西，菩薩心腸般的女人。那麼柔順的母親，會如此堅決地抗拒金符，一定是神明的啟示。而父親會立刻喝下它，則是受了神明的懲罰吧！

如果君子沒記錯的話，父親是否做了什麼會讓神明處罰的事情呢，這麼說來，父親在鄰里間廣為流傳的行善之舉，是否有什麼原因呢？祖母似乎不常提起這個親生兒子，也就是君子的父親。相反地對於媳婦，也就是君子的母親，則是每日每夜沒一天不掛在嘴邊的想念。

母親是父親的續絃，比父親年輕了二十歲以上，臉蛋和心地都很美麗，十分疼愛在君子出生前便已去世的繼子，那個繼子對君子而言算是同父異母的哥哥。

不知是否真如文字所描寫的紅顏薄命，母親好像是個境遇淒涼的女人，尤其是嫁給父親之前，曾被夫家休妻，被趕出家門，遭逢的悔恨和悲傷絕非一般人所想像，但聽說母親絕口不提過去。等她嫁給父親後，在此地定居，婆婆待她一如對待親生女兒般疼愛，丈夫也很喜歡她，在產下獨生女君子之後，正是可以寬心之際，父親竟死於非命。

說到母親的時候，祖母經常眼泛淚光。儘管如此疼愛媳婦，但祖母好像完全不清楚母親的來歷。她是如何與父親結緣的，君子甚至連聽都沒聽過。

據祖母的說法，一直到產下君子前，母親的精神都好像遺留在前世般，儘管柔順，看起來卻也像個傻子。然而，儘管如此，彷彿洞穴般空虛的身體某處，卻又散發出一種猶如蒼白螢火的幽光，教人不寒而慄。

不可思議的是，雖然從沒收過來信，但母親卻每個月從未間斷地寫信，還會自己拿到二里外城鎮的信箱寄出。祖母長久以來一直很想知道母親的來歷，想了解信裡究竟寫了些什麼，卻沒有機會窺知內容。唯有一次，聽說祖母發現了寫不到一行的紙團，上面寫滿了陰森恐怖的詛咒之詞。信上的遺詞用句，君子似乎聽祖母說過，但現在則什麼都想不起來了。

狀似性格異常的母親，自從產下君子後彷彿換了一個人似地，變得既圓融又溫和。就像是迄今遭到附身、無以名狀的獸性已然消退，恢復了原本的人格，據說從此以後母親便不再寫下任何一封信。

父親橫死後，高燒已經完全退去的母親才聽說前晚有兩個朝聖者投宿，一聽到戴著高祖頭巾的那一人長得很像自己，她顯得極度訝異，就那樣又再度跌回病床上。

父親死後，不甚富裕的家似乎急速跌入沒落深淵，因為耕地也失去了，遂將長工解雇，偌大的屋子只剩下祖母、母親和君子，三人孤伶伶地過日子。

最後為了賺取米鹽之資，母親不得不夜以繼日地織布。日子一天比一天還苦，再這樣下去非得三人一起餓死不可，於是母親一度返回故鄉，留祖母一人在家。

從父親橫死、家道中落，一直到母親起身返鄉，這也是長久以來斷斷續續、順序顛倒聽來的故事，如今君子只能想起其中的一鱗半爪。

思及祖母描述母親啟程時的故事，不知何故君子竟玄妙地聯想到抱茗荷家徽[7]，以及山茶花。這絕對不是祖母故事的重現，一定是在聽到祖母的故事後，聯想到君子親眼所見的記憶。

但為什麼會從母親的返鄉聯想到抱茗荷和山茶花呢？

君子家的家徽是什麼呢？君子懂事的時候，家道已經中落了，附有家徽的東西等等，她從未在家裡看過，只有一個祖母在收放手邊物品時所使用的燈籠箱還附有家徽，不過君子記得那好像是圓形裡有四個正方形，這一定是圓形四目紋沒錯。

因此君子的記憶裡不應有抱茗荷存在。即便是山茶花，君子和祖母一起居住的禿山臨時小棚附近也沒有山茶樹，就算在山裡或其他人家的庭院等等地方看過，她也不認為那與母親的返鄉有所關連。君子覺得一定是更為重大的事件，當時的所見所聞才會如此深刻地烙印下特殊記憶。

從君子隨母親返鄉，到再度返回祖母身旁的經過，同樣也聽祖母說過好幾次，但這並非祖母親眼所見的經歷，君子認為，其中多半摻雜了自己的童言童語，再經由祖母的想像創造出來。

一大早，天還沒亮便被母親帶離家門的君子，或搭乘火車，或換車，或搭乘船隻，中間也有打瞌睡，或是睡得很熟的時候被搖醒，沿路處於半夢半醒的狀態，因此完全沒有記憶，隱約只記得從共乘馬車下來以後的路途非常遙遠。有小河，也攀越了小山，還有不知會延伸到何處的長長田埂。

7　茗荷，別名陽藿，薑科多年生草本植物，可食用。
以茗荷作為紋飾設計的「茗荷紋」乃日本十大家徽之一，可再細分為多種樣式，如左右圖案對稱的「抱茗荷」款式。豐臣三中老之一的堀尾吉晴武士之家徽即為抱茗荷圖樣。

經過了好幾個圍牆開著山茶花、菊花等等的閑靜村子。之後的路程或是由母親揹著君子，或是牽著母親的手行走。

途中確有過夜，但想不起來是一次還是兩次。僅僅記得走在變暗的鄉下道路時的心慌及矮房成排的鄉下城鎮裡，孤零零地點著四角瓦斯燈的客棧。第二天又是同樣的路途。那時候，母親的確戴著高祖頭巾。

一路上的記憶，就像是作夢般沒有任何關連，是回憶中的路途景色呢？亦或是，決定展開旅程以後看到的景色呢？根本沒有清楚的界線，但她想，唯有母親戴著黑色皺綢頭巾一事是不會有錯的。

走在松樹稀疏、悠長平緩的坡道上，眼前豁然展開的是一片延續至遠方地平線的廣闊草原。舉目不見一戶人家，遙遠的右方有個非常大的池塘，可以看到池塘對面有座小森林，以及圍繞在周圍的白牆。太陽已經偏西，這寬廣的水池綻放出狀似冷冽的光芒。

母親曾指著這片小森林對君子說了一些話，但那時候母親究竟說了些什麼，君子怎麼樣也想不起來。

現在試著回想，這可是極重要的事情，縱使只能想起當時的一字半句，彷彿夢境的一切一定能由暗轉明，雖然君子覺得可惜，卻怎麼樣也想不起來。

下山後抵達森林一看，那是一片十分遼闊的森林，漫長的田地，盡頭聳立著一扇彷若諸侯城堡裡的大門。君子的母親站在門前，猶豫了一會兒，對君子說：妳暫時在這裡等喔，媽媽很快就出來了……讓不願意的君子在那裡等待，母親戴著高祖頭巾就那樣走進大門裡面。之後，母親從來都沒有從這扇門走出來。

在那之後，已經過了十年的歲月。那時候自己寂寞渺小的身影，君子至今仍可以清楚地描繪出來。

大約等了一個小時吧！附近沒有人家，當然也不可能有人經過，小孩子沒法兒一直乖乖不動，便試著悄悄進到大門裡面，屋子在哪裡呢？有好幾棵大樹，一條和通往大門外側道路相同的通道，消失在森林深處。君子覺得很恐怖，再一次折回大門外邊，頂著快要哭出來的神情般沿著圍牆在宅邸周圍繞圈，不過周圍的小門緊緊關著，不管往右轉或是往左轉，圍牆的盡頭處都是水池。太陽漸漸西沉，風很冰冷，君子終於邊哭邊走進大門。

到處都是石燈籠，石橋橫跨在像是從池子連接而來的小川之上，內部構造簡直和宮殿一模一樣。延續長長的圍牆，類似倉庫的建築物天花板上懸掛著龍吐水[8]的木箱、火災現場用的

8 江戶時代的木造消防用具。

提桶等等。像是神社辦事處的大玄關，一旁的天花板上，吊掛著宛如戲臺上老爺所乘坐的肩輿[9]。

君子邊哭邊用身體推開像是後門出入口的大扇便門。屋子裡不知道有沒有人在，無聲無息安靜到連一聲咳嗽都沒有。君子繼續抽咽，站在那裡，因為好像沒有人會出來，遂悄悄地窺探裡面。那地方沒半個人影，黑到發亮的木頭地板上整齊排列著像是用藺草編成的高級拖鞋。君子試著媽媽、媽媽叫了兩、三聲，不過沒有任何人回答。君子不知所措地佇立在昏暗的庭院。

半晌從屋裡，隨著安靜的腳步聲，走出一個五官平坦的老人。老人雖然看到君子站在那兒卻一點也不驚訝，立刻下到庭院，說了句跟我來，就那樣走往出口的方向。君子除了聽從這個老人之外別無他法。

老人沉默地沿著圍牆行走。君子認為跟著這個老伯走就能到母親那兒，有時還要小跑步加快略微落後的腳程，跟隨在老人身後。

離開圍牆穿越大樹間隙，順著小河走了一會兒，便能從樹木隙縫看到經黃昏照射而閃著微光的池水。站在池畔的老人，等待君子的到來，那個，就是妳媽媽喔！說罷指向池水。樹枝覆蓋在水面之上，雖然益發昏暗不清，但陽光還是穿越樹梢射出微弱的光線，水裡漂浮著母親的屍體。

君子打算牢牢記住老人的臉，不是因為老人帶她去看屍體，而是他將君子送回祖母那兒。然而原本打算謹記在心的老人長相，隨著歲月流逝，變得愈來愈模糊了，和後來認識的自炊旅店老闆，偶然投宿在一起而熟稔的江湖老藝人等等的臉混在一起，完全脫逃於記憶之外，現在甚至連想都想不起來了。也許連想謹記在心的打算都靠不住也說不定，不用說這地方有棟豪宅般的屋子一事，也只留下恍如夢境的記憶。

根據祖母的說法，在君子隨母親返鄉後的第六天晚上，君子一個人抱著大大的人偶回到簡陋的小屋子。媽媽怎麼了？就算問她，君子都只會說她走進大門之後就沒有出來了，媽媽已經死掉浮在水池裡面，不管問什麼都不得要領，問她和誰一起回來的，也只回答別人家的老伯，為什麼媽媽會死掉，是誰送妳回來的，完全問不出個所以然。

祖母嘗試從君子抱回家的人偶身上尋找線索。人偶穿著菊菱圖紋，零星散布、深紅色的皺綢長襦袢[10]，外頭罩著在紫紅底布染上野菊的皺綢衣裳。祖母無從判斷腰帶是什麼樣的織錦，不過絕對是時代久遠的錦緞，雖然不清楚人偶出自何方，但似乎是歷經相當年代的物品，還有身上的衣裳等等，也都不是現代的東西。儘管像那樣帶著古老氣息，仍可看出

9　轎子。

10　穿在和服裡面的襯衣。

受過細心呵護，頭髮一縷不缺，略微發黃的臉蛋反倒增添了美感。不管如何，對拿來哄小孩而言，都太貴重了。然而，從這尊人偶身上卻完全找不到半點和君子母親離奇死亡有關的線索。

在那之後，關於君子母親之死，祖母不斷唸著萬萬想不到，然而歲數已大身體也不中用了，身心都為之衰塌的祖母，最後也只得死心放棄，因為日子過得太苦了，開始表示回娘家籌措生活費的母親一定是因為借不到錢，進退兩難之際才投池自殺。

君子想著自己看過母親的屍體，但她又想，那個不知道是不是將母親之死，和展開旅程後見到的池畔風景結合在一起的夢境。若依祖母的故事，自己不可能完全記得，斷斷續續像是恰巧回憶起夢境般偶爾略過腦海，這樣豈不與用想像力縫綴每一片記憶而成的夢幻物語無異？

不過，君子現在將人偶寸步不離地帶在身邊。

只要這個人偶還在，便能證明母親死亡前後的經歷並非作夢。然而對君子而言，抱著人偶從遙遠的地方，被陌生老伯送回祖母住處的記憶，卻蕩然無存。

祖母在君子八歲時去世。

在那之後，君子捨棄荒山小屋，進城幫人家帶孩子，但君子實在不喜歡保母的工作。某日兩手空空漫無目的地來到城郊，那裡的空地有一對像是夫妻的藝人引來人潮，正在表演戲法。

女人坐在表演道具旁敲打太鼓，似乎是她丈夫的男人在前方表演吞雞蛋或吞針。表演過一輪後，女人站起來，遞出一只褪色的盤子，一錢、二錢的收集賞金。不久人群散去後，就只剩下兩個藝人和君子。君子遲遲不肯離開那裡。江湖藝人將表演道具放上小車子，掛上表演服裝，君子仍舊沒有離開的意思。

就這樣君子終於隨著這對江湖藝人展開一段又一段的旅程。

江湖藝人會在氣候轉暖時向北行，轉涼時向南行。而且去年走的是東海道[11]的話，今年就是中仙道[12]，每年的巡迴演出路線都不同。

君子絕不是喜歡江湖藝人的工作。特別是年紀漸長，雖然討厭這行飯，但有一件事卻比工作還厭惡。那就是目前如同是她父親的師父，喝酒後便會發酒瘋，比那更加難以忍受的，是他毛手毛腳的態度。

能夠忍受十年之久的原因，和師娘為人非常親切、總是挺身庇護有關，但更是為了

11　江戶時代的五街道之一，沿著太平洋從東京前往京都的路徑，沿途有五十三個驛站。

12　江戶時代的五街道之一，從江戶日本橋出板橋，途經上野、信濃、美濃，在近江草津和東海道接合，經過大津抵達京都，沿途有六十九個驛站。

一個夢想，她想找出母親最後投身的池子，弄清楚前後的內情。

今年也是一開始颳起涼風，君子他們便往南繼續旅行。

某一天，首日表演結束的那一夜，可能是因為那天賺了不少錢，師父喝得比平日還多，再度對君子上下其手。君子激烈地抵抗，喝醉的師父揚言：「我要殺了妳。」揮舞著厚刃菜刀引發不小騷動。那一夜大概是對再三騷擾的行為忍無可忍，師娘終於幫助君子逃亡，而且告訴她可以投靠一位曾在旅行中認識的女子，那人找到一份正常的工作，就住在五里外的城鎮，還為君子寫了一封介紹信。

君子提著從不離身放在包袱裡的人偶踏上夜路。就這樣君子從長達十年的江湖藝人生涯就此收手。

抵達師娘介紹的人家後，隔天君子在四下無人的地方悄悄從包袱中拿出人偶檢查。因為長久以來都包在布巾裡面，她擔心是否有所損傷。所幸人偶沒有半處毀損，不過衣裳卻都已經脫落了。君子懷著重新幫它穿上衣服的念頭脫掉了衣服。君子雖然擁有這尊人偶十二、三年，此時卻是第一次脫掉它的衣物。祖母死後當上保母，之後是有一餐沒一餐的江湖藝人，一直到今天以前，君子都沒有脫掉人偶衣物一窺究竟的冷靜心情。

見到裸體人偶的君子，在上頭卻發現了不可思議的東西。人偶的左乳上方一帶有顆像是梅花的黑點。那絕非人偶一開始即有的傷口。很明顯是後來才用毛筆畫上去的。

不經意地翻看人偶背部，那裡竟寫著「抱茗荷之說」。如果君子的記憶裡沒有抱茗荷的家徽，必定會覺得摸不著頭緒。然而，為什麼要寫上這種東西呢？以及那個有什麼意涵呢？任憑君子怎麼想都想不透。君子唯有將這份不可思議，悄悄收進人偶的衣裳之中。

君子在十年旅程中，每當去到陌生的土地，一定會詢問這一帶有沒有像湖那麼大的池子。不用說那是為了尋找恍若夢境般留在記憶深處、被湖畔森林所包圍的人家。

屋子的主人告訴她，一里外的地方有個大水池。並表示道：「從前這城鎮的村長家有對感情交惡的孿生子，兄弟鬩牆到最後，弟弟竟然放火燒房子。為此整座城鎮付之一炬。自此以後，孿生子被視為仇人轉世，受到居民極度地忌諱。然而村長家後來又再產下孿生子。生下孿生子的村長家媳婦苦惱之餘竟攜著孿生子投池自盡。那池子至今仍被稱為『孿生子池』」。而且，屋主還告訴她，自古便流傳著那池子周圍的田地，所長出來的茗荷，據說都是兩個兩個抱在一起的形狀。

君子以化名白石松江受僱到位於孿生子池畔的豪宅當女傭，是在那之後不久的事情。

受僱於這戶人家之後，潛藏在君子身體某處的記憶便逐一浮現。像是諸侯城堡的大門、吊掛在玄關一側的塗漆肩輿、龍吐水的木箱等等，那雖是事實，卻遠比想像中醜陋，儘管蒙上塵埃殘破不堪，但無疑是宛若夢境般沉澱在記憶深處的畫面。尤其是抬頭仰望鑲嵌著抱茗荷家徽及像是諸侯乘坐的黑漆肩輿時，彷彿是撥雲見日似地，讓君子清清楚楚地憶起了抱茗荷家徽。

那個是目送母親走進大門裡面的時候，母親戴著的高祖頭巾下垂至背脊部分，以手染製成的大圖紋。

她也試著去到浮現母親屍體，記憶中的池畔。

在那兒，綻滿花朵的山茶樹枝覆蓋在水面上方，掉落的山茶花沉落在略微染紅、但又像琥珀那般清澄的平淺水底，上面也有花朵漂浮。聚精會神地凝視池水，母親仍舊罩著高祖頭巾的美麗屍體，似乎還能在水中清楚看到。

這麼淺的地方會淹死人嗎？君子忽然想到。

母親有可能放著獨生女的自己在門外等待，自行跑去自殺嗎？帶著高祖頭巾的朝聖者，她的金符應該是要給母親喝的而非父親。母親不是被殺死的嗎……母親是被殺死的……那麼想的話，以前彷彿是夢境般的諸多謎團便一點一點地解開了。

中風，嘴巴和身體都無法自由行動，老是在睡覺的老媼，頭髮雖然變得相當稀薄，然而不正是沒有摻入半根黑髮的滿頭雪白嗎？雖然聽說長工芳夫的父親已經去世，但他一定是十年前送她回家的老人沒錯。

假設，中風在床的白髮老媼，以及守寡的女主人，是那時候的兩位女朝聖者，兩人一定認為母親喝下金符死掉了，沒想到會在數年後突然現身。揣測她們非殺了母親不可的推論一點都不勉強。

說到女主人，君子有一種不可思議的感覺。她和年幼心靈中記得的母親面容極度酷似，母親遇害的原因不就在這裡嗎？

開始思索的君子，百思不得其解，最後她認為解謎關鍵一定是在人偶身上。

某一天晚上，夜深後君子悄悄拿出人偶端詳。

首先解開衣物，從襦袢到和服、腰帶，仔仔細細地查看，但沒有發現任何異樣。寫在背後的「抱茗荷之說」，指的一定是孿生子生來相剋的傳說。

這是馬上就能想到的，不過左乳上方的梅花圖樣是什麼意思？對君子而言，這謎題並不容易解開。

思索到最後，君子猜想寫在背後的「抱茗荷之說」，必是表示內容的主題。所以這尊人偶的某處，是否隱藏著那個內容呢？這一點除人偶內部外，再無其他可探察的地方。君子痛下決心拔掉人偶的頭一看，裡面果真藏著一張字條。

姊妹如同抱茗荷之說，是仇敵轉世的孿生子，而且兩人神似到任誰都無法分別。姊妹的母親各給她們一尊人偶，為作區別讓人偶穿上不同的衣服。不過人偶全裸的時候還是無法區分，遂在其中一尊人偶的左乳上方畫上梅花圖樣。那是因為某一位的相應部位有顆梅花形的痣。姊妹從小感情不睦，適婚年齡之後又爭奪同一個男人。

這場爭鬥由姊姊獲勝，姊姊雖然和男人結婚，卻因兩人容貌根本無法區別的可怕孽緣，男人將妹妹錯認成姊姊，諸如此類的醜陋爭鬥不斷上演。即便是男人去世，失去彼此爭奪的目標，敵人轉世的兩人還是繼續爭奪莫大的家產，不過現在已經沒有必要爭鬥了。也就是說，已經不需要這尊人偶了，就讓這尊人偶代替死去的母親送給妳吧！

沒有日期也沒有署名。

關於描繪在人偶胸口的梅花圖樣，讀著這張紙條的時候君子已經明白。因為她想起來了，沉澱在記憶深處，母親左乳上也有顆痣一事。不過，這張宛如信件的紙條卻給君子帶來一個更大的疑問。

君子拿著那張紙條陷入沉思。

夜已經很深了，附近陷入一片死寂。赫然回神後，聽到走廊傳出安靜得像是刻意放輕的腳步聲。君子急忙吹熄油燈，四周就像漆液般一片黑暗。君子縮在房間一角屏住呼吸，狀似盡可能安靜行走的腳步聲，停在君子的房間前面就那樣靜止不動。

半晌，拉門無聲無息地打開，讓人聯想到幽靈入侵時大概就是那樣子！君子凝住瞳孔，像貓頭鷹似地張大眼睛，但它真的是幽靈嗎？看起來就只是黑暗中的模糊影子，完全認不出來對方是誰。偷溜進來的東西雖然靜悄悄地潛入君子房內，但她卻保持靜止不動。

君子節節倒退，彷彿蝙蝠一樣將身子貼近牆壁。定睛一瞧，一片漆黑中好像噗噗冒出幾顆狀似肥皂泡的五彩泡沫。君子趕緊眨眼，就在那時候，不知道受到什麼驚嚇，偷溜進來的東西著急地，卻又安靜地關上拉門，從和來時相反的走廊離去。那時候君子果然聽到遠處的走廊，傳出了像是偷偷走過的腳步聲。

這種事情並非那一夜才發生，這已經是第三次了。而且不可思議的是，三次都由遠處走廊傳出的其他腳步聲解救了君子。

自從她開始懷疑母親是否為自殺，立志追溯夢境般的記憶，確認母親的死因以來，身邊一直能感受到宛若監視的目光，甚至能感受到自己生命正暴露在危險中的不安。

類似今晚的事情已經發生三次，一定是想要自己的命。

從人偶腹中拿出來的信紙，寫著如今已經沒有必要鬥爭了，已經不需要這尊人偶了。這一定是指既然母親已除，也就沒有爭鬥的必要，當然也不需要人偶了。因此君子探究母親死因的舉動必定很令她們恐懼。

為了斬斷禍根，所以才想殺了自己。弒母凶手殺了父親，她也想殺了自己嗎？我一定要報仇——君子悲壯地下了決心。

在那之後君子每晚都整裝以待，黑影果然在十天後出現。和先前一樣在拉門外面佇立良久的黑影，踏入君子漆黑的房間一步，凝神站在原地窺探室內的動靜。君子在黑暗中凝住瞳孔。於是，按照慣例走廊某處傳來人的腳步聲。黑影似乎在口中呢喃了一句什麼，就那樣按照原路閤上拉門離去。君子敏捷地追隨其後。

黑影筆直地迎上長廊，拉開雨窗，穿越樹木靜靜走在能夠看見水池的沿廊。君子像蜘蛛般貼著房間的拉門，穿越無處可躲的悠長走廊尾隨在後，擔心前方的黑影是否回頭襲擊自己，極力壓抑因不安和恐懼而高漲的氣息。然而黑影在走廊轉彎處越過小橋，消失在偏屋中。

那裡是女主人的房間。

果然，一切正如君子所想。那位女主人，雖然不知道是母親的姊姊或妹妹，但怎麼說都是自己的阿姨。縱使她是阿姨，既是奪走父親，殺害母親，連自己都想除掉，魔鬼般的阿姨，難道就不應該報仇嗎？當君子折回自己的房間正欲進去的時候，走廊的黑暗處傳出刻意壓低的聲音。

「松江小姐。」

君子心頭一驚，站在原地動也不動。

「我一定會保護妳的安全。」那是長工芳夫的聲音。

「有些起風了吧！可以略微聽見孿生子池的蘆葦鳴啼。

我父親做了什麼事，兒時的我並不清楚。不過小時候我所知道的父親是個非常爽朗的男人，是在晚飯小酌幾杯、心情好的時候也會哼歌的男人。那是在我幾歲的事情呢？我想大概是九歲或十歲左右的時候。

之前從未在別處過夜的父親，有二、三天吧，對我而言就像四、五天那麼長……因為我沒有母親，那次父親又外出那麼久……沒有回家。從那以後我便覺得父親的性格完全走了樣。飲酒量也一口氣增加，別說哼歌了連笑臉都鮮少出現。

我當時還小，並不十分在意，隨著年歲漸長，終於清楚了解到父親為了什麼煩惱而痛苦。在四下無人的地方和女主人交頭接耳的時候等等，若我碰巧經過父親附近，他便會鐵青著臉對我怒目而視。一直到父親臨死前我都不清楚他在煩惱些什麼。

父親無法背負這麼大的罪過就那樣死去吧！他在彌留之際，終於對我說出實情：『我殺了人……我很同情成為孤兒的君子小姐……』

因此從妳來到宅邸的那天起，看到妳和妳母親年輕時神似的容貌，我就已經明白妳並不是白石松江，而是田所君子。請妳安心吧！我絕對不是妳的敵人。」

就那樣芳夫消失在漆黑的走廊。

然而君子仍存有一絲懷疑。她的確想知道女主人是否真為弒母凶手，如果當真是她殺的，讓她苟活著受一點折磨也無所謂，君子為了復仇思考再三，那之後又過了幾天。

君子打開收在倉庫裡面，包在抱茗荷紋琴外的油布，仿照高祖頭巾那樣罩在頭上，那一個夜深她偷偷來到女主人的房間。

打開紙門站在暗處，似乎尚未入睡、從被褥起身的女主人，瞬間像是不敢相信自己的眼睛似地，凝視著君子的身影一動也不動，下一秒鐘，啊……低呼一聲站了起來，以類似游泳的動作挨近君子。但，她似乎在那兒看到了什麼，像尊雕像似地呆住不動。

連君子也沒有察覺，芳夫就站在君子身後。

隔天女主人終日離不開床。

君子佯裝沒事繼續幹活。每當君子有事要進入女主人的房間時，芳夫總是佇立在窗下。

之後，又過了數天。君子趁女主人不在，將人偶裝飾在凹間[13]。她打算以此作為最後試驗。女主人，雖然暫時沒有發現，但不經意瞥見凹間的人偶後，立刻抱起它悄悄環伺房間，猶如

13　是日本住宅裡疊蓆房間（和室）的一種裝飾。在房間的一個角落做出一個內凹的小空間，主要由床柱、床框所構成。通常在其中會以掛軸、生花或盆景裝飾。

拿著極度恐怖的東西般輕輕放在榻榻米上。然後……果然……知道了……彷彿呢喃般地說。

在下一個隔間窺視的君子和芳夫，私下看了看彼此。

君子讓金符漂浮在茶水上，讓因中風而嘴巴身體不聽使喚，始終躺在房間的白髮老嫗喝下。老嫗以中風者特有的表情暫時注視著茶杯裡，不久像是在求饒般撲簌簌地落淚低了好幾次頭。

君子將父親臨終前的故事，告訴坐在一旁面露訝異的芳夫。

芳夫說：「松江小姐，妳是女性，希望妳千萬不要莽撞行事，為了妳，我赴湯蹈火在所不辭。而我有義務代替父親向妳贖罪，為妳父母報仇的義務在我身上。」

那一天的孿生子池沒有起風便盪起漣漪，眼看就要降雨的烏雲開始大量聚散。下午開始吹颳的風勢，果然在傍晚就喚來雨氣，到了夜裡便轉變成暴風雨，隨著夜深愈來愈激烈，圍繞這棟大宅的所有林木，在極度駭人的暴風雨中，宛若陰魂般不停跳著恐怖的舞蹈。就連堅固的建築物，每當暴風雨掠過時也會陰森作響，橫向拍擊的雨勢在雨窗撞出莫大的聲響。

芳夫靜靜打開拉門。女主人像是為連日來的疲勞用盡身心所有氣力，兩手虛弱地放在睡衣上似乎睡得很熟。

偷偷挨近枕邊的芳夫揚起斧頭。再一次，激烈的雨勢攔腰掠過雨窗，隨著激烈地、猶如撕裂絲綢般的聲響，從下一個隔間跑過來的君子，屈膝跪在女主人身旁。

女主人露出有顆梅花痣的左胸，細微睜開的眼睛噙滿了淚。

血液型殺人事件。

血型殺人事件

一九三四年六月 發表於《ぷろふいる》

作者簡介　甲賀三郎

明治二十六年（一八九三年），生於滋賀縣。本名春田能為，畢業於東京帝大工學部。大正十二年（一九二三年），以〈真珠塔的祕密〉入選《新趣味》偵探小說之徵文。之後推出新型態的理化型推理小說〈琥珀的菸斗〉、〈鎳的文鎮〉等短篇，成為倍受矚目之新進小說家，並提倡所謂「本格」的偵探小說。昭和三年（一九二八年）成為專職作家後，更名列最受歡迎作家之列，發表了眾多作品。長篇小說《妖魔的恥笑》、《沒有乳房的女人》、《沒有身影的怪盜》等皆屬於通俗驚悚小說，文章中經常出現新聞記者獅子內俊次的角色。此外，著有以實際案件為題材的《支倉事件》或歷史小說《奇怪的判決書》，甚至還嘗試偵探戲曲的書寫。死於昭和二十年（一九四五年）。

《專業偵探》雜誌中，曾經刊載過〈由誰裁決呢〉、〈血型殺人事件〉、〈木內家殺人事件〉等多篇中篇小說之力作。此外，昭和十年（一九三五年）連續一年於《偵探小說講談》中，針對偵探小說的非藝術性，與木木高太郎[1]展開辯論，也展現了小說評論上的才華。

1　木木高太郎：一八九七～一九六九，大腦生理學家、推理小說家、詩人。

艱辛的一年

至今我仍然經常夢見有關毛沼博士的意外死亡，那件事對我而言猶如鬼魅般纏繞不去。而且之後不到一個月的時間，待我如父親般的恩師笠神博士及夫人竟無預警地自殺身亡，更讓我震驚得宛如失去靈魂的軀殼，甚至欲哭無淚。直到漸漸恢復精神後，閱讀了博士署名給我的唯一一封遺書時，我又再度陷入無底的絕望深淵中。心中盼望立刻追隨博士夫婦的後塵，遠離這世間的紛擾，卻又必須隱忍住這樣的念頭。

當時的我，遭受警察、新聞記者的百般糾纏，心中痛苦艱難，卻得堅守博士的遺願，堅持必須在一年過後才能公開博士的遺書。也因此，雖然遭受到世人的種種誤解與批判，但仍不為所動堅守博士遺願。

對我而言，那一年的時間是如此地艱辛，如此地鬱鬱寡歡，如此地悲傷與消沉，只能靜靜等待時間的流逝。

在恩師笠神博士夫婦的一週年忌日，我終於能在這裡公開發表博士的遺書，也讓長久以來心中的負荷得以獲得些微紓解。

在發表博士的遺書之前，就依事件發生的順序，先從毛沼博士的意外死亡事件說起吧！

毛沼博士的意外死亡

二月十一日，也是開國紀念日那一天。當天氣候酷寒，清晨六點時分氣溫已經下降至零下五點三度，是東京地區罕見的低溫現象。我因前晚飲酒過量，再加上學校放假，以及寒冷的天氣，於是緊緊蓋著棉被沉睡到了早上九點左右。

「鵜澤先生。」

突然枕邊傳來呼喚的聲音，我伸出頭來，看見了宿舍舍監老太太蒼老的臉龐，正以懷疑的眼神盯著我瞧。也許是那神情太過嚴肅了，不得不讓我忘記了寒冷，立刻起身下床。

「有什麼事嗎？」

結果，舍監老太太默默地遞來手中的名片。而映入眼簾的名片稱謂，竟是S警察局的某某刑事警察。

「這，這是怎麼一回事？」

我內心惶恐不已，不記得自己做過什麼特別需要找警察來處理的壞事，還是因為我的散漫雜亂惹得舍監老太太不高興呢？

老太太以試探的眼神再度望著我說：

「不知道有什麼事，總之就是要找你。」

我急忙換好衣服，隨意整理蓬亂的頭髮往樓下走去。

一位穿戴整齊，感覺時髦新潮的年輕男子正站在樓下。原來就是S警察局的刑警。

「鵜澤先生嗎？你知道嗎，毛沼博士已經死了！」

「啊！」

我驚訝地身體為之一震，簡直無法置信。昨天深夜，我還送毛沼博士回家，並親眼見到他回寢室睡覺後才返家。再過兩個月，我就是醫學系三年級生，當然明白什麼是病危的徵兆。但昨晚的毛沼博士僅是酒醉，完全沒有任何病痛的危險徵兆。博士雖然已經五十二歲了，卻比我們這些年輕小夥子更有朝氣，身體非常硬朗沒有絲毫毛病。

看見我吃驚的模樣，那位刑警笑著說：

「昨晚是你送他回家的嗎？」

「嗯。」

「我們還有些事想弄清楚，想麻煩你跟我們到警察局一趟。」

「難道，博士是被殺害的嗎？」

既然博士不可能因病而死，於是我便不加思索地脫口說出腦海中的疑問。

刑警那身時髦的打扮彷彿頓時變了樣，他以銳利的眼神望著我：

「到警察局後再慢慢說吧，總之先走一趟吧！」

就這樣，我就在迷迷糊糊的狀態下被帶到了S警察局。

等了一會兒，隨即被帶到了調查室裡。一位頭髮剪得極短、肩頭壯碩，看似刑警的人，就面對著劣質不堪的桌子坐著。雖然沒有任何人提及他的稱謂，但訊問的一往一來間，終於明白那個人竟然是局長。

「聽說昨天是你送毛沼博士回家的嗎？」

局長又開始剛才那位刑警的問話。

「嗯。」

「大概是幾點鐘的事呢？」

「應該是十點過後吧！」

突然間，我想起了博士寢室裡的那個時鐘。

「我記得離開房間時，確實是十點三十五分。」

「那麼，離開會場時呢？」

「因為距離會場僅有十分鐘的車程，所以離開會場的時候應該是十點二十五分左右吧！」

「那是個什麼樣的聚會啊？」

「是歷屆畢業於M高校的醫學系學生的校友會。」

「共來了幾位呢？」

「有十四、五名的學生，還有毛沼博士與笠神博士兩位教授，另外還有一位助教和助手，雖是畢業校友，卻有事未能參加。」

「在會場時有沒有發生什麼奇怪的事？」

「沒有。」

此時，我又想起了當時毛沼博士與笠神博士兩人的互動一反往常，似乎刻意地避開交談，但覺得沒有特別需要提出說明，所以也未再提及了。

「當時毛沼博士看起來正常嗎？」

「嗯。」

「他喝了很多酒嗎？」

「嗯，喝了很多。」

「到底喝了多少？有到神智不清的地步嗎？」

「沒有，還沒有到那種地步。他回到家中，還能自己換上睡衣，然後跟我說：『謝謝，你可以回家了。』才去睡覺的。」

「每次都是由你送博士回家的嗎？」

「不，不是這樣的。因為博士的家就在我住的地方附近，所以大家要我送博士回去的。」

「毛沼博士與你是最早離開會場的嗎？」

「不，笠神博士最先離開的。」

「有人送他回去嗎？」

「沒有，因為笠神博士沒有喝太多酒，他並沒有醉。」

「可不可再仔細描述，從毛沼博士回家後到就寢這段時間所發生的事情？」

「好的。下車後，我扶著已經爛醉如泥的博士，從玄關進到屋內，博士立刻一屁股坐在地上，接著管家從屋內出來，對我說：『對不起，麻煩您一起將博士扶進屋子裡。』」

「在玄關時只有管家而已嗎？」

「不是的，還有女傭，是女傭幫博士把鞋子脫掉的。」

「他的學僕[2]不在嗎？」

「不在，因為聽說那位學僕請了三天假回家了，於是他們拜託我扶住博士的頭部，然後管家和女傭扶住腳，就這樣抬著博士走進了寢室裡。」

「當時，寢室裡有開瓦斯暖爐嗎？」

「沒有。進房後，管家才將暖爐打開，博士還抱怨說：『應該早些打開暖爐，否則冷得沒辦法睡覺啊！』然後搖搖晃晃地開始脫掉外衣。」

「然後換上睡衣，就入睡了嗎？」

「是的。」

我點點頭，又想起某件事不知該不該說，但最後還是決定說了。

「當時，博士神智不清地從上衣或褲子的口袋裡掏出了許多東西，然後放在旁邊的桌子上，唯有一樣東西，博士伸手進去口袋時，突然間身體像觸電般僵住了，為了怕我們看到，於是快速地將東西藏進了枕頭下面。」

「那是什麼東西呢？」

「是小型的手槍。」

2　在老師家或學校補習且工作者稱為學僕。

「啊，博士以前就有攜帶槍枝的習慣嗎？」局長點點頭以對我的毫不隱瞞表示稱許。

「我不清楚，不過昨晚第一次見到。」

「另外還有什麼感覺奇怪的事嗎？」

「沒有了。博士換好睡衣後，就立刻鑽進被窩裡了。接著，他就要我回去。」

「然後你就立刻回去了嗎？」

「嗯，」我停頓一會兒又接著說：「但由於是第一次來到博士的房間裡，所以忍不住好奇心，四處張望了一、兩分鐘吧！」

「只是張望而已嗎？」

「因為書桌上放著稀有的原文書和學術界的雜誌，所以忍不住翻閱了。」

「只翻了書嗎？」

「是的，絕對沒有去碰其他的東西。」

「然後就走出房間了嗎？」

「是的，我在房間時，管家和女傭正在整理博士脫掉的衣物，然後他們各自手拿衣物隨著我走出房間。」

「那時瓦斯暖爐是開著的嗎？」

「嗯，應該是的。」

「你走出房間時，博士正在睡覺嗎？」

「好像半睡半醒間吧，嘴裡似乎正在喃喃自語，躺在枕頭上的頭不斷左右搖晃著。」

「他是不是有起身，然後將房間的門鎖上呢？」

「我沒有注意到。房間的門鎖上了嗎？」

局長並沒有回答我的詢問。

「當時管家是否有將電燈關掉？」

「嗯，電燈的開關就在靠近房門的牆壁上，所以走出房門時，管家就順手將電燈關掉了。」

「感謝你的協助，我已經了解了。另外還想請問一個問題，聽說你跟剛才陪同過來的刑警說：『博士是被殺害的嗎？』」

我開始緊張了起來，覺得自己真不該亂說話。但局長似乎完全不理會我心裡的想法，他繼續說道：

「這麼說，你真的說了那樣的話嗎？應該不可能會毫無根據，冒出那樣的話吧！」

勝利者與失敗者

當我聽聞毛沼博士死去時，其實並沒有什麼特別的理由令我聯想到被殺的可能性。

就如我前面所提及的，毛沼博士根本不可能是病死的，更不可能是自殺的，再說當時腦海裡完全未想到意外死亡的種種，終於不小心說出了是不是被殺，但其實也並非全是空穴來風的猜測。因為第一，為什麼毛沼博士會隨身攜帶手槍呢？第二，最近這兩、三個月博士時常看起來心神不寧。

毛沼博士身為外科的教授，舉止豪放不羈，酒量又好，上課時神采奕奕，個性開朗活潑得簡直不像已經五十二歲的人，而且凡事不拘小節。但是，近兩、三個月雖不至於到達明顯的地步，卻總感覺意志消沉，而且稍有聲響就會被嚇著，講課時也經常出錯，過去總是親自主持手術，現在則交給了年輕的助教處理。總之，從那些瑣事上，似乎可以感覺毛沼博士與平常略有不同。

我窺看著局長的臉色說道：

「其實沒有什麼特別的，因為博士最近似乎有些不太一樣，而且還隨身攜帶手槍。」

我說出了自己的想法。

局長點點頭說：

「再問一個問題，你知道為什麼毛沼博士至今還單身未婚嗎？」

我又突然緊張起來，彷彿碰觸到了自己害怕的事情般。但我立刻鎮定地回答：「我不知道。」

回答不知道，絕不是說謊騙人。但若說知道，也可以說是知道的，畢竟根據大家所傳的流言，再加上自己的揣測可略知一二。可是實際的情況，卻是完全不清楚了。

根據那個大家所流傳的流言，原來毛沼博士在年輕時失戀了，而且失戀的對象還是笠神博士的夫人。毛沼博士與笠神博士不僅居住同鄉里，同時還上同所縣立初中，並坐在一起，兩人在班上的成績不是數一就是數二，後來又一起進入M高中，高中時兩人的成績依舊不分上下，然後同樣考取了帝大的醫學系。雖然畢業之後毛沼博士專攻的是外科，笠神博士則是法醫，但在學期間，兩人還是繼續較勁著。仔細想想，兩位博士其實真是不幸的人，猶如是為了相互競爭才誕生於這個世界上。而且那種競爭不是拿著武器的決鬥，而是暗地裡相互較勁人們的評價、學科的成績、名次或社會地位等等，當然兩人之間更夾雜著名利、嫉妒或猜忌，對於他們本人來說，無疑是個沉重辛苦的枷鎖吧！

如果傳言屬實，加上我的推論正確無誤，兩個人當時應該不顧名利、權勢、生命而爭奪心愛的人吧！雖不知是否像三角關係般錯綜複雜，但總之最後笠神博士成為戀愛中的勝利者，毛沼博士則是失敗者，從此單身未娶。我雖也畢業於M高中，但從小在東京出生長大，是進入帝大後才認識兩位博士的。儘管經常聽聞那些有關於他們的傳言，但求學這三年以來，皆受到兩位博士的教導，尤其和笠神博士之間更是猶如親人般親近，也讓原本的流言不再僅止於流言，而讓我更有推測的憑據。

但是，這些事從未從兩位博士或笠神博士夫人口中得到證實，所以終究是毫無根據的事情罷了。因此，面對局長的詢問，我仍堅稱自己不知情。

局長望著我的臉後，似乎不再過問此事了，然後又將問題的矛頭指向了別處。

「你經常出入笠神博士的家中嗎？」

「嗯。」

我害怕的問題終於來了。我的確經常去笠神博士的住所。對我而言，博士不僅是恩師，更像是慈父般令我敬仰。靜心思考後，我實在沒有害怕的理由啊！縱使笠神博士與毛沼博士曾經因愛情而對立，但畢竟已經是二十年前的事了。儘管無法得知當時兩人之間懷著何種的情緒，但如今兩人都在同所學校授課，也相安無事地度過將近五十個年頭了。現在兩人之間更不可能有任何瓜葛，所以毛沼博士意外死亡一事，更不會與笠神博士有任何關連了。

然而，今天在此場景下，局長又再度提及有關毛沼博士未婚的原因，以及我與笠神博士私交甚篤的事時，總不免讓我有些不祥的預感。但不管怎麼說，是我送毛沼博士回到寢室的，恐怕也是毛沼博士生前最後見到的人，但為了避免因為這些事情與笠神博士扯上關係，而招來不可預測的結果，甚至引來世人的誤解，所以我不得不再提出辯解。

儘管覺得自己的辯解有些畫蛇添足，但總覺得不說些什麼似乎無法安心。

「我將來準備從事法醫的工作，所以才會與笠神博士如此親近。」

「喔！」

看起來局長似乎不太在意我與笠神博士之間的關係，他微微地點頭說。

「聽說笠神博士是個非常奇怪的人啊！」

「嗯，有些。」

「聽說他的夫人長得非常漂亮。」

「嗯，但是已經四十多歲了。」

「但是，應該比實際年紀看起來還年輕吧！」

「是啊，有些人認為夫人看起來像是三十多歲而已。」

「聽說笠神博士似乎不太在乎他的夫人。」

「嗯。」

我不得不承認這個事實。因為博士幾乎將全部的精力投注在研究中，幾乎完全不將美麗的妻子放在眼裡。姑且不論過去如何，總是讓人懷疑這對夫妻真的經歷過那般轟轟烈烈的戀愛嗎？

「笠神博士除了研究之外，根本無心於其他的事情，有人說研究才是博士的愛人。」

「是啊！」

「聽說與夫人的種種傳言有關，是嗎？」

「絕無此事。」

我語帶些許憤慨地回答著。博士夫人的確遭到博士冷漠的對待，但其實是個貞淑且毫無被人詬病之處的人。

局長以試探性的眼光望著我：

「是嗎？丈夫埋首於工作中，而不顧家庭，放任妻子胡作非為，這樣的事情時有所聞啊！」

「別的家庭如何，我不知道，但笠神博士夫人絕不會做出那樣的事！」

「可是，家中經常有像你這樣年輕俊美的男子出現啊！」

真是何等的汙辱啊！我咬著唇顫抖著。

「你，你究竟想說什麼。我，我對笠神博士充滿了景仰，才會屢屢前往他的宅邸。究，究竟你想調查什麼啊？」

也許是我激昂的語氣，惹得局長趕緊陪上笑臉：

「不要動怒啊！我只是問問有沒有這回事而已啊！」

「可是查問也要看事情啊，這與事件有關嗎？」

「有沒有關連性，不是由你來決定的。」

局長雖面露難色，但仍舊一本正經地恢復到剛才的語調，

「今天就談到這裡吧！既然你對法醫方面有興趣，可不可以請你鑑定一個東西呢？」

局長打開桌子的抽屜，從裡面取出了像紙張的東西。

血型的研究

在此我想先說明一下，我與笠神博士之間的奇妙因緣。

無論是笠神博士或毛沼博士，就如前面所提及的，都是我在M高中的學長。高中在學期間，也經常聽聞兩位學長過去在醫學系的顯赫經歷，但直到進入這所大學後，才終於得以如願見到兩位學長。

在聽過兩位博士的講課後，我與其他人一樣，立刻喜歡上毛沼博士，而討厭笠神博士。毛沼博士活潑開朗，而笠神博士則臉色蒼白且感覺陰沉，任何人見到他們都會喜歡前者，不願意與後者親近。

就這樣，兩位博士來自於相同的故鄉，從初中到大學都是同一個班級，邁向同樣的人生道路，畢業後出了社會，又在同樣的學校裡擔任教授的職務，然而性格卻是如此迥然不同。

毛沼博士外表豪放磊落，又會飲酒作樂，再加上單身的緣故，經常往來於酒吧或社交舞廳，健談又擅於交際應酬。因此，初見面時任何人都會立刻感受到其魅力進而仰慕。但仔細觀察後，就會發現其實毛沼博士私底下是個汲汲營營，又有些狡猾的人。他十分在意自己的名聲，甚至為了獲取名聲而不惜使用卑劣的手段。遇見學識或外科手術技術更勝於自己一籌的助教時，則假借升職的美名，將對方調至地方的大學擔任教授，以避免遭到評比。我還知道，他拿著學生的研究報告當作自己的研究資料，在學術界公開發表。又因為能言善道，所以即使講課內容空洞，卻還是能應付解決。總之無論是在學者之間，或是面對社會外界，都能保持猶如豐富學識學者的風範。所以，每位最初上過毛沼博士講課的學生，無不折服於博士的風采，但最後卻是落得失望而歸。

相反地，笠神博士外表陰沉，不諳言詞。也不會喝酒應酬，固執又不懂得變通，當然任何人都不願意與之親近。可是，仔細觀察相處後，就會發現他其實是個親切慈祥的人，心地善良，毫無狡猾之處與心機，熱心誠實研究學術，並且公平無私。儘管底下的學生較少，卻對每位學生相當疼愛，而且不遺餘力地協助學生們完成研究。毛沼博士對於那些有利於自己的人，顯得相當友善且親切，但對於與自己的利益毫無瓜葛的人則刻意疏離，昨天還在一起談笑風生，今天卻可以形同陌路。但是笠神博士則不同，即使面對那些批評自己的人，只要在學術研究上有需要幫助之處，絕對是傾囊相授。所以是個愈深交愈能感受到忠誠且熱情的人。

我與N大學的A教授持相同觀點，認為血型並無法解釋一個人的性格。但是，毛沼博士與笠神博士的血型截然不同，這倒也是有趣的地方。毛沼博士是B型，而笠神博士則是A型，但是血型的不同卻是釀成那件悲劇的重大因素，所以也是整個事件的骨架，是無法輕易忽視的。

關於血型，在今日已經是人人皆知的常識了，本想不要再詳細解釋了，但由於與事件的發展具有重要的關連性，而且我與笠神博士的結識，血型也扮演了極重要的角色，所以在此就略微一提了。

笠神博士雖是法醫學的專家，但對於血型也深入研究，可說是此領域的權威學者。人類的血液依血球與血清之性質，可分為A、B、O、AB四大類型，而法醫學裡重視血型則是在於應用，其中最重要的就是依照血型來判別親子關係。

不論忠孝、仁義與理智信，人倫的根本就是親子關係。但是，在科學尚未發達的時代，卻無法找到確定親子關係的證據，的確是相當可悲的事。然而隨著血型的研究，人們已經可以從血型中理出了頭緒。簡單而言，雙親皆不是A型時，所生的孩子也絕不會出現A型；雙親皆非B型，也絕不會生出B型的孩子。父親是A型，母親是O型時，孩子若是B型或AB型時，則可能是母親或父親，或是父母親雙方都不是孩子的親生父母。如果確定是O型母親所生下的，則可確定父親另有其人。但是A型父親與O型母親，孩子則是A型或O型的情況時，雖不能否定其親子關係，卻也無法明確地肯定。因為O型的母親仍可以與其他A型的男子，生下A型或O型的孩子。

而問題則是AB型，又分為兩派學說。根據二對對等性質學說，也就是四遺傳單位的觀點，雙親皆是AB型時，則可能生出各種血型的孩子。而另一派則是三遺傳單位學說，也就是O型與AB型之間，可以生出A型或B型的孩子；而A型與AB型、B型與AB型、AB型與AB型，則可以生出A、B、AB型的孩子，但絕不可能出現O型。AB型無法生出O型的孩子，而O型也無法誕生出AB型。

這兩派學說經過長久的爭論後，終於經過實驗證明了後者學說的成立。笠神博士是三遺傳單位學派的熱衷支持者，當然也為了證明學說而付出了相當的努力。我進入醫學系就學以來，逐漸對法醫學產生興趣，特別是有關血型的應用，因此不得不與笠神博士有所接觸。起初果然如傳聞所言，博士不善於交際又固執，的確很難以親近。朋友們知道我準備專攻法醫學時，甚至有人還調侃說：「跟著笠神博士，還有什麼搞頭啊！」

但愈相處後，才明白博士沉悶的背後滿是誠意，固執的背後則是慈愛，不願交際應酬則是因為公平無私。於是隨著相處時間的拉長，我對博士也更加地敬愛。約在一年前，由於某個事件使得博士突然對我說：「要來我家坐坐嗎？」

據說博士二十多年的教授生涯，從未對任何一位學生說過這樣的話，也因此我們之間的交情急速地升溫。

我對血型相當有興趣，自然也調查過自己的血型，結果是A型。但為了調查雙親與弟妹的血型，以助於研究統計，於是請求了博士的協助。

當時，博士認為我是個熱心研究的學生，很快地答應了我的請求，教導決定血型的法則，並給予了判別時所需的血清。

我即刻調查研究父母親與弟妹的血型，卻出現意想不到的結果。

原來，我的父親是B型，母親是O型，而弟妹皆是O型。若根據血型的定論，B型與O型的雙親，絕不可能會生出A型的小孩。然而，我又搜尋不到任何懷疑父母親的理由。

我將此事告知博士：

「會不會有例外的狀況呢？」

博士靜靜地望著我說：

「也許是判別測定的方式錯誤了吧？」

博士又開始重複地說明，雖然血型的判別看似簡單容易，即使平常人經過一次的訓練後，也能立刻得心應手。但既然是判別事實的事，就絕不可掉以輕心，若缺乏周全的經驗與準備，仍有發生錯誤的可能性，所以缺乏經驗的測定方式是相當危險的。

「但是我認為自己並沒有出錯！」我回答道。

博士考慮了一會，回答說：

「那重新再做一次給我看吧！」

於是，我再重新做了一遍，結果仍舊相同。

博士說：

「你的檢測技術是毫無疑問的，那麼，請再採集血液，由我來試試看吧！」

就這樣我又向家人各自採集了少許的血液，帶去給博士做測試。

兩、三天後，博士完全不提及測試的結果，反而詢問說：

「你是在現在的住所出生的嗎？」

「不是的，我們剛搬到這個地方還不到五、六年的時間呢！聽說我是在醫院出生的。」

「在醫院啊！」

「是啊，因為母親是初產，為了慎重起見，聽說是在四谷的K醫院生產的。」

「在醫院啊！」

博士的口氣聽起來有些驚慌，但隨即恢復平常冷靜的語氣說：

「啊，是這樣的啊！」

然後，就不再多說些什麼了。

又過了一個禮拜，博士突然對我說：

「你要到我家坐坐嗎？」

我當然滿心期待地遵從他的邀請。從那一天開始，我就經常往來博士的家。

當天我造訪時，博士立刻帶領我進入書房，與我說了許多話，並拿出珍貴稀有的原文書讓我閱讀，也詢問了我家中的事情。平時靜默又不善於言詞的博士，卻如此努力地對我釋出善意與熱誠的招待，讓我更是重新體認到博士內心洋溢的熱情與慈愛。

當然也數次見到了博士夫人。夫人就如傳聞所言般，比實際年齡看起來年輕了十多歲以上，是個相當美麗的女性。完全不施脂粉的臉龐依舊白潤豔麗，儘管穿著樸素的服裝，卻又是那麼地潔淨亮麗。只是令人意外的是，他們夫婦之間像陌生人般，感覺相當地生疏客氣。雖然博士努力地與我談論各種話題，但面對夫人時，除非必要絕不開口，縱使開口說話，也是簡單的三言兩語就帶過。因為曾經聽聞他們是經過激烈的三角戀愛後才結婚的，但目睹眼前的場景，也不禁令我懷疑傳言的真實性。不過再想想，那般生疏陌生的態度，或許是出於博士本身的個性使然，再加上埋首於學術研究，又沒有其他興趣，也許正是造成夫婦隔閡的原因。

但是夫人相當溫柔賢淑，絲毫不曾違逆博士的旨意。而且不喜歡出風頭，行事低調，即使出入書房時也儘量不發出任何聲響。夫人的態度雖然低調，但也十分熱心地招待我。絕不像外界揣測般，博士是博士，夫人是夫人的那種放任型的夫婦。據說，博士與夫人間的關係之所以降到冰點，是因為十年前夫婦兩人所生下的唯一男孩，竟在十幾歲時不幸過世了。而另一個說法，則是結婚不久後即開始了相敬如賓的狀況。但究竟哪個說法才是事實，還是兩個版本都是訛傳，我就不清楚了。

話題似乎又偏離了主題，總之這就是我從研究血型，進而與博士相知相惜的經過。

再回到原來的事件吧！

恐嚇信

局長從書桌的抽屜裡，取出了紙張拿給我看。是一張從薄圖畫紙上切割下來的長方形紙片，應該比明信片還要稍大些。紙張上以一種製圖家所用的圓形字體，寫下了以下的文字與記號：

Erinnern Sie sich zweiundzwanzigjahrevor!

Warum O×A→B?

「是德文！寫著，記起二十二年前的事吧！可是，這些記號又是什麼呢？」

我歪著脖子思考著。

人面對事物時，總會以自己最能理解的方式或知識來解釋。例如，患者表達肚子痛時，外科醫師就會立刻聯想到盲腸炎，而內科醫師則會聯想到膽結石。同樣的道理，當我看到這些記號時，也立刻想到是血型（而且事實證明的確如此）。

「嗯！我覺得應該是關於血型的事吧！」

「你說什麼！」

「總之，就是在說，為什麼O型與A型會生出B型呢？」

「這是怎麼一回事，你在說什麼？」

「記號的意思應該是說，O型與A型的雙親為何會生出B型的孩子呢？」

「這與前面的德文有何關係呢？」

「我不知道。」

「喔！」

局長無可奈何地點點頭。

「這究竟是什麼東西？」

「是在毛沼博士的寢室發現的。」

「什麼！」

真是意外啊，除了意外我再也找不到任何字眼形容了。此時，我才察覺到自己在什麼都搞不清楚的情況下，就被詢問了那麼多問題。我竟完全沒有問到事件的重點。

「毛沼博士是怎麼死的？」

「是瓦斯中毒。排氣管不知怎麼掉落下來，整間屋子裡都是瓦斯，今天早晨八點左右才被發現的。」

「博士的死是意外嗎？」

「這個嘛……應該是吧？因為房間的門是從裡面鎖上的。」

「那麼，是博士將管子踢掉的嗎？因為我離開時，排氣管的確是裝好的啊！」

「是啊，博士應該至少起來過一次，也許是鎖門時踢掉的。」

「為什麼會遲至八點才被發現呢？」

「因為是休假日啊，而且昨晚又那麼晚才睡，以為他睡得很沉呢！」

聽完說明後，的確是合情合理。知名人士因瓦斯漏氣而意外死亡的事件也時有所聞。但是，關於毛沼博士的死，我總覺得有些說不出的怪異之處。

「那麼，已經確定是意外死亡了嗎？」

「嗯。」

局長窺探著我的神情說道：

「大致上是確定了。但畢竟是有名的學者，所以不得不再做更深入的調查。既然已經勞你跑了一趟，可否再麻煩你一同到事發現場去看看呢？萬一現場有什麼狀況也可以立刻詢問，再加上你對法醫方面也較專精，也許可以提供我們些有利的線索。」

「說不上是提供線索，但我很樂意跟你走一趟。」

我們隨即驅車前往毛沼博士的宅邸。上午十點過後，雲層覆蓋的天空露出了些許的陽光，戶外依然寒冷，連灑在路上的水都結成了小冰珠。宅邸前看守的警察冷得縮著肩膀，直到瞧見局長後，才急忙站直身軀恭敬地答禮。

寢室裡的屍體，絲毫未動地放置著。昨晚還如此活蹦亂跳的博士，已經失去了血色，眼睛半開，歪斜著嘴，從棉被露出了上半身，僵硬地躺在床上。

我感覺到有些異樣。

依照屍體僵直的模樣，死亡時間應該至少超過十個小時以上。如此推算起來，博士的死應該是在半夜十二點以後，也就是我們離開房間後的一個半小時。假設我們離開房間後，博士立刻起身鎖上房門，然後又陰錯陽差地拔掉了瓦斯的排氣管，那麼直到斷氣前，瓦斯外漏了一個半小時的時間。僅是一個半小時的瓦斯漏氣，就足以令一個健康的人喪命了嗎？

我環顧房間四周，約有十二個榻榻米的大小，天花板也相當高。現在雖然已經打開了窗戶，但假設當時是關閉的狀態，還留有天花板兩處的通風孔啊！在我的所學範圍內，雖不知道瓦斯內含有多少的毒氣，但從房間的排氣管所散發的氣體，一個半小時的時間也許頂多令人失去知覺，或是呈現休克的狀態，有可能在那麼短的時間內氣絕身亡嗎？

看見我專注觀察室內的模樣，局長立刻詢問說：

「與昨晚有什麼不同嗎？」

「沒有！」

我答道，也許是局長的話提醒了我，突然想起昨晚那些雜誌的事。我往書桌方向望去，昨晚明明確實歸位的雜誌，看起來似乎有些凌亂。

（難道博士夜裡曾經翻閱過嗎？）

我一邊想著一邊往書桌方向走去，然後拿了最上面一本雜誌隨手翻閱了一下，未料竟驚訝得令我幾乎要發出喊叫聲。所幸終於忍住了，我偷偷地望著局長，由於他正趴在地板上不知在檢查什麼，所以未察覺到我的異樣。

為何我會如此驚訝呢？因為昨晚送毛沼博士回到房間後，不經意地望見了書桌上的雜誌，最令人大感不解的是，當中還有一本我曾打算為笠神博士收購的雜誌。那是一、兩年前德國發行的醫學雜誌，裡面刊載著法醫學界重要的參考資料，也就是某種特殊絞死屍體的照片。由於該雜誌引進國內的冊數極少，加上在德國的發行量也很少，所以實在很難取得。昨晚發現那本雜誌時，還對於毛沼博士的行徑感到義憤填膺，因為毛沼博士明知道笠神博士想要這本雜誌，再說雜誌的內容也不屬於毛沼博士的專業，理當可以大方地送給笠神博士，為何要如此惡意地偷藏起來呢？但此刻再翻開一看，不知為什麼僅有照片的部分被撕去了，而且由照片的一角還殘留在雜誌上的情況判斷，似乎是慌張且粗暴地拉扯下來的。

（毛沼博士為何要撕去照片的部分呢？）

難道是博士在半睡半醒的狀態下，發現我知道他藏了雜誌的事，於是等我走出寢室後，才急忙起身將照片撕去嗎？但是有必要這麼急忙地撕去照片嗎？還是擔心我會再返回房間，拿走那本雜誌呢？如果是這樣，只撕去照片的部分也於事無補啊！莫非他以為我會半夜前來盜取那本雜誌嗎？但這實在太不合常理了。我很想打開書桌的抽屜，看看撕下的照片究竟放在何處，但現場的狀況似乎不容許我隨意地翻動東西。

我將雜誌放回原位。局長似乎還趴在地板上勘查什麼，我悄悄地走到他身旁。

局長頻頻摸著地板上的厚地毯。仔細一看，原來厚厚的地毯約有直徑一吋左右的圓形大小已經變色了。摸起來像燒焦的痕跡，但又不像是普通燒焦的模樣。

局長發現我走到他身旁後，嘴裡似乎喃喃自語著什麼，然後急忙起身。他走到房間裡側的洗手檯準備洗手，扭開了水龍頭，卻發現沒有水。

局長咒罵著：

「什麼，壞了嗎？」

結果，站在門外的管家見狀則回答說：

「應該是太冷，水都結成冰了。」

局長沒有說話，又返回了房間裡。

此時，一位刑警似乎發現了什麼，拿著像西式信封的東西，急忙地走進屋內。

「局長，這是在書房的書桌抽屜裡發現的。」

局長打開了信封，從裡面取出了四方形的紙張，他面向我問道：

「這又是德文嗎？請你再讀讀看吧！」

與方才所見到的紙張、大小甚至字體都相同。

讀著讀著，心中不禁無比的震驚。紙張上以德文寫著：

「記起一九二二年四月二十四日的事吧！」

啊，為什麼，這不正是我的出生年月日嗎？

「怎，怎麼了？」

看見我震驚的模樣，局長驚慌地質問著。

「寫著『記起一九二二年四月二十四日的事吧！』那天正好是我的出生日期啊！」

「喔！」

局長以懷疑的眼神望著我說：

「還寫著什麼嗎？」

「沒有了！」

剛才在警局看見相同的紙張時，還無法意會過來，如今我終於明白了。這些紙張，原來是某人寄給毛沼博士的恐嚇信。之前的紙張雖僅寫著回憶起二十二年前的事，但這張紙張則明確地寫上了年月日。而且還正好是我的出生日期，若再加上那些猶如血型般的記號，說不定就是在暗指我的事情：O×B↓A，難道是在說為什麼O型的母親與B型的父親會生下A型的我。我愈來愈不明白了。但是，唯一可以證明的是，我已經捲入毛沼博士意外死亡的漩渦裡了。

三點疑問

近中午時分，我終於得以返家了。按捺住劇烈的頭痛，步出毛沼博士的宅邸，突然間，就被守候的記者包圍了。

「請問你與毛沼博士的關係？」

「毛沼博士是自殺嗎？」

「博士的死與女人有關嗎？」

記者們揮動著筆桿，任意發問著各種問題。

我努力穿過包圍的人群，終於回到了宿舍。但宿舍門口仍有大批記者守候著，為了進入宿舍，我又不得不再次地接受各報記者的疲勞轟炸。最後我甚至想大哭起來了。

直到兩點左右，記者們終於放我走了。我連思考的氣力都消失殆盡了，攤開床鋪，立刻鑽進去躺著。但是頭痛又疲倦，根本無法安心入眠。儘管如此，也無法再想些煩人的事情了。閉上眼睛，腦海卻不斷浮現過去經歷過的事或讀過的書中，那些令人作嘔的恐怖事件。昏昏沉沉中，又立刻張開了眼睛，就這樣直到黃昏時分。

傍晚時我起身外出，買了各大報社的晚報回來。我想，每個人都有這樣的經驗吧，遇上了與自己相關的新聞報導時，總會詳細地閱讀過。儘管目前案情尚未理出頭緒，但因為是與自己息息相關的事件，我開始專注地詳細閱讀。

報導中隻字未提到我被叫到警局偵訊，以及在案發現場所看到的詳細情況，反而將事件隱喻得曖昧不清。

其實各大報的報導皆大同小異，綜合所有的記載描述大致可以歸納如下：

毛沼博士於今天早晨八點，被發現死於寢室的床上。房間裡充滿著瓦斯味，與暖爐連接的排氣管被拔除了，因此從瓦斯管溢出大量的瓦斯氣體。死後約七、八個小時屍體才被發現，由於身上毫無外傷，所以研判死因應該是瓦斯中毒。

前晚，博士出席了M高中校友會的聚餐，因為喝得酩酊大醉，所以由一名學生攙扶回家。約十點左右到家後即準備就寢，但似乎在就寢後，又再度起身將門由內反鎖。也許在起身鎖門之際，不小心勾到瓦斯管線，造成瓦斯中毒的悲劇。

不過，博士最近似乎經常收到類似威脅恐嚇的信件，為了以防萬一，所以隨身攜帶手槍防身。因此儘管喝得爛醉，仍執意起身鎖上房門，以至於在昏沉中踢翻了暖爐，而造成瓦斯外洩又不自知。但事件的詳細狀況仍待有關當局的調查。

儘管經現場的警察勘查結果，證明是瓦斯中毒致死，但為了慎重起見，仍決定送至大學解剖檢查。原本是由法醫學的權威笠神博士操刀，但因種種緣故而改由宮內助教執行驗屍的工作。

從報導中，可以感覺到有關當局似乎對於毛沼博士的死因存有一絲的疑惑。據警方的推測，博士是在死後七、八個小時才被發現，也就是大約早晨八點左右。所以，博士的死亡時刻應該是深夜的十二點左右，正是我返家後兩個小時內所發生的。兩個小時的瓦斯外洩，就足以令人致死嗎？雖然報導中未提及此部分，但這卻是我所抱持的一大疑點。

第二，就是除了我以外，沒有人知道的事情。也就是雜誌上被撕去的照片，若不是毛沼博士起身撕去的，那一定有某個人闖進屋裡了。但是，這個人又是以什麼方式偷溜進去的呢？

房門反鎖，非得經過博士的許可才能進入啊！還是，這個人趁博士尚未鎖門前就已經進到屋內，撕去了照片後又悄悄地溜走，待博士驚醒後才連忙起身鎖門。但除學術價值外，外人看來僅是恐怖的絞死照片，又有誰會想要呢？這麼說起來，假設是毛沼博士自己撕去照片的，那照片又在何處呢？這也是案情相當重要的關鍵之一。

第三，那些怪異的恐嚇信，為何寫著我的出生年月日，是巧合嗎？若是巧合，又為什麼這麼恰好呢？若不是巧合又意味著什麼事呢？的確是令人猜不透啊！

突然間，我想到書箱裡的無機化學教科書，趕緊翻到一氧化碳的部分。原來國內所使用的燃料瓦斯是石炭瓦斯與水成瓦斯的混合氣體，約含有一定百分比的一氧化碳。由於一氧化碳的毒性強，所以所謂的瓦斯中毒，其實正是一氧化碳中毒所致。

教科書中針對一氧化碳，有以下的說明：

是無色無味的氣體，但毒性極強。十萬容積量的空氣中僅含一容積量時，就足以讓人產生中毒的現象；八百容積量的空氣中含有一容積的一氧化碳時，僅需三十分鐘就能令人致死。這是因為吸入一氧化碳後，一氧化碳會與血液中的血紅素結合，使血紅素喪失運送氧氣的機能。

我拿出紙筆，試著計算看看。毛沼博士的寢室大約十二個榻榻米大小，若以十二乘以十八尺來計算，天花板的高度約十尺，則房間的容積約兩千兩百立方尺。雖然瓦斯的溢出量無法測量得知，但依據所學，應該每分鐘最多可溢出五公升的瓦斯氣體。也就是說一小時三百公升，約十立方尺。假設毛沼博士是在凌晨一點死亡，那麼瓦斯漏氣的時間為兩小時半，也就是二十五立方尺。若以瓦斯氣體的一氧化碳含量為八％，那麼兩千兩百立方尺的空氣裡約〇．一％以下的毒氣。即使在兩個小時後達到最高濃度，也無法引人致死。在未解剖屍體之前，博士氣絕身亡的正確時間仍不得而知，這樣的推論或許太過草率，但無論如何博士的死仍是相當不尋常。

然而，我仍無法想像還有其他原因造成博士的死亡，既沒有外傷，所以似乎只能歸咎於瓦斯中毒引起的。

我的頭又開始隱隱作痛，拋開紙與筆，我累得躺在地板上。

撕下的照片

翌日來到學校，儘管大家並沒有做了什麼錯事，但是彼此照面時總有說不出的低迷氣氛。儘管已經沒有新聞記者的騷擾，但同學們還是向我提出了許多問題。當天，出席了笠神博士的講課，在上課前博士哀悼了意外死亡的毛沼博士，然後即開始了以往的講課。突然間，有位學生發問道：

「教授，毛沼教授的死因是瓦斯中毒嗎？」

笠神博士注視著那位學生說：

「我想應該是如此的。但為了確定確實的死因，本來必須由我進行解剖調查。可是因為種種因素，目前則改由宮內助教擔任。剛才我略微詢問了一下，聽說確實是一氧化碳中毒所造成的。」

雖然博士上課時的氣氛嚴肅，但今天似乎有變本加厲的感覺，學生們也不敢再多問其他問題了，於是就在沉默中結束了話題。我原本想詢問有關死亡的時間，但總覺得私底下也可以詢問，所以最後便作罷。

博士開始講課，但似乎若有所思的模樣，或許是同事發生了這樣的意外，而感覺到悲傷吧，我猜測著。

下課後，我來到博士的辦公室。

「沒想到毛沼博士發生這樣的不幸。」

「是啊！的確是不幸。不過，也讓你添了許多麻煩啊！」

「不會的，其實也沒什麼大不了的。博士，我認為毛沼博士應該是在十二點左右死亡的，你覺得呢？」

「根據宮內助教的鑑定，應該是在十一點到一點時發生的。」

「十一點？那麼，就在我離開後不到三十分鐘的時間內發生的。」

「有關死亡時間僅是推測，並不能確定究竟是幾點發生的。不過，應該近一點左右吧？」

「假設是一點的話，在我離開博士後，僅有兩個小時的時間，溢出的瓦斯足以令人中毒致死嗎？」

「還是有可能的。」

博士突然停了半晌思索著：

「也許當時呈現了休克的狀態。」

「那麼，也就是說休克後才造成死亡。」

「也有這樣的可能。」

「這樣的話，死亡的時刻應該是……」

博士刻意地迴避我的問題：

「這很難回答，特別是瓦斯中毒的情況會讓調查更棘手。」

「是嗎？」

雖然覺得有些奇怪，但既然是出自法醫權威之口，也不得不臣服相信。

「那件事先暫且擱下吧！」

博士似乎語帶含意地對我說：

「有些話想要跟你說，今天可以到我家一趟嗎？」

「好的。」

雖然不知道究竟是何事，但我即刻答應了博士的邀請。畢竟到博士的宅邸，與博士聊天是目前最愉快的時光了。

當天的晚報，有關毛沼博士的報導僅以數行帶過。屍體解剖的結果證實是一氧化碳中毒致死，有關當局根據事件的前因後果，決定以瓦斯中毒意外致死結案。

當夜我來到了笠神博士的家中。博士顯得非常地高興，一如往常我們在書房裡聊了許多事，但絲毫未提及白天時那個語帶保留的話題。有時候，以為博士就要提及了，沒想到又回到學術上的話題。就這樣來來回回數次後，我終於確定博士應該沒有特別的事情要交代。但是，博士或許極力地想要說出什麼似的，最後卻僅是默默地嘆氣，然後又繼續其他學術上的話題。如果當時我能察覺到博士的異樣，積極地詢問博士，或許就不會造成日後的悲劇發生了，我真是遺憾至極啊！

毛沼博士的喪禮，由笠神博士擔任喪禮委員會長，盛大地籌備完成。由於毛沼博士交友廣闊，參與悼祭的各界人士有兩千名以上，其中更不乏數百名的知名人士。然後這一切猶如短暫的燦爛煙火般，喪禮結束後，無妻子也無子嗣的博士，終究是孤零零地被送進了火葬場化為一縷青煙。儘管生前備受擁護，但竟沒有一位友人願意陪同他走到盡頭。

一個禮拜過去，又一個禮拜過去了，終於大家幾乎不再記起毛沼博士的事了。學校、學生們、他的朋友或每個人，都已經忘了毛沼博士的存在了。如果有人問起毛沼博士的事時，說不定還會有人回答說：「啊，毛沼博士，對啊，好像曾經聽說過這個人啊！」這個世界上，恐怕只有我一個人還記得毛沼博士的死吧！

我懷抱的三點疑問，即使已經經過這些時日仍無法拂去。尤其是恐嚇信裡的每字每句，更是隨著時間益發鮮明地刻印在我的腦海中。「想起二十二年前的事吧！」還有我的出生年月日，難道與我沒有任何關連嗎？

但是，如果沒有遭遇到接下來發生的事情，或許我也會如同每個人一樣，逐漸淡忘掉毛沼博士的事。可是，命運似乎仍不願意放過我，而必須把我推入更深的痛苦深淵。

就在毛沼博士死後的半個月吧，我又如往昔來到笠神博士的家中。

如前面所敘述的，我們之間隨著每次的會晤而更加親密，而且嚴格說來，應該是博士很積極地期待與我建立起如師如父的關係。當然，每次與博士相處時，就更加堅信他的慈愛與正直，以及那些數不清的優點。儘管對博士的敬愛之情遽增，但博士似乎也漸漸從老師的身分轉化為猶如父親的角色，感覺若有一天我離開了他，他恐怕會悲傷萬分，因而始終委屈著自己，希望能討好我留住我。自從毛沼博士死後，這種情況就愈來愈嚴重，簡直就像對待愛人的方式，我的內心不禁升起淡淡的反感。

那天，我們一如往常談了許多話，直到晚餐的時間——當時夫人也一同用餐。但不可思議的是，那個眾人皆知對待夫人冷淡的博士，突然開始改變了他的態度，對夫人既親切又溫柔。應該是毛沼博士意外死亡之後吧，態度頓時大逆轉，雖不至於到達體貼入微的地步，但幾乎較世間的一般夫妻，更加地忠貞恩愛。夫人雖滿心喜悅地接納這樣的轉變，但內心似乎仍還有幾許的惶恐。過去，絕對不可能大家共桌用餐，但那天我們三人終於一起享用了一頓愉快的晚餐——晚餐過後，夫人退至廚房清洗碗盤，博士仍坐在椅子上休息，我則漫不經心翻動著博士書桌上的書籍，就在翻頁間，突然從中間掉落下什麼東西。

我急忙彎下身撿拾，這才發現原來是博士一直很想得到的那雜誌上的照片。不知何時博士竟已經取得了，我望著照片，忽然間臉色為之大變。照片的一角缺了個口，而且頁面的切口參差不齊，不像剪刀剪下的痕跡，而是以手撕下的。而那個缺口，我依舊還有印象，應該就是毛沼博士的那本雜誌上遺留的一角。若是這張照片與那本雜誌對照比較的話，想必是吻合一致吧！

面對眼前這令人震驚的光景，我僅能茫然注視著照片。不知何時博士已經佇立在我的身後了。

我轉過身，博士蒼白著臉不知所措，然後突然裝作若無其事地說：

「啊，忘了告訴你，我已經找到想要的照片了。」

接著又坐回原來的座位上，但是我聽得出他的聲音有些怪異。我也假裝什麼事都未發生似地回答：

「是這樣啊，我也很努力地找尋，但就是找不到啊！」

「我是在經常閒逛的舊書店裡找到的。因為雜誌的其他部分已經有人預定了，所以就拜託讓我取走照片的部分就好。」

我知道博士在說謊，若真是從舊書店取得的，應該會以剪刀小心剪下，而不是以粗暴的方式撕去。平時為人正直的博士竟會說謊，的確令人感到驚訝。

博士繼續辯解說：

「曾經託你尋找，既然找到了，本該告訴你的，但因許多事耽誤而忘記了，真是抱歉。」

「請不要介意。」

我將照片夾進原來的書頁裡，然後放回書桌上，立刻轉移話題。博士對於我的反應似乎也感到鬆了一口氣，從此不再提起關於照片的事。

但是我實在無法掩飾心中的疑慮。博士彷彿也看出了我的心事，而讓我早些告辭回家了。

誰是偷竊者？

發現照片的去向後，我的心日益地沉重。

笠神博士家中的照片，毫無疑問地，應該是毛沼博士擁有的雜誌中被撕去的部分。那本雜誌極為稀有，笠神博士與我曾經那麼費盡心力尋找，終究徒勞無功。雖然，笠神博士所持有的照片的確是撕下的，但欠缺的一角，以及粗暴撕去的痕跡卻是歷歷在目，難道還有另一本雜誌，也同樣被撕去了照片，甚至還留下相同的缺角嗎？再者，這是極為稀有珍貴的雜誌，若要取下照片也應該會小心翼翼，應該不可能以如此粗暴的方式對待。

如果照片是從毛沼博士那兒取得的，又是誰取的呢？若是無關的第三者再交給笠神博士，不知情的笠神博士應該就不會說謊了，恐怕收到照片的當天即沾沾自喜地向我炫耀吧！博士之所以要隱瞞照片的事情，且在我不慎察覺時又說謊辯解，想必博士取得照片的途徑，應該有違常理吧！也就是說：

一、博士是以不正當的手段取得照片。

二、第三者以不正當的手段取得照片，而博士儘管知情仍購買下來。

無論哪個才是正確的，那個人是在毛沼博士瓦斯中毒的夜晚，也就是我離開房間後，潛入寢室內盜取照片的。

假設是第三者所為，那麼就有可能是以下的兩種狀況：

一、受博士之託而潛入偷取。

二、因其他目的潛入，偶然發現照片，知道其中的隱情，於是轉賣給博士。

但是，我實在無法認同第一個假設。畢竟笠神博士不可能知道毛沼博士擁有他想要的雜誌。就算知道，應該也會向我提及此事吧！而且縱使知情，直接向毛沼博士商量，博士應該會讓我知道。假設毛沼博士拒絕割愛，笠神博士也不可能會託人潛入偷取。儘管是稀有珍貴的照片，但實在不需要如此冒險啊！

若是第二個情況，笠神博士明知照片是經由不正當途徑取得，更不可能會去購買的。若是在不知情的情況下買下的，在我發現照片時，也應該會立刻回答「是某個人送給我的」或「向某人購買的」。

這麼判斷的結果，似乎第一與第二的情況都不合邏輯。

既然第三者取得後再交給博士的論點無法成立，再回到前面的假設，就是博士自己潛入房間內取得的。

回想那一晚博士的情形，笠神博士比毛沼博士早些離開，難道他沒有直接回家嗎？

假設笠神博士因為某種理由，而必須早些離開聚會，順道到了毛沼博士的家。當時正巧遇到毛沼博士酩酊大醉之際，管家、女傭和我三人抬著他進去寢室，所以玄關無人看管，博士就趁機潛入某個房間躲了起來。

然後直到我回去後，管家和女傭正在整理毛沼博士所脫下的衣物時，笠神博士又趁隙溜進了寢室裡。撕去了雜誌上的照片，再悄悄地離開。管家或女傭也沒有注意到。稍後博士睜開了雙眼，連忙起身鎖門再回到床上睡覺。這樣的假設似乎比較合情合理。

可是我不得不再次提及，假設笠神博士真的潛入毛沼博士的寢室裡，難道就僅是為了一張照片嗎？也許笠神博士不知道毛沼博士擁有這樣的照片，縱使知道了，有必要如此冒險取得照片嗎？

那麼，笠神博士的目的又為了什麼呢？

在此，我不禁大膽地假設，雖然始終想不到任何笠神博士必須殺死毛沼博士的理由，但冒險潛入毛沼博士的寢室裡，應該脫不了殺害的理由吧！

偷偷地溜進房間裡，然後拔掉瓦斯管，再逃出來——這的確有可能啊！

但是，如果真是這樣，從裡面反鎖的房門又該如何解釋呢？毛沼博士醒來時而預備鎖門之際，難道未察覺瓦斯漏氣的聲音，或聞到異樣氣體的味道嗎？既然警覺到應該鎖上房門，又為何未察覺到瓦斯漏氣的徵兆呢。而有關鎖上門後，踢掉瓦斯管而造成瓦斯漏氣的說法，同樣地也是不合邏輯。除非是喝得爛醉，已經醉得失去了知覺，導致無法感覺到略微的刺激，才有可能踢掉了瓦斯管而仍不自知，但也不可能就這樣安穩地死在床上。

也許經過一定的睡眠時間，可能是三十分鐘或一個小時的短暫時間，終於恢復了知覺。也許是因為恢復了知覺，才驚醒過來，所以毛沼博士又回到床上躺下，但既然已經恢復了知覺，怎可能無法察覺到瓦斯漏氣。況且，那天毛沼博士並沒有喝到爛醉，他還能自己脫去衣物，並對我說「可以回去了！」還不至於到達不省人事的地步。若是喝得爛醉，恐怕早已熟睡至天明，也不可能又起身鎖上門。假設睡至凌晨一點左右起身鎖上房門，可見醉意已經褪去，更不可能踢掉了瓦斯管。

思索，再思索，仍無法想出個道理。就像循環小數般，從無限又回歸到了原點打轉。

啊，我真希望能快點忘卻這些事情啊！

找到了！

但是，我終究無法忘卻那張彷彿受到詛咒的照片，為什麼要讓我親眼目睹它的存在呢？

無論如何，我都不願傷害到笠神博士。因為我對博士如師如父，打從心底敬愛他、尊敬他。如果博士遭到任何的懷疑，我都會不顧一切地為他辯護，甚至犧牲生命也在所不惜。所以，我實在無法對博士心存懷疑。

然而我的疑惑，又是多麼的偏執，又是多麼宿命且擺脫不掉的命運啊！縱使笠神博士真的潛入了毛沼博士的寢室，又為著多麼駭人聽聞的目的，我仍不願檢舉笠神博士的罪行。假使博士不幸遭到了檢舉，我也願意挺身而出為他頂罪。但儘管如此，我終究還是無法消弭心中的疑慮。我想知道真相，想知道笠神博士不為人知的祕密，想知道博士潛入毛沼博士寢室的理由，更想知道有關恐嚇信的祕密。

起初，我完全不曾懷疑笠神博士可能寄了恐嚇信給毛沼博士。但是以德文書寫的恐嚇信，以及像暗示血型的記號，還有笠神博士持有毛沼博士所遺失的照片，由種種跡象看來，都不得不聯想到笠神博士就是寄出恐嚇信的人。

兩位博士之間，一定有什麼不足外人道的祕密。而那個祕密，恐怕又與夫人有關吧？二十多年前的三角戀愛關係，為何還未曲終人散呢？難道還留著什麼尚未算清楚的嗎？

折磨人心的懷疑，讓我想忘也忘不掉，愈是努力克制，卻反而愈發地加深。無論是睡著醒著，腦海中就僅有這件事。我想自己是不是要想到生病了，才有終止的一天呢？

若我不能憑藉自己的力量，解開這個催磨心力的疑惑，恐怕再也無法振作起精神做其他的事了。

探究敬愛的笠神博士的祕密，單憑想像就令我感覺難受，卻又不得不這麼做。我害怕博士察覺異樣，所以小心翼翼且若無其事般地詢問博士，甚至與夫人談了許多話，也問過熟知博士過去的人，總之就是盡力探究，卻仍無所獲。

於是，我又再度企圖解開毛沼博士意外死亡那晚的謎底。儘管如此，唯一令人無法理解的就是關於寢室房門反鎖的疑點。當時報紙的報導，已經無法滿足我的好奇心。為了確定其真實性，我屢屢拜訪了毛沼博士的前任管家。根據管家的說辭，房門的確是從裡面反鎖的，而且窗戶也是反鎖的狀態。我想起了偵探小說中經常會出現的伎倆。有關從外側故意營造由內側反鎖的假象，國外的偵探作家也曾絞盡腦汁，思索出兩、三種的方法。但是，實際上是不可能辦到的，就印象中毛沼博士寢室的房門，再加上管家詳細的說明，更加徹底排除了偵探作家們的推測。毛沼博士在密閉空間暴斃的事，是無庸置疑的。因此，檢警單位依瓦斯漏氣中毒意外死亡而結案，也是理所當然的結果。

但是，瓦斯管真的那麼容易就脫落嗎？又為什麼毛沼博士未留意到異狀呢？再者，原本不翼而飛的照片又為何流入笠神博士的手中呢？

如果我未發覺那張照片，也許尋找各種的蛛絲馬跡，或許會真的以為毛沼博士是意外死亡或自殺。但不知是幸運還是不幸，竟讓我發現了那照片的存在。

發現照片去向後的第五天，也就是事件過後的第二十天。我回到下榻的宿舍，由於腳有些髒污，所以並未從大門進入而改由廚房進去。閃過眼前的是一個普通的瓦斯計量器。紅色箱型狀的計量器，附著一個大大的栓鎖，只要鎖上栓鎖，瓦斯就無法流入每個房間。儘管宿舍裡不提供瓦斯暖爐，但房東太太總是再三叮嚀女傭，每晚必須鎖上栓鎖，以防瓦斯漏氣等的意外事故發生。

因此，如果徹夜使用瓦斯暖爐，就無法緊閉栓鎖了，否則暖爐也無法使用了。

想到此，我突然頓悟得跳了起來。就像被命令鑑定黃金皇冠真假的阿基米德，在百思不解的情況下泡入澡堂，看見溢出澡盆的水時，突然豁然開朗地叫著「找到了！找到了！」如今我也激動得幾乎想要大喊「找到了！」。

假使暖爐點著時，若關掉計量器的栓鎖，暖爐還是無法發揮作用，若再次打開後，想必瓦斯一定會大量噴出，這是再簡單不過的道理了。

笠神博士——不僅是他，或許其他人趁我和管家們進入毛沼博士的寢室時，偷偷潛入了屋內，屏息以待。然後先關掉廚房的計量器栓鎖，之後再進入寢室拔掉瓦斯排氣管，此時當然沒有任何瓦斯漏氣的現象。隨後毛沼博士不知為何突然醒了過來，起身將房門鎖上。因為暖爐並沒有點著，所以也察覺不到瓦斯漏氣，博士又返回床上躺下後，那個人再到廚房打開栓鎖。接著，房間內就充滿了瓦斯。

這樣的解釋，似乎尚不完整，畢竟那個人又怎麼會知道博士起身反鎖門呢？而起身鎖門再躺回床上的博士，又怎麼會熟睡到未察覺瓦斯漏氣呢？最大的疑點就是，博士在我們離開後的兩個小時之內即死亡，依照前述的判斷，毛沼博士恐怕是在起身後返回床上不久即死亡，那麼就算打開了栓鎖，恐怕也已經無法察覺瓦斯漏氣的氣味與異狀了。

而博士究竟是怎麼死亡的，其實很簡單，根據法醫權威的證實，博士的確是一氧化碳中毒死亡。因此，可以判斷絕對是一氧化碳致死。也許博士死亡時，瓦斯尚未開始漏氣，就算已經漏氣了，其總含量的一氧化碳也不足以令人致死。所以，二減一消去法得知，一氧化碳應該是以別種方式傳送進屋內的。

將一氧化碳送入毛沼博士寢室，然後營造瓦斯管掉落，瓦斯漏氣而中毒致死的假象。

但是，含有劇毒的一氧化碳氣體又是如何送入寢室內的呢？在此，我又有了重大的發現，其實所謂的發現僅是當時腦海一閃而過的念頭罷了。

一氧化碳的產生方法並不困難。但是，必須擁有齊全的裝備，同時必須加入硫酸的劇烈藥物一起加熱。潛入他人的家中製造一氧化碳是件困難重重的事。若僅是少量，則又必須接近對方，盡可能在接近鼻子附近直接施放。若是由室外傳送到室內，則必須有橡皮管線。若躲在天花板，通風孔處鋪設有細孔的紗網，根本不可能穿過橡皮管線。再說，比空氣較輕的氣體，從上面傳送，效果反而不佳。

一般瓦斯是被壓縮存放在鐵製的加壓容器中存放，只要施壓，就可以從室外傳送至室內，但即使如此，仍必須有導管才能輸送。而且鐵製容器通常都是厚重的鐵打造製成，非常沉重，一個人的力量是無法攜帶潛入他人的家中。

再者則是液體瓦斯。只要放進特殊的容器裡，就可以輕鬆攜帶了。只要放在天花板的通風孔，讓其掉落地板，甚至不需要掉落即可自行氣化，達到致死的目的。

但是，液化的一氧化碳必須在極低溫的環境下產生（臨界溫度零下一三九度，沸點零下一九〇度），與二氧化碳不同，極為稀有。二氧化碳也稱作碳酸瓦斯，由於容易液化（臨界溫度三一度，昇華點零下七九度），通常使用於家庭用的碳酸水製造器內。然而，一氧化碳仍是可以液化的，空氣中只要含有一％的成分，二分鐘內就足以令人致死。所以是純度相當高的物質，很容易讓人立即斃命。

我為何會聯想到液化一氧化碳，實在是因為事件當天，局長在現場的地毯上發現了相當直徑一吋的燒焦痕跡。只要做過液態空氣實驗的人應該都知道，液態空氣極為低溫，接觸後會急速地奪走溫度，若肌膚碰觸後則會出現猶如灼傷的現象，橡膠等接觸後則燒焦得如陶土般，但輕輕碰觸後卻又隨即粉碎。

液化的一氧化碳，其低溫的溫度與液態空氣並無差異，若溢到地毯上，也必定會產生燒焦的模樣。我當時完全未察覺到，燒焦的地方就在床頭附近，也就是接近天花板通風孔的正下方。

另外，事發當天洗手檯的水無法流出，根據管家的解釋，因為當天清晨東京地區極為寒冷，所以連自來水管都結凍了。這個理由似乎極具說服力，但試想當時已經是十點左右，氣溫也大致回升，如果水管仍舊呈現凍結的狀態似乎有些牽強。洗手檯就在床頭附近，所以通風孔正處於床頭與洗手檯之間，若是極低溫的液化瓦斯經過氧化，極有可能造成周遭的低溫現象，而使得水管結凍無法流出水。此情況的凍結程度與範圍較廣，同時也較不容易恢復原有的溫度狀態。

儘管推測仍有瑕疵之處，卻似乎可以解讀犯罪的方法。

然而，犯人又是誰？犯罪的動機、恐嚇信的含意，以及犯人潛入寢室後，如何在被害者反鎖房門的狀態下行凶？這些卻是令人摸不著頭緒。能解開的謎底，似乎僅有少許的部分，事件的本身仍舊是疑雲重重。

所以，我還是必須如此地煎熬下去！

笠神博士的遺書

就在我懷疑是否是液化瓦斯後，又持續左思右想苦惱了一個禮拜。突然驚聞笠神博士夫婦自殺的消息，而在無法比擬的驚駭中結束了長久以來的疑慮與苦惱。

當我聽到那個消息，整個人猶如失魂落魄般。

笠神博士的遺書除了一封公開信之外，另外一封則是署名給我的。公開的遺書中說明了夫婦自殺的理由，以及宣告將遺產全部留給我，並希望我能代為處理喪禮及其他的後事。

至於署名給我的遺書中，信的開頭即言明一年之內絕不可公開此信。我讀完信後，原本想立刻追隨笠神博士夫婦之後，也自殺離開人世。但是為了笠神博士的後事而不得不暫時忍住悲痛，就這樣含苦負重地苟且度過了一年。如今我決定公布遺書中的內容，但隨後又會對社會造成怎樣的影響呢？是否又會再度引起記者的糾纏？我的父母親又會怎麼看待此事？這些都是我所害怕的。在公開博士的遺書後，我也將隨著故事的曲終人散，遠走他鄉到一個沒人知道的地方。但是，我一定會堅守博士的教誨，絕不會走上自殺之路。

致鵜澤憲一：

與你短暫的相處，卻能打從心底相知相惜，實在是我此生最大的幸福了。我由衷地感謝上蒼。我與妻子即將因為下述的理由，而前往另一個世界了。你一定會悲傷得痛不欲生吧！這也是最令我擔心的問題。但是，你是一個有為的青年，為了你的雙親，為了我們夫妻，也為了國家與社會，你必須負起這些重大的責任走完人生。我們夫妻有著不得已的理由必須以死謝罪，而遺留你於人世，這是我們死後唯一的安慰與希望。所以我懇切地請求你，絕不可以有任何尋死的念頭，請達成我們夫妻的心願，堅強地活下去吧！成為一個有作為的人，並悼念祈求我們夫妻的安息，那將勝過聖僧的千萬遍誦經。

我該從何說起呢？你應該也聽過我與毛沼博士之間的事吧！我們兩人來自同一故鄉，到大學畢業甚至擔任教授，一路走來幾乎是完全相同的境遇。我們在各方面成為競爭的對手，最後竟造成彼此雙雙身亡。但是，這是我們兩人無法擺脫的宿命，即使現在深感後悔也來不及了。

大學畢業後，我們兩人同時愛上了某位女性，為了她，我們又必須在戀愛的路上爭出高下。而這位女性，我想你應該已經知道了，也就是我的妻子。

如你所知，毛沼博士是個能言善道的人，而我的個性則與毛沼博士完全相反。所以在男女的交往上，我應該不是他的對手。當時，妻子也曾一時迷戀毛沼博士的魅力。妻子尚未婚嫁時，曾與毛沼博士如同親密的朋友般交往過。那時的我既羨慕又嫉妒，僅能遠遠地望著他們無力而為。但，最後她終於發現到毛沼博士真正的面目，其實是個陰險卑劣又自私的人。妻子決定慢慢地遠離他，然而某天卻差點遭到毛沼博士的玷汙，她忍著悲痛逃離現場，從此發誓不再靠近毛沼博士。那個事件之後不久，我們即步入禮堂。

表面上，毛沼博士祝福我們的婚禮，並致贈賀禮，在婚禮上發表賀詞祝賀。當時，我們真的不知道他是如此險惡的人，以為他是真心懷抱著祝福之心，沒想到其實他在暗地裡，已經睜大雙眼等待伺機報復的機會。

毫不知情的我們，仍沉醉在新婚的幸福中。不久妻子隨即懷孕，婚後不到一年的時間，我們就擁有了一個可愛的小男嬰。

但不過三年的時間，不幸就敲開了我們的大門。如你所知，當時我正開始研究血型，於是自然地也採集了妻子、孩子的血液進行研究調查。可是，我的血型是A，而妻子則是O型，但孩子竟是B型。無論怎麼反覆檢驗，都是相同的結果。

學術理論上，A型與O型是絕不可能生下B型的孩子。如果我們的情況屬於特例的話，過去所做的血型研究就等於毫無價值可言了，所有的學術研究就必須重新被推翻，而重頭開始了。但是，我的妻子是如此貞潔善良的女人，我實在沒有理由去懷疑她。可是，在科學理論上，我們的確也不可能孕育出B型的孩子啊！

身為一個研究者，的確是我的悲哀。我希望相信妻子的堅貞，但又無法抗拒科學的驗證。當然，當時的血型研究尚未完成，並非具有絕對性，但同樣地，妻子的貞淑也不是絕對的。假設妻子在結婚前，或是趁我不在外出時，與他人發生了姦情，這些都是科學所無法預知的啊！

我的內心極為苦悶。究竟應該相信科學，還是信任自己的妻子。我日益憂鬱，原本已經沉默寡言的我，更是消沉地不願說話。我唯一能做的，就是更加專心於血型的研究。消極地期待自己有一天能推翻過去的論點，以證明妻子的貞潔。但若是無法推翻過去的論點，也等於為妻子烙下不貞的印記。也許她婚前與毛沼博士交往時，即已經遭到他的玷汙，懷著他的骨肉與我結婚，對的，一定是這樣的，因為毛沼博上的血型正是B型啊！

不管我如何克制自己的幻想，總是無法摒除對妻子的懷疑與惡意。我更加地專注在研究上，而妻子也完全不知道有關血型的事。妻子對於我的冷漠態度，總是寬容地解釋是個性與專注研究的結果。我的冷淡，也更加深妻子嚴守她自己的言行舉止。我甚至為了證明妻子的貞潔，根本不願履行夫妻間床第之義務。

那個可憐的孩子，不知是幸還是不幸，在十一歲時即死去了。直到如今，我都會為了那可憐的孩子潸然落淚。他不僅從未享受到父愛，還如此孤苦無依地離開人世，真是個悲哀的孩子啊！

我的研究持續進行著，但所得到的結果盡是證明妻子不貞的論點。啊，這二十年來，我們夫妻不像是夫妻，妻子飽受到丈夫的冷落與懷疑，她真是個可憐的女人啊，而我，又何嘗不是個可悲的丈夫呢！

就這樣，我們還必須繼續再一起生活十年或二十年。但畢竟老天對我們並不是真的無情與殘忍。能在眾多學生中認識你，我從不認為僅是偶然，如果你與其他的學生無異，也絕不會與我相識吧！又碰巧你對血型的研究有興趣，而發現了你與雙親、弟妹的血型不吻合。這一切都是天意，而不是巧合！

啊，我實在忘不了當時的驚愕。當我知道你的父親是B型、母親是O型，而你自己是A型時，為了慎重起見，我決定親自檢定。結果還是同樣的。

而最讓我吃驚的是，原來你也是在K醫院出生的，直到詢問到你的出生年月日時，我簡直要抓狂了。

說到這裡，你應該察覺到事情的真相了吧！我那死去的孩子也是在K醫院出生的，而且與你是同年同月同日所生。你竟與我那死去的孩子是同年同月同日生啊！

初生嬰兒除了性別之外，並無顯著之特徵。故過去的醫院產房，往往因為處理上的疏失或錯誤，而造成抱錯嬰孩的案例。因此，醫院為了避免失誤，會在衣服上別上絲線，或是以號碼標示區別。在美國各大都市，為了避免失誤，又因為初生嬰孩的手紋取得不易，故以足紋取代。因此，K醫院也採用同樣的方式，實在不可能會發生抱錯嬰孩的疏失。但是，若是故意的情況，就另當別論了。

而會故意將我們的孩子調包，除了毛沼博士之外，實在不做第二人想啊！而這又是何等無情且殘忍的報復啊！

聽聞有關你的血型、在K醫院出生、出生年月日等事情後，我隨即盡可能地展開調查。結果，果然是毛沼博士的奸計。K醫院的產房前方即是整形外科的手術室，而當時毛沼博士的朋友正是整形外科的醫師，受到賄賂，於是在妻子生產前晚，始終待在整形外科不肯離去。如果我死去的孩子與你，能夠重新回到親生父母的身邊，就不會出現與學術論點無法吻合的矛盾。

任何報復的方式，沒有比拆散人倫更慘絕人寰。也因此，我們夫妻必須承受喪失親生孩子的劇痛，直到死去都無法方休。我能做的只有殺死他，再也想不出其他的方法了。

當然，僅是殺死他，似乎太便宜他了。我必須讓他知道，他自己做了什麼樣的壞事。所以，我寄了恐嚇信給他，要他想起孩子出生時的事情，以及暗示血型的記號。果然不出我所料，他開始變得神經緊繃，時時隨身攜帶護身用的手槍，甚至隨時記得鎖上房門。他的所有行為，無非是宣告他自己的罪行。

那夜我潛入他的家中，直到你離去後，我進入了他的寢室，在暖爐裡加入了劇毒。

當時隨意望見放在桌上的雜誌，便氣憤地將照片撕去，因此才造成日後你的懷疑。

在暖爐裡加入劇毒後，我隨即把毛沼搖醒。他睜開雙眼，極為恐懼，慌張中企圖取出手槍，但即刻被我制止。我斥責他過去所犯下的罪行，並揚言日後一定會來報復，然後趁他不知所措之際連忙離開屋內。如我所料，他並未聲張喚醒家人，僅是立刻起身從裡面反鎖房門，完全中了我的計謀。待他回到床上後，我則利用某種方法將劇毒隨著暖爐釋放出來。至於詳細的殺害方式，我不便說明，還請你見諒。而我的計謀果然成功了，除了你之外，所有的人都認定是瓦斯中毒意外死亡。

最初，我是因為毛沼博士以這種陰險的方式害苦了我們夫妻倆，所以也準備以同樣陰險的方式加害於他。但是，終於逃不過良心的苛責。尤其是發現你開始懷疑時，更讓我不知如何是好。所以，我決定自殺謝罪。妻子聽聞我的念頭後，也願意隨我而去，於是我們決定一起離開這個世界。

我們夫妻生前最大的心願，就是希望你能認祖歸宗，成為我們真正的孩子。但是，好幾次話到了嘴邊，仍不知如何開口。因為，我曾經對待那個與我有緣結為父子的孩子是如此冷淡薄情，甚至讓他在幼小時即離開人世。若我現在要求你回到我們身邊，又怎麼對得起你的雙親，他們把你當成是親生的孩子般疼愛照顧啊！我親眼所見，你與雙親、弟妹的長相完全不相似，但他們仍毫無懷疑地愛你、養育你。而我卻是充滿懷疑與苦惱，這樣的我又有什麼資格成為你的父親，不僅對不起死去的孩子，更無顏面對養育你的雙親。最後，我終究無法說出事實的真相。

永別了，請不要忘記信一開頭的約定，成為一個堂堂正正的青年，幸福地生活下去吧！

笠神靜郎

未魂。

未魂

一九三四年五月 發表於《ぷろふいる》

作者簡介　夢野久作

明治二十二年（一八八九年）生於福岡市。本名杉山泰道。父親是知名政界人士杉山茂丸[1]。曾擔任近衛師團[2]步兵少尉、農園經營、謠曲[3]教師、《九州日報》記者等各種工作後，於九州展開文學的創作。大正十一年（一九二二年），以杉山萌圓為筆名發行了童話《白髮小僧》。昭和元年（一九二六年），其〈妖鼓〉於《新青年》舉辦的小說獎中入選為佳作，從此以偵探小說家的身分揚名於文壇。而後，更發表了〈瓶裝地獄〉、〈押繪的奇蹟〉、〈冰崖〉等幽默的作品。昭和十年（一九三五年），嘔心瀝血十餘年的畢生巨著《腦髓地獄》更是備受矚目。儘管評論這樣奇幻怪奇偵探型的大長篇小說，的確相當不容易，但卻是最不容忽視的戰前代表性偵探小說作品。此外，還陸續發表了《犬神博士》、《巡警辭職》、《人肉香腸》等多樣性的作品。昭和十一年（一九三六年），上京中途驟然去世。

曾於《專業偵探》雜誌，發表〈木魂〉等多部短篇小說，作品呈現奇異的獨特風格。從昭和七年（一九三二年）直到辭世以前，其作品幾乎都刊載在該雜誌的每一期中。而後的〈良心．第一義〉與〈表演狂冒險〉則是其遺稿。

1　杉山戊丸：一八六四～一九三五，政治人物、商人。

2　原為日本天皇的禁衛軍，長期以來負擔皇宮安全護衛工作，因此近衛師團長期駐紮在東京。有衛戍帝都之職分；是日本在二次大戰前的十七個常備主力師團之一。

3　日本古典歌舞劇「能」的臺本，或簡稱謠。是中世紀的室町時代在猿樂（類似中國唐代的散樂）的基礎上經過改革、提高而創造出來的綜合性舞臺藝術；題材多取自文史典籍。

我為什麼佇立在這裡？……站在鐵軌的中央，又為什麼茫然地望著自己的腳尖？……若是列車進站，恐怕就要遭到輾斃了啊……

待他察覺的同時，彷彿即將遭到列車輾斃的不祥預感，讓他的背脊一陣發涼。他恐懼地來回環視著被冰霜覆蓋後而變得蒼白的鐵軌。接著戴著深度近視眼鏡的眼睛又再度看著自己的腳尖，那雙混著泥霜與枯葉的軍靴，開始在半腐壞的鐵軌枕木上用力地摩擦，企圖甩掉鞋上的髒污。他重新戴好那頂已經浸濕汗水的帽子，又開始整理已經老舊襤褸的上衣衣領及羊羹色的外套，一邊回頭望著來時路上在枯林樹間依稀可見那自家的鐵皮屋頂。

……究竟，我剛才在想些什麼呢……

此時，他終於想起自己因失眠而引起的劇烈頭痛。昨天中午過後寒意正濃，他覺得自己今天恐怕又無法入眠了，於是買了過去點滴未沾的酒回來，僅喝了五小杯就不省人事，或許是這個緣故吧，清晨醒來時頭暈目眩，陣陣撕裂般的疼痛盤據在腦髓中央久久不去。他緊鎖眉頭，凝視著指縫裡沾黏的紅色泥土。

……真是奇怪，我怎麼也想不起今天早上發生的事了……

……今天早上，我應該是一如往常在枯林裡那間鐵皮屋頂的房子裡，開始料理自己的三餐後，為了避免野狗闖進屋子裡，鎖上門後來到這裡，但是，這期間我究竟在想些什麼呢？……應該是在想著一件重要的事，否則怎會不知道自己竟來到這裡了……太奇怪了，如今卻怎麼也想不起是什麼事了……

……太奇怪了……真是的……不知怎麼回事，今天早晨起床後似乎就不太對勁。若是再這樣下去，到了下午恐怕又要打瞌睡，說不定還會被那些學生們瞧見而恥笑呢……

他從上衣的口袋裡取出了大大的銀製懷錶，時間正指著七點四十分。

他無意識地比較著交疊駐足在數字八的時針與分針，以及不斷往前跳動的秒針……啊……我是如此地寂寞無聊啊……自嘲的苦笑在深度近視眼鏡下痙攣抽搐著。

……我在做什麼啊，真是愚蠢極了，究竟在害怕什麼啊？

……我不過是在去學校的途中……準備在正式上課以前，必須先預習教材，即使明白下午過後就會昏昏欲睡，仍提早了三十分鐘起床出門。而且到學校的路程還有五公里以上，再猶豫蹉跎恐怕就要遲到了……所以我才會站在這裡徬徨不已，不知自己應該順著公路走，還是抄近路沿著鐵軌走呢……

……原來，根本沒有什麼大不了的嘛……

對了，就沿著鐵軌線路走去吧！只要順著鐵軌就能走到學校，甚至不需要三公里的路程就可抵達呢，而且走快一點還能提早二十分鐘抵達學校呢……是啊……

就沿著鐵軌走吧……

想著想著，他那充滿鬍渣的臉龐又再度露出了苦笑。左手緊緊抱著那個鼓脹的舊皮包，微傾著上半身準備踏上那蒼白的鐵軌枕木。穿著軍靴的雙腳逐漸地走上了覆蓋著冰霜的鐵軌。

……但是……好像又有些不對勁啊，他停住了腳步。

他的右手撫住額頭，手掌因而遮住了眼鏡，彷彿在祈求什麼事似的，頭不住地擺動著。

此時，他終於明白自己為何會佇立在鐵軌的中央久久無法往前了。就在他毫無意識凝視著鐵軌枕木的中央時，那個不吉祥的預感又再度襲捲而來。

當今天早晨他睜開了雙眼，從暖暖的被窩裡探出頭的同時，冷冷的空氣就穿刺了那留著宿醉的頭部，不禁令他頭痛欲裂痛苦地爬出了被窩。又在剎那間，腦海裡的某個角落閃爍著「……我今天應該會被列車撞死吧……」的預感。預感如此清晰得令人心慌，急得他趕緊以冷水不斷地沖洗著臉。然後急急忙忙地將煮開的開水倒進昨晚剩下的冷飯中，再一股腦地吞下肚去。接著穿上昨晚那雙沾滿泥霜的靴子，再度捧起塞入便當盒的黑色皮包，循著鋪滿落葉與冰霜的廢道，逐漸來到了鐵軌上。沉重的泥靴踩在布滿蒼白霜雪的枕木上，發出清脆的聲響，剎那間他又感受到不祥的預感，那個預感彷彿威脅籠罩著他的一生，不斷地在他的腦海裡盤旋迴轉。究竟自己應該趕緊跨越鐵軌回頭走向公路呢？還是不管一切地循著鐵軌繼續前進呢？他不知所措，他似乎看見自己猶如雕像般佇立猶豫不決的身影，試圖努力找出自己為何會萌生那般不可思議的不祥預感。

這種詭異的心理作用，已經不是一兩天的事了。

自從去年正月至二月，他摯愛的妻子和唯一的孩子相繼死去後，他幾乎每天早晨……就會像今天這樣……不斷地認為自己當天一定會遭到列車輾斃。但單純的他，儘管備受那種宿命且迫切不安的威脅，仍舊害怕得左顧右盼地橫越鐵軌往返於公路的道路上。傍晚時，終於忘卻了不安，安心地返回位於深山的家中。吃過清淡配菜與鍋飯的寒酸晚餐後，心中總算踏實輕鬆，然後彷彿擺脫了一天的辛勞，開始他畢生最怡然自得的《小學數學教科書》之教材編纂。

至於這些奇異的心理作用，絕不是因為他本身的精神衰弱所致。自幼他就是個極度敏感的孩子，總是能感受到神祕的預感。

……他堅信著自己的確是如此的。

因為曾經經歷過種種不可思議的體驗，讓他更加堅定自己是個特別的人……絕對擁有別人所沒有的奇妙特質。

本來，他是年邁雙親唯一的孩子，自幼即體弱多病，個性陰沉又孤僻，即使在學校也不曾與其他孩童們一起嬉戲。但成績優異，而屢屢遭到同儕的排斥與欺負。儘管擔任班長，但忙完學校的事後就隨即逃回家中，再也不敢踏出家門一步。

但是，偶爾仍會一個人獨自外出，而且都是選在天氣晴朗的日子，獨自往深山裡走去……其實也沒有什麼特別的理由。他總覺得自己生性適合住在深山裡，即使是現在也特意遠離學校住在深山裡的小屋，過著艱苦的自給自足生活。也許這種喜好孤獨的個性，是從幼年時代就自然形成的吧！眺望著清楚浮現在青空的山巒樹林，就能喚起自己的赤子之心。而他的雙親為了他的健康著想，也不排斥他往山裡跑。通常他會帶著一、兩本有關數學的書籍，刻意避開那些捉弄他的壞孩子們，獨自往附近的山林前去。

對於普通十或十一歲的孩子來說，散步實在是太乏味了，但對喜好山林的他來說，這卻是無比的喜悅與快樂啊！也因為如此勤於散步於山林之間，他熟知山裡的每一條無名的小徑。哪裡有蔓延的藤蔓？哪裡又埋藏著山芋？還有在某處的雜草叢裡藏著像人臉的巨石，沿著池畔分枝的樹幹間長出了櫻花樹，這些山間裡的事情恐怕只有他最清楚了。

在他漫步山徑時，總會從雜樹林間意外地發現了空地。那些空地多半是一、兩個步伐大小的四方形草原，也許是房舍或田地等被夷為平地後的模樣吧，四周盡是遮蔽的樹林，似乎待在空地裡永遠也不會被人發現似的。他站在空地上環顧著四處，山是山，丘陵是丘陵，無處不寂靜無聲，每株矗立的樹木就像靜靜地守護著他。腳下的枯葉發出了微微的聲響，頓時有了些許的詭異氣氛。

他慶幸自己能發現這樣的地方，躺在空地中央的枯草上，攤開了最喜歡的數學書籍，開始思索著那些難解的習題。儘管沒有筆也沒有紙張，但在想像的空間裡問題都能靠著心算而解開。這裡既不用擔心雙親的呼喚，也聽不見任何吵雜的聲音，腦海就像鏡子般清澈明亮，所以在家中解不開的數學題，在這裡卻能輕鬆地解答出來，因此帶給他愉快的心情而幾乎忘了時間的流逝。

但是，當他一心一意埋首在數學問題時，突然背後傳來了清楚的呼喊聲「……喂……」，而經常令他為之驚嚇。那個聲音既不是父親的聲音也不是老師的聲音，更不是朋友的聲音，總之是個完全陌生的聲音，卻是如此清楚又真實。有時候甚至是大聲的「……喂……」，不禁令他嚇得四處張望有無其他的人。然而，閃耀著餘暉光芒的雜樹林裡，卻是連一聲鳥鳴聲都不曾聽見呢！

的確是不可思議又神祕的體驗啊！最初，聽聞那聲音時他全身毛骨悚然顫慄不已。但是，他總是安慰自己只不過是神經過敏，而後又反覆經歷了幾次相同的經驗後，他終於習慣而不再害怕。

某次，他仍然在思索著數學問題，不知不覺走進了山中深處的某條小徑，突然間從遠處傳來了五、六個或七、八個人的交談聲，而且逐漸往他逼近。他明白這條小徑是這裡唯一的通道，也明白即將迎面而來的是一群大人們，心裡雖然知道待會兒該閃躲在路旁的草叢裡，但腦海裡盤旋的盡是數學問題，竟也忘情地依舊往前走去。但不可思議的是，途中卻沒有遇見那些說話的人們。真是太奇怪了，怎麼會這樣呢……他穿過了小徑後終於來到視野廣闊的公路上，然而原本以為會迎面交會的那群人們卻憑空消失了。

那絕不是心理作用或憑空的想像，因為那聲音是如此地清晰。每當自己埋首思考時，總是能聽見一個開朗明亮的聲音，就在逐漸被吸引的瞬間，那個聲音卻忽然地消失不見了。

原本他就是個個性孤僻的孩子，再加上這些不可思議的體驗後，漸漸地開始對山裡充滿了恐懼，但又不敢向雙親或任何人提起這些事。於是就這樣變成他的祕密伴隨著他長大，隨著時光的流逝而漸漸被遺忘。而後，他從初中進入高中，再從大學進入研究所就讀，期間也遭逢他的雙親相繼過世。然後與妻子希世子結婚，生下了長男太郎，而後為了成為小學教師而歷經了種種繁雜的手續後，終於任職於目前的小學。這段期間，無論是在學校的圖書館或無人經過的公路上，抑或是下課後的教室裡，仍聽聞過無數次那詭異的呼喚聲。

但是，他依舊不曾跟任何人提起這些事。隨著年歲的增長，他也開始期待揭開事情的真相，畢竟那種被莫名呼喊的感覺並不好受……難道世界上只有我有這樣的經歷嗎？……但又為何從不曾聽過或閱讀過他人提過類似的經驗……也許我天生就是精神異常者吧……他漸漸如此地認定自己。

但是就在十二、三年前，也就是結婚當時，因為值夜班的緣故而走進了學校的圖書館打發時間，在館內的角落裡發現了一本名為《心靈界》的單薄舊雜誌，順手拿取閱讀後，才驚訝地察覺到與自己過去經歷相同的學說。

當中介紹了俄羅斯的莫斯科大學在《心靈界》非賣雜誌裡發表的論文，標題為〈呼喚靈魂的實例〉。閱讀各種實例後，他才明白自己並不是唯一擁有那樣經歷的人。

……在無任何雜音的密閉空間裡，或是無風聲且寂靜的深山裡，專注思考或做著某件事時，經常可能聽見各種不可思議的聲音。現在在某些地方的人們仍堅信「被木魂[4]呼喚後，不到三年後就會死去」的傳說。但是根據心靈學的研究，並未發現任何聲音的來源，所以推測聲音應該是來自於自己的靈魂。

也就是說人類的性格，其實是可以透過相同代數因子的分解方式進行解說。換言之，一個人的性格是歷代祖先傳承的結果……也就是每個魂魄相乘的結果，例如（A^2-B^2）的性格，就是來自於（A＋B）的父親與（A－B）的母親性格相乘的結果。在（A^2-B^2）的性格中也包含了（A－B）的因子……也就是說遺傳了母親的性格，例如，「喜好數學」的靈魂具有這種（A－B）的傾向……當專注於數學的研究時，則無視於自己其他靈魂的存在，甚至超越了所有的魂魄，此時剩餘的（A＋B）魂魄就會孤獨地游離，漸漸產生不安定的心靈作用，進而呼喚（A－B）的注意……總之，希望呼喚偏移至（A－B）的性格能夠再度返回（A＋B）的方向，以達到原本（A^2-B^2）的飽和平衡狀態。人們常錯以為那是聲音，其實靈魂呼喚的聲音比起震動鼓膜的普通聲音來得更加深層，所以也容易引起人們的害怕與驚嚇。

在論文中並提及，生物外表顯現的遺傳現象，會依照組合式、一列式、等比或等差等數理排列表現，同時無論是精神層面或性格、習慣等也與遺傳有著相同的生理原則。文中並列舉了許多犯罪者的家譜作為實例，再以數理分析說明天才與瘋子、幽靈現象、千里眼、預言家等的心理現象。其中最吸引他注意的就是，以數理的角度分析普通人、天才與瘋子之間的心理反應。文章中是這樣描述的：

……究竟是天才還是瘋子，其實在他們的性格因子中總有一、兩個，有意識或無意識地容易受到游離力量的牽引，所以有人說天才與瘋子僅止於一線之隔，從種種的事跡觀察後的確是如此的……因描繪太陽而發瘋的梵谷，或是看見蒙娜麗莎的肖像而瀕臨瘋狂的數名畫家就是最佳的證明。由於自己的魂魄過分專注於在繪畫上，而無法回歸原本正常的性格，終究造成魂魄各自分裂游離，夜以繼日不斷地呼喚自己的靈魂。

……此外，貝克林的畫家也曾經描繪過骨骸彈琴的不朽名作，以表現出呼喚自己魂魄的樣貌。

……另外，以一般人為例，體弱多病或年老衰弱即將死去的人們，由於認知的歸納能力或意識的統合能力較為薄弱，也容易造成意識上的自然分離作用。因此，

4　木魂，又稱木靈、木魅。是日本傳說寄宿於樹木中的精靈。古代日本人認為，山谷中的延遲回聲現象是木魂等神靈應答人們的呼聲。傳說木魂寄宿的樹木外觀和普通樹木無異，但具有神通力，若將其砍倒將會帶來禍祟。

經常聽見從某處傳來呼喚自己的聲音。若是體弱者或年老者，經常聽見莫名的呼喚聲時，也許就是自己的死期即將來臨了，必須小心留意。

閱讀完此章節時，他不禁充滿了疑惑。天生體弱多病，再加上聰穎又極端的害羞內向，當遭逢那樣不可思議的現象時，他也只得視之為理所當然的事情。沒想到原來天才或瘋子比一般人更容易牽動那樣的性格因子，但是那個曾經呼喚他的聲音果真是自己魂魄的聲音嗎？他希望能再次聽見，以分辨其真實性。

然而，奇蹟卻意外地出現了……其實也不是什麼特別的事。自從閱讀過那本雜誌後，不知為何他再也不曾聽過那個呼喚的聲音了。所以他也無從分辨究竟是幽靈或是自己呼喚自己的聲音，就這樣過了七、八年的時間，他幾乎已經完全遺忘那個聲音了。也許是因為在這七、八年的時間裡，他擁有了唯一的孩子，或是更專注於自己喜歡的數學，而減少了自己魂魄游離的機會吧……

可是，之後妻子和孩子相繼死去後，留下他獨自一人時，過去那種不可思議的現象又再度重現了。而且那聲音開始如排山倒海般地襲擊而來，令他感到痛不欲生。他覺得自己已經徹底被那個聲音附身、逼得幾乎無法喘息。於是他開始回想究竟是怎麼回事，也許這一切與死去的妻子那異常的性格有關吧！

妻子希世子，原是他居住村落村長的女兒，畢業於有名女校的才女，但無論是容貌或氣質都不是特別出眾。他取得堂堂的學士學位後，卻一心一意希望留在小學裡教導數學。他不辭辛勞地回到自己的故鄉取得教員資格，而妻子則對他百依順從地跟隨著。妻子對孩子的教育方式雖無異樣，但總有說不出的怪異之處，總之就是極端地歇斯底里且變態的感覺吧！再加上她患有嚴重的肺病，卻不願增加他的負擔，忍住了病痛不斷操勞的結果，終於在去年正月時咳血而病倒了，儘管瀕臨死亡的邊緣卻依然意識清楚。她摸著十一歲的太郎的頭，以微弱的聲音說道：

「……太郎啊，從現在開始你一定要聽父親的話，若不聽從父親的教誨，我在某處見到了會相當悲傷的。你要遵從父親平常的教誨，就算上學已經遲到了，也絕不能沿著鐵軌走去學校啊……」

那種口氣像開玩笑般，然後她就在微笑中斷了氣離開人世。

在守靈的夜晚，他擁著悲傷失魂的太郎，一邊掉淚一邊慎重地交代：

「……從此絕不能沿著鐵軌上下學，即便同學如何邀約，也絕不能答應知道嗎？並且要告訴他們那是不對的行為。爸爸也絕不會再踏進鐵軌一步的……」

他叨叨絮絮地述說著，太郎則默默地啜泣，原本就相當柔順的孩子，也更加打從心底遵從了父親的指示。

而後，他每天又恢復到往昔自己料理三餐，然後照料太郎先讓他出門上學，接著才匆匆忙忙整理自己儀容，趕在太郎之後前往學校上班，但每次總是來不及，只得沿著鐵軌趕往學校。

而太郎天性溫順，始終堅守著母親的遺言，縱使同學們如何嘲弄，他就是不肯往鐵軌走去。每每他的襪子或鞋子都因為公路上的泥濘而髒污不堪。而另一方面，他看著太郎的溫馴與正直……不禁埋怨自己的錯，一切都是自己造成的啊！但是學校如此遙遠，又有那麼多的雜事，儘管原來就慣於自炊的生活，但如今必須擔負起母親和妻子的雙重責任，難免會措手不及而延誤了上班的時間，所以在萬不得已的情況下才會穿越鐵軌……

這些思緒反覆在他心中翻攪著，面對虛無不存在的妻子亡靈，他總有說不出的歉意與良心苛責，並且日復一日。

但是最後的結果，究竟是天譴，還是對他的失信所做的責罰呢？這些是造成他的愛子慘死的間接……不……應該是直接原因吧，而且還帶給他難以言喻的重創。

那是去年正月的大寒時節，正好是辦完妻子喪事的翌日……

……想到這裡，他不禁再度抱緊手上的提包，然後環顧著四周。

穿過遮蔽軌道線路那些漫漫無盡的雜草樹林中空地所形成的溝渠，溝渠裡潺潺地流著近乎乾涸的硫磺水，枯葦間處處綻放著似螢火蟲般的微弱光芒。他越過了溝渠，不知不覺地走上了鐵軌，昔日的記憶與沁心刺骨的頭痛開始交錯重疊，令他不斷地回想起過去的種種。

這些回憶中，有的是他單純的主觀意識，也有來自於想像中自己對自我的客觀意識。既有他人溫情的憐惜，也交錯糾葛著對自我批判無情的正義感。這些糾纏混雜的印象、記憶片斷或殘渣，令他已經疲憊不堪的腦袋更加沉重、暈眩、膨脹，然後化分為二、扭曲、切割、反轉、陰沉而千變萬化，或是構成派、未來派、印象派般周而復始的漩渦，不斷變化再幻化，又開始再推進。在無意識的狀態下，他竟親手害死了自己唯一的孩子。他終於又變成孤獨的個體，不可抗拒的命運又再度展現不可思議的力量，營造編織出他的人生，像是數學的公式般一步步地展開。

那天儘管是大寒，午後卻意外地溫暖與晴朗。

兩、三天前他染上了風寒，所以起床後即頭暈目眩。但他一如往常不願留在學校裡完成工作，下班後還不到一個小時，他就向留校加班的校長與同事們告辭，隨即將學生們的考卷塞進黑色的提包裡，然後迅速地走出了校門。

走出校門後，順著白楊樹林林立的廣闊道路左轉，從他居住的山巒傾斜下坡，就是環抱海岸猶如半圓形的公路。但是沿著公路回家，總會令他感到不舒服……不僅是路途遙遠，此刻汽車或貨車，以及那些進出海岸別墅的高級座車絡繹不絕。若是途中又再遇見了學生們的家長，那些不著邊際的寒暄總是會擾亂腦海中飄浮沉思的數學問題，的確是令人難以忍受啊！

若是反道而行，沿著雜草叢生的窄道右轉，穿過了沿著鐵軌線路又深又長的溝渠後，就是筆直的鐵軌了，而自己的家就在那些枯林遮蔽下的平交道上方，沿途盡是枯林林地，根本無須擔心被任何人瞧見。

但是，他穿過校門外的杉木林，踏進鐵軌旁赤紅泥巴道路的同時，突然習慣性地憶起遠在一公里外山蔭裡的自宅與等候著他的妻子。這個習慣即使從去年正月妻子死去之後，依舊沒有改變，而且他也不想改變這個愚蠢的習慣。因為這是他允許自己唯一擁有的悲傷。剎那間，眼前彷彿就看見了病危時仍舊站立著操勞家事的妻子，還有那個現在應該已經回家等候他歸來的孩子。深山裡的那間小屋門前，洗米準備煮飯的妻子好像就站立在枯林間伸出了雙手迎接著他。

「喂，爸爸！」

雙頰凍得發紅的太郎似乎縹緲地出現在附近裊裊燃起的炊煙之間，過去與現在交疊重合地翻覆在他的腦海中。待猶如黑色旋風行駛而過的列車經過後，他又站在鐵軌的枕木上沉思著：

……今天怎麼又想著同樣的事呢，怎麼想都還是相同的事……

他在心中冷笑著。他幻想著自己的身影，一個年過四十歲失去妻子的孤獨身影悲傷地行走在鐵軌上的模樣……

……原來是這樣啊！原來是這樣啊！沉溺在回憶中，已經變成自己唯一享受悲傷的權利了，當然除了自己之外，還有誰能體會箇中的痛楚呢……

他如此地告訴自己，一種近似憤慨的自傲湧然而生，不禁令他的雙眼沾滿了熱淚。他想起自己為了讓全國的小學生理解代數或幾何的有趣之處，費盡心思以自己的寶貴經驗編著了《小學數學教科書》，最後該書終於如願地普及使用在全國的小學，而後在督學的面前，為學生們解開複雜的高次方程式等數學題時學生們天真無邪的笑容……這些難以言喻的歡喜與悲傷交錯堆積著，讓他都忘記了嘴裡的香菸早已經點燃到了盡頭。

「……爸爸……」

他彷彿又聽到有人呼喚著他……

「……」

待他回神過來後，卻發現自己已經佇立在那條慣於行走的鐵軌正中央，旁邊就是漆著白色油漆的信號燈柱，當白色的地面闖入那黑色的列車時隨即放下了橫木，以暗示列車的通過，但是此時根本連人影都看不見啊！寒冬的斜陽暖暖地照映著他的身軀，在發出亮眼鋼鐵色的鐵軌彼端，盡是遮蔽陽光的山巒。

他環顧著眼前的景色，又想起了孩提時代的那個經歷。

……難道剛才又是自己的魂魄在呼喚自己嗎？「……爸爸……」我的確聽見了這樣的呼喚聲啊……

這個念頭瞬間閃過自己的腦中，他偷偷地張望著四周……頓時，視線停在左手邊的溝渠上，身體彷彿就要僵住了。

在他眼前的溝渠西側，有一段沿著公路而行的河堤，在河堤的上面似乎站著一個小小的人影俯視著他所在的方向，那個小小的人影又再度拚命地大聲呼喊著：

「……爸爸……」

就在回聲尚未消失之前，他頓時像個作弊被發現的學生般面紅耳赤「……不可沿著鐵軌走啊……」他不斷地聽見自己曾經對孩子的訓斥，情急之下趕忙地抓起嘴裡的香菸丟在地上。他想要回應但喉嚨彷彿哽塞住了，於是拚命地想露出笑臉，此時又從高處傳來了喊叫聲：

「爸爸，今天我又留下來幫忙老師了喔……幫老師改考卷喔……所以才留在學校裡……」

他終於想起來了，趕緊點了點頭。自從他的孩子入學以來就始終擔任班長的職務，他現在總算記起來了。太郎的確經常留下幫忙導師留校批改考卷……他還曾經答應太郎若留校時會等他放學一同回家。但如今他卻違背了諾言，他不知如何是好地扶正了已經歪扭的帽子。

「……爸爸……我現在就下去找你喔……」

太郎站在堤防上用力地嘶吼著，然後逐漸往這裡跑了過來。

「不要啊……我現在就上去……」

狼狽的他發出了沙啞的嘶吼聲，隨即飛也似地跨越了溝渠，懷裡則抱著那個厚重的提包，然後開始拚命地攀爬上那個超過四十五度的斜坡。

對於不經常勞動的他來說，這樣的舉動無疑是足以致命的危險。他靠著腳底那雙堅固軍靴的鞋尖與單手的力量，死命地攀爬上了約三丈高的斜坡，可是膝蓋早已因疲憊而不停地顫抖。右手的指尖感覺到坡面上亂生雜草的冰冷觸感，他胡亂地抓緊著那些雜草，臉上混雜著髒污不堪的汗水與淚水，而呼吸彷彿急促地快要令他窒息了。但在孩子面前再也不敢胡思亂想，只得拚命地想盡辦法爬上那個斜坡。

……這就是孩子給的懲罰吧，禁止孩子做的事，身為父親的我卻明知故犯，所以才會得到這樣痛苦的譴責吧……

他的腦海裡完全想著自己的不堪與難以原諒，也顧不得再往上看了，儘管雙腳已經疲累了，身軀也在傾斜的坡面翻滾了好幾回，但他還是緊緊地依附在坡面上。瞬間，他遙望底下的鐵軌猶如是個大字型般地框住了他的屍體，然後魂魄墜入了無底的深淵，逼得他不斷掙扎地往上爬去，並努力抓緊那個重要的公事包。

「危險啊，爸爸……爸爸……」

太郎的喊叫聲從頭頂處傳來……

……爬上了堤防後，我一定要立刻抱緊太郎向他道歉……回家之後，我也要在妻子的牌位前向妻子道歉……

他想著想著終於爬上了那個傾斜的斜坡……但是等到他站上了平坦、堅固的公路與孩子並肩而立時，突然又覺得自己說不出道歉的話。日薄西山，他站在大風裡喘息與顫抖著，所有的意識彷彿都要被吹散了，他凝視著那些不斷重疊的漩渦，眼前的微薄黃色光芒宛如化作無數的灰色斑點般飄渺閃爍。他回過神後隨即將提包交給太郎，然後像個幽靈似地緩緩跨出虛渺的腳步……身體已經流滿了汗水又化成了冰冷的感覺，讓他背脊不住地打顫……

他回到山裡的家中後，就把所有的一切交給太郎後立刻倒頭睡著了。當晚他高燒至四十度以上，甚至引發了嚴重的肺炎而不斷地咳嗽，就這樣昏迷好幾天。

在昏迷的幾天裡，他彷彿記得訓導主任橋本先生曾過來探望，而後則是警察、醫師或村長、區長、甚至是附近的居民，每個人都流露著不可思議的緊張神情。終於有人無意中透露出太郎死去的消息……

「千萬不要讓生重病的病人看見屍體啊！」

「告訴他，說不定病情還會加重呢！」

他聽見人們躲在暗處竊竊私語著，但是他既沒有驚訝也沒有悲傷，或許是高燒模糊了他的意識，他竟以為是在夢中……

……是嗎……太郎已經死了……那我也要追隨他而去啊……

他的內心想著，雖然沒有哀傷的氣氛，但眼淚卻不爭氣地流落下來。

好像翌日吧……他也不知道是過了多久了，他終於睜開了雙眼，突然聽見枕邊有女人談話的聲音。由於房間裡的燈光微弱，他也分不清自己究竟身在何處，或許是附近鄰居的太太們特意過來照顧他的病吧！

「……真是的，那個孩子竟死在那溝渠的信號燈底下啊……」

「……哎呀，大家都說他一定是擔心他父親的病情，才會瞞著老師穿過鐵軌想要趕回家啊……」

「……真是的，可憐的孩子啊……竟在那樣的風雨中……」

木魂

「是啊，而且連父親的面都還未見著，就匆匆被火葬了啊，真是的……」

「……實在是太悲慘了啊……」

「是啊……老師臥病的這幾天，都是那個在學校幫忙的婆婆每天來煮飯給那孩子吃啊，婆婆還說她寧願代替那個孩子死去呢，她難過得就像自己的孫子死去般啊……」

不久之後就聽見傳來了斷斷續續的啜泣聲，他也無意打斷她們的談話，甚至根本沒有氣力去思考剛才的那些話。

「橋本老師說，如果孩子的父親也能因此病死，什麼都不知道說不定也是一種幸福呢……」

隨即他又聽見那些話……他很想告訴大家自己並沒有死去，於是張開了嘴，望著那些看顧他的人們微笑著……

他奇蹟似地復活之後，即陷入失神的狀態，即使和尚來家中唸經時也若無其事般地坐在一旁，妻子的娘家曾送來豆奶為他補充營養，但他卻絲毫沒有飲用。僅有到學校上課的事依舊沒有忘記，待體力恢復後他隨即又抱著提包來到了學校。

老師們都驚訝萬分，大家看著那個已經憔悴不堪、白髮蒼蒼且雜亂的他，不知如何以對紛紛相互交換著眼色。訓導主任橋本先生率先站起身來，兩手搭在他的肩膀上說道：

「……你……你怎麼了啊……要……要好好振作啊……」

校長也眨了眨雙眼從椅子上站了起來，從旁邊走了過來。

「……請你要好好休息啊，我們、甚至是學務課的各位同仁都報以無限的同情啊……」

然後像安撫孩子般地撫摸他的背部，但是這些溫情與同情對他而言是行不通的。在厚厚的深度近視眼鏡底下，他木然地看著那些同事們，然後坐在自己的座位上，喚來了曾經代課的老師了解課業的進度。接著，又站在學生面前開始專心地講課，完全無視於學生們驚訝老師猶如乞丐般的轉變。

午後，在同事們的安慰聲中，他隨即走出了校門後右轉，也顧不得學生們都在他的身後竊竊私語著，他繼續往鐵軌的方向走去……一如往常……他又幻想著在屋子裡等候他歸去的妻子……

往後，他又日復一日重複著自己的習慣，只是有件事與過去不同了，那就是在鐵軌附近溝渠的信號燈下，似乎有警察巡邏站崗的模樣。

他曾經在那裡張望過，試圖尋找出自己孩子被輾斃時的痕跡，但已歷經多少風雨沖刷，早已分不清究竟是在何處了。

但是，他猶如機器般每日重複著相同的動作，在相同的地方佇立，在相同的地方四處張望，所以即使回到家中躺在被窩裡，他依舊清晰地看得見那些枕木、一粒粒交疊的砂礫，附近叢生的雜草或樹林等。就算在夢中，他仍然來來回回往返於鐵軌，完全無意識地駐足或東張西望，似乎在沒有確定的情況下就不敢往前邁出一步……而為什麼必須佇足，為什麼需要環顧張望，就連他自己也不懂得自己，只是因為那麼地幽暗，那麼地悲哀，所以必須好好看清楚那些石頭的顏色、枕木的切口或軌道的連接處……

「爸爸！」

每次他仔細張望的時候，總會聽見那個聲音。

他也不確定自己究竟是否聽見了那個聲音，他猶如被電擊似地歪著頭，緩緩地閉上眼睛，然後縮緊了肩膀，再慢慢張開眼睛膽怯望著左手邊的堤防，期待在那孤寂覆霜的紅泥巴斜坡上，能夠再看見那個小小的人影……

然而，現在在他眼前的景象，卻全然不如預期所想像的。眼界所到之處皆是碧綠的草叢或樹林，還有嬌豔盛開的花朵，繽紛燦爛地長滿了左右手邊的巨大斜坡上。沿著鐵軌來到自宅的山邊時，則是繽紛散落的白色山櫻。晴朗無雲的藍天，還有緩緩飄過的幾朵白雲，遠處還能聽見忽遠忽近的雲雀鳴叫聲。

……在這種地方是聽不見太郎的聲音的……到處都找不到太郎的蹤影……在這樣華麗繽紛的世界裡，只是更突顯自己的狼狽不堪啊……

……忽然間，他發出了奇妙的哭泣聲……他就這樣邊哭邊沿著鐵軌前進，孱弱地走回位於深山的家中……他也分不清楚自己究竟是否已經回到了家中，他看見妻子的牌位，隨即仆倒在地上放聲大哭了起來……也許是充滿歉意的慟哭吧……待回神過後，他才發現自己在無人的房子裡盡情地大哭著，他也顧不得自己的醜態，因為自己應該遭受到更嚴厲的懲罰啊……他抱緊了兩個白木刻的牌位，不斷地以臉頰撫摸著、親吻著、悲嘆著……

「……啊……希世子……希世子……都是我不好。我錯了，請原諒我啊……太郎……太郎、太郎。爸爸……爸爸對不起你啊！我再也……再也不會沿著鐵軌走了……絕對不會……請……請你們……請你們一定要原諒我啊……」

他反覆地喊叫著直到聲音近似乾啞為止。

他依舊沿著枯木林裡的鐵軌走去，眼前彷彿看見自己無可救藥的身影。眼睛裡充滿著淚水，感覺喉嚨似乎哽咽住了，鼻孔的裡側不斷地流出鼻水……

「……哈哈……」

腳下似乎傳來了笑聲，令他驚嚇地跳起來，趕忙跑了幾步又不禁停下了腳步，撫去額頭上的汗水慌張地張望前後的鐵軌。當然，不可能有人睡在鐵軌附近的。薄薄的白霜覆蓋在鐵軌線路上，就連砂礫上也沾滿了白色的霜雪。

在他的左右兩旁依舊是不變的枯木林，樹梢就著昏暗的陽光隱沒在灰色的煙霧裡。再往前走去，他發現自己又佇足在那亮眼的白色信號標誌底下張望。

「……完了……」

他的嘴裡喃喃自語著……曾經在牌位前發誓過的……結果還是沒有用的……他咬緊牙根閉上雙眼，希望能早點忘記自己身在何處。

然後他以手撫住額頭，再度往後面瞧。他望著蔓延的鐵軌線路，努力思索過去所有的種種。曾經那麼認真地發過誓，如今竟也已經過了一年啊，但是今天早上他卻不知所以然地破壞了自己的誓言，他焦急地希望找尋出自己做出這些事的動機，但那宛如是十幾年前的舊事般，早已從他的記憶深處褪去。他甚至想不起自己是什麼時候戴上帽子的……又是什麼時候將提包放在自己的右手上。他只是依循著慣例走到了這裡，一定是這樣的……他突然覺得應該去確認一下剛才的那個笑聲，於是開始一步步慎重地踩在身後的那些鐵軌枕木上，終於來到他方才佇足的那第四十五根的枕木上，那根陳舊的枕木因為支撐著他的重量而陷入了砂礫中。當他踩住枕木的一端時，另一端則從軌道的下方偏離了，因而發出了「……咯咯咯……」的聲音。

在他聽到了那聲響，明白剛才所聽見的笑聲來自何處後，即安心地喘了口氣。也許是放鬆精神的關係吧，頭髮竟一根根地豎立了起來，身體漸漸地起了滿身的雞皮疙瘩，為了抑制住自己奇怪的生理反應，他用力地豎起了肩膀，然後不斷地左右手交換地抱緊那個黑色的提包，讓空著的那隻手搓揉冰冷得猶如快要撕裂的耳朵。鼻子呼出的氣息像胡椒鹽般沾濕了鬍鬚，他重新調整已經歪斜的外衣領襟，又繼續往學校的方向走去。總是會在平交道相會的南下石炭列車，此時應該就要經過了吧，他邊想著邊回頭張望著……

不久之後，他終於忘記了過去那些種種的悲傷，開始思索著自己最喜歡的數學問題。沉浸在數學的冥想世界裡，是他最幸福的時光了。

他望著枕木邊綿延不絕且形狀變化多端的砂礫，然後漸漸地想起許久以前所研究的函數或統計。接著他又以數理的理論來解釋，自己剛才將枕木與鐵軌的摩擦聲音誤以為人的笑聲。儘管不是什麼大不了的事情，但愈想卻愈覺得荒唐，其實不過是枕木震動的聲波傳遞到人的耳朵鼓膜，再反射到腦髓，然後傳達到全身的神經，而引起雞皮疙瘩的生理現象，若是能盡早以數理的觀點來觀察事情，就不會有什麼不可思議或神祕的現象了，他不禁對自己的愚昧感到氣憤。人類在面對迎面而來的列車時，也許就像被蛇所迷惑的青蛙一樣無法動彈吧，所以就無能為力地遭到輾斃了，這難道也是腦髓的作用嗎……腦髓的反射作用與意識作用之間，又應該如何以數理的方式解釋和區別呢……

……突然……眼前飄過了一個白色的東西，他很自然地張開雙眼張望著……這條捷徑居然會有白色的蝴蝶，真是不可思議啊！但是再仔細一看，卻僅是像蝴蝶般的白色物體罷了。

此時，他走上位於高處的鐵軌線路，前面的景觀頓時一覽無遺。

他順著視野所及，沿著鐵軌並行而後又橫越彎曲的公路，在那之上散落交錯著幾戶民家。這就是他過去以來所慣見的風景啊！為什麼在今天早晨又讓他重新置身於其中呢？但在數學的思索中，卻又讓他感覺到說不出的異常變化。那些景象中的建築、樹林、田地、電線桿都變成了數學裡所使用的文字或符號……√￣、＝、0、∞、KLM、XYZ、αβγ、θω、π……逐漸變化，展開成三角函數……又變成了求高次方程式的根數時的複雜分數式……但黃色的雲彩下湧起了神祕的週期，不斷地散發光輝。甚至包含了無法以形式表現出來的設定值、無理數或無限的循環小數等……

那些環繞著他的山巒，就像所有不合理且矛盾的數學公式或方程式，逼得他只得直視，卻又像無言的嘲弄、威脅般壓迫著他。他開始試圖反抗這些非數理性的環境，急切想掙脫逃走。

……我從小就是數學天才啊！

……現在依舊是啊！

……所以才會立志成為教育家。必須讓現在的教育方式有所改變啊……發掘出潛藏在孩子們頭腦裡的那些數學天賦，讓他們將來可以貢獻社會……

……但是，現在的教育方式根本是失敗的，只是扼殺了所有人的特長罷了，特別是數學的教育方式啊！

……所以，那些擁有專才的數學家，最終無法察覺到自我的天賦，而葬送在幽暗的困頓之中。

……過去以來，我一直希望戰勝那種教育方式，希望能培養出未來的數學家。

……而太郎就是其中之一。

……溫順、沉默又優秀的太郎，在我的栽培之下，果然展現了他獨特的數理天賦。他不僅懂得初級的代數或幾何，還能靠自己做出Log……太郎用自己收集的銀紙做成了圓球，有時丈量重量和直徑，然後隨著直徑與重量成比例的增加，接著在方眼紙上畫出了軌跡曲線，從中發現了數學的奧祕之處。太郎臉上充滿了喜悅，笑得瞇起了眼睛，雙頰紅通通的，圓圓的鼻子翹得高高的，臉上綻放著驕傲的光彩……

……但是我竟要太郎不得在他人面前展露自己在數理方面的天賦，所以學校裡的老師都毫不知情。其實我是擔心前來巡視的督學，又會以為我做了「沒有必要的多餘之事」。

……那些督學根本什麼都不懂啊，他們根本不是教育家，而僅是泛泛的辦事員罷了。

……不是嗎，太郎。

……那些傢伙的數學程度，只懂得如何計算學生或老師的人數，以及寒暑假應該支付的交通津貼，還有每個月自己應該領得的薪資罷了啊！哈哈哈……

……不是嗎，太郎……

……爸爸都明白啊，你擁有空前的數學家特質與天賦啊……即使愛因斯坦也望塵莫及的聰明才智啊……

……可是，你自己卻不知道，因為你從不聽爸爸說話啊……所以才無法體會出自己的優秀，才會為了爸爸而喪命……

……但是……但是……

想到這裡，他不禁停住了腳步。

……但是……但是……

突然他再也無法思考了，兩隻腳站在枕木上，而停止運轉的腦髓空虛地凝視眼球後方的位置……

那個已經疲乏到無法運作的腦髓，似乎從頭蓋骨挖出了空洞，與無限的時間和空間融為幽暗的寂靜。那休止的自我意識，陷入了沉睡的無底洞，再也思索不出任何的事物了……

他猶如幽閉在地底的黑暗處，睜大著雙眼期待能看清一切。他眨著雙眼，張大的眼球宛如要滾落出來似的，突然眼前閃過了白色的光線，周圍漸漸明亮了起來。

他看見了鐵軌上的鋼鐵以及每根枕木，還有那下面鋪滿的白色砂礫。

那應該就是太郎被輾斃的地方吧！

他慢慢地抬起眼睛，仰望豎立在旁邊的白色柱子。順著白色的橫木仰望四十五度角，看著映著鐵軌的藍天。現在我腳下的那些砂礫曾經吸乾了我愛子的鮮血吧，他開始慢慢凝視著每一顆砂礫。在砂礫與砂礫間似乎有株小小的犬蓼探出頭來，那比鮮血還豔紅的莖蔓已經彎曲了。

……但是……但是……

每當他想起這些話語時，腦髓的運作彷彿又休止了，他再度擁抱著無限的時空……遠處似乎傳來了汽笛急迫的鳴叫聲，然後直逼而來，但是這一切又似乎是在夢境之中……

……但是……但是……

他用右手用力地按住自己的額頭，試著逼自己想起些什麼。

……但是……但是……

……我想的這些事情，應該都是夢境吧……無論是希世子的死或太郎被輾斃的事……剛才所想的那一切，都是因為我的幻覺，是因為神經衰弱而產生的一種妄想吧……

……對的……一定是這樣的……是妄想是妄想……

……我因為陷入一種自我催眠的狀態中，才會持續想著這些不可能發生的事，因為我的神經衰弱已經相當嚴重了，而無法克制自我不正常的思想，所以才會造成那些可悲的妄想。

……原來是這樣啊……根本沒有發生任何事啊……

……妻子希世子、孩子太郎他們都還活著啊！太郎應該已經到了學校，而希世子依舊是希世子啊，她應該正拿著抹布擦拭著我的書桌吧，書桌上還有著重要的《小學數學教科書》的草稿呢……

……哈哈哈哈哈……

……不行呀，再這樣下去，我會被那些無謂的妄想害死啊……

……哈哈……哈哈……哈……

想著想著，他逐漸感到輕鬆，然後露出了微笑，繼續沿著鐵軌往前走去。但是走到半途時，突然間從背後湧起了一股強大的力量……匡隆……似乎是什麼被撞到了。他毫無痛楚地倒臥在剛才凝視的砂礫上，瞬間他終於明白了黑色車輪無聲的迴轉與交疊閃爍的紅色警示燈號……剎那間後腦杓開始浮現劇烈的疼痛，眼前頓時黯淡下來了，他努力地眨了兩、三次眼睛。

「……爸爸爸爸爸爸爸爸……」

他聽見太郎的喊叫聲逐漸清晰，而且愈靠愈近。感覺那聲音像是滲入了耳膜的底部，然後又突然消失了，但是因為那個聲音，讓他終於能安心地閉上雙眼，將臉埋進雙手間的砂礫裡，再緩緩地側過臉，露出白色的牙齒展開笑容。

「……是你，是你嗎……哈哈……哈哈……哈……」

不思議なる空間断層。

不可思議的空間斷層

一九三五年四月 發表於《ぷろふいる》

作者簡介

海野十三

明治三十年（一八九七年）生於德島市。本名佐野昌一。早稻田大學理工學部畢業後，即於電信局電氣試驗所從事無線電之研究。曾於科學雜誌發表科學相關記事、散文或SF短篇小說。經延原謙[1]的介紹，與《新青年》總編輯橫溝正史[2]結識，昭和三年（一九二八年）首篇偵探小說〈電澡盆的意外死亡事件〉發表於該雜誌。而後又相繼發表了〈振動魔〉、〈人間灰〉、〈絕佳效果〉、〈紅外線之男〉、〈俘囚〉等。長篇小說則有《深夜的市長》、《蠅男》等。其作品以幻想型的科學偵探小說為主，其中《漂浮的飛行島》深受青少年讀者喜愛，而後更被稱為日本科幻小說（SF）之父。戰時發表多篇軍事或間諜小說，但依舊帶有濃厚的科學色彩。戰後則以青少年喜好的SF為主軸，持續連載於眾多雜誌。昭和二十四年（一九四九年）辭世。

曾於《專業偵探》雜誌中發表〈棺木的新娘〉等作品，亦發表多篇散文或評論，在〈偵探小說筆記〉、〈不要讓偵探小說消失了〉、〈偵探小說居於下風〉等可見作者對於偵探小說所抱持的觀點。

1　延原謙：一八九二～一九七七，出生於岡山縣。從事編輯及翻譯工作。

2　橫溝正史：一九〇二～一九八一，小說家暨推理作家，出生於日本兵庫縣，代表作是以金田一耕助為主角的一系列小說。

我的朋友友枝八郎，是個有些另類的人物。他究竟有多麼與眾不同，必須從他經常向我提及的那些夢境說起。

友枝最喜歡談及他的夢境。他所做的夢，都非常奇妙，而且情節都相當完整清晰。讓幾乎不做夢的我，感到既羨慕又不可思議。

（在夢中，我經常來到同一個城鎮）

他眨動著空洞的眼神，

（……啊，又來到這個曾經來過的地方啊，我的心裡這樣想著。然後，那些僅在夢中相遇過的熟悉面孔，開始出現在我的面前，有年長的男人，也有年輕的女孩……我與那些不可思議的人們之間，彷彿持續著某種關係，彼此交談著過去發生的事。但是，那些場景又好似不斷重複上演的戲碼。啊……當我想著接下來應該會發生什麼事時，果然就如想像發生了。更奇怪的是，我的推測總是那麼準確無誤。另一個不可思議的是我的臉，在夢中，我擁有另一張臉。那張臉，與你現在所看見的我完全不同，臉色不像現在這般青白，而是近似古銅色般的紅潤吧！臉型似乎更長些，鼻子高挺，嘴巴方闊。就連眼神也比實際的我更加炯炯有神。而且頭髮茂密，甚至還長出了威武的鬍鬚——那張豪邁的臉孔就是夢中的我啊，怎麼樣，不可思議吧！於是我開始幻想，也許我在夢中見到的街道或人們確實存在著，我的魂魄也許僅有一個，卻擁有兩個截然不同的軀體。啊，你好像不相信我說的話，我從你的臉色就知道你在想什麼。好吧，我就說個驚悚的故事吧，肯定會讓你鼻頭上皺起的笑紋消失得無影無蹤，而且那也是我親身的經歷啊！）

有天，我做了個夢。

我走在長長的走廊上，但奇怪的是這條走廊竟沒有一扇窗戶，而且天花板或牆壁都是黃色的。走廊真的非常幽長，兩側每隔固定的間隔距離，就有扇相同形狀的門。我轉動著眼睛，檢視著一個個的門把。每個門把都是黃銅色的，僅有第五個還是第六個門把，是唯一閃著金黃色光澤的門把，而且是在走廊的左側。

「金黃色的門把！」

我走到那閃耀耀眼光芒的門把前，忍不住伸手握住了門把，然後轉開往裡面推去。門的裡側透著光亮，我猶如被吸引般地往前走去。

那個房間約十坪左右，正中央鋪著紅色的地毯，上面則擺著水藍色的桌子和椅子。桌上有個西班牙風的綠色花瓶，瓶子裡插著盛開的淡粉色康乃馨。

房間的裝潢陳設十分奇特，但最引起我注意的是裡側鑲在牆上的大鏡子。那個鏡子比理容院所見的鏡子還要大，從天花板直落到地板，約有兩尺寬，鏡子兩側則懸掛著看似材質厚重的窗簾。由於放置鏡子的地方光線幽暗，所以也分不清楚是何種顏色的窗簾，不過看起來應該是深紫色的。當然，映照在鏡子裡的屋內陳設，與實際狀況都是相反方向的。我走進屋內，不加思索地來到鏡子前，欣賞著自己的臉龐。由於鏡子在最裡側且斜角的位置上，若不直接站到鏡子前面，是無法清楚看到鏡中的自己——我對著鏡子，開始迷戀上自己充滿男子氣概的臉龐。我心想就算是維克托．伊曼紐爾一世[3]也不過如此吧，於是欣喜地轉圈，而鏡中的我也得意地轉圈。

我站在鏡子前，做著各種奇怪或滑稽的姿勢或表情，突然背後傳來人的聲音。

「要喝點什麼嗎……」

是年輕男人的聲音。

我轉過身去，不知何時桌上已經擺滿了裝滿洋酒的銀器與酒杯。那個聲音應該是來自背對房門站著，且擁有立體五官與壯碩身材的年輕男子吧！而且不只這樣，年輕男子的身邊還依偎著一名年輕女子。他們不知是什麼時候，從什麼地方冒出來的。

那個女子始終臉朝下，最後終於畏畏縮縮地抬起頭來望著我。

（啊！）

猶如胸口被猛刺了一刀似的，我不禁移開了視線。啊！這個女人竟是我的情婦啊！看見她與年輕男子手挽著手如此親密，我再也無法平靜下來。

但是，總覺得被發現自己的憤怒是可恥的。於是，我裝作若無其事的樣子，走向桌子，背向他們兩人坐了下來。然後將銀器裡的酒緩緩倒入杯中，沉靜地捧到嘴邊。

窸窸窣窣，那對年輕男女似乎在我背後喃喃私語著。原本細微的聲音猶如裝上了擴音器，彷彿在我耳邊敲打著鐵盆般，如此響亮清晰。

（那個傢伙，是敵非友，我們還是趕緊走開吧！）

我拚命地忍住心中的怒火，但還是愈想愈生氣。我閉上了雙眼，舉起銀器，將裡面裝滿的酒一飲而盡，然後再將空的銀器重重摔在桌上——兩人的悄悄話也頓時煙消雲散了。

3　維克托．伊曼紐爾一世（Vittorio Emanuel I），一七五九～一八二四，撒丁尼亞國王維克托．阿瑪迪斯三世之子，維克托．阿瑪迪斯二世之曾孫。

我毫不慌張，立刻恢復鎮定。（那些傢伙，究竟為什麼要故意讓我瞧見呢？）他們以為我沒有注意到嗎？如果是這樣，那就算了，反正我也打算睜一隻眼閉一隻眼。

我踏出微微顫抖的雙腿，從椅子上站了起來。儘量不看見他們兩人，悄悄地走到裡側的鏡子前。

不知何時，我已經站在鏡子前了。透過鏡子，我看著他們，他們兩人相互擁抱糾纏著。那個女人盡是挑逗的姿勢，而年輕男子僅是觀望著。我全身的血液彷彿開始逆流了。

鏡子裡的我，開始轉變為淒厲的表情，肩膀不住地顫抖著。他們渾然不知我從鏡子監視著他們的一舉一動，就這樣在我的背後上演不堪入目的淫蕩行為。我有些慌張了，想發出聲音制止，喉嚨卻乾渴地發不出任何聲音。我必須鎮定啊……

我想抽根菸緩和情緒吧，伸手探向口袋拿出了菸盒。想打開盒蓋，卻老是看不清楚，因為我的影子遮住了光線。在這個情況下，實在不方便移動身體，於是我藉著鏡子看見了自己的手，然後再找尋手中的菸盒。

（啊？）

我有些吃驚，手中握的竟不是菸盒……

（……是手槍！）

我手中握的不正是一把小型的手槍嗎？我感到一陣暈眩。

就在這個時候，鏡中的我緩緩地將握有手槍的手從腹部往胸口舉起。我並沒有打算這麼做啊，但是鏡中的自己竟違背我的意志，慢慢地將手槍舉了起來。更奇怪的是，鏡中的手竟比真實的手還要快速。頓時，我不知道該如何是好，真是太詭異了，我害怕得不敢再坐視以待，如果鏡中的自己有所動作，而站在鏡前的我卻沒有任何動作，不就等於鏡子前而那個真實的我已經死了嗎？

（……）

我全身不住地顫抖，慌張之際，我只得追著鏡中的自己，也跟著舉起了手槍。終於，我趕上了鏡中自己的動作。

（啊，真是可怕啊！）

我流了滿身的冷汗。

手槍已經舉到胸膛上了，槍口放在左肩上，然後左肩緩緩地轉了過去，閉上另一隻眼睛，瞄準目標，子彈已經上膛了，我慢慢地向左轉身。

「呀，啊，呀，呀……」

那兩個人沉溺在纏綿中，不斷發出呻吟聲。

「哼，可惡！」

可惡的女人，淫婦！

鏡中的自己，憤恨不已地緊咬住自己的下唇，血脈賁張的表情，彷彿就要立即採取下個動作了。扣住扳機的兩根手指頭，逐漸緊縮用力……

「砰……」

啊，射中了。

「……哇，哇啊！」

猶如被雷電擊中般，女人顫慄地喊叫著。接著一手壓住乳房的上方，然後彷彿企圖抓住什麼似的，就當場倒地了。

「我殺了人了，我真的殺人了！」

我走近倒在地上的女人身邊，女人宛如沉睡般動也不動。仔細一看，原來衣服胸口的部位，有個鮮紅色的大傷口，從傷口不斷地湧出鮮血，像河流似地從胸口往頸部潺潺流去——那個年輕男子已經不知去向，也許是奪門而出了吧！

「啊，我殺人了……」

我喃喃自語著。但是，我彷彿又聽見自己的竊笑聲。

「嗯，我夢見自己殺人了……啊，實在是太可怕了，但在最重要的關頭卻醒來了。我彷彿是真的殺了人般，全身止不住地顫抖，實在太可怕了，實在是……」

——就這樣，而後我就像失去記憶般，僅記得殺死那女人的場景，往後發生了什麼事卻不記得了。

不過是夢中的故事，說得太仔細，似乎有些無聊吧！總之，我的夢實在太逼真了，我只是希望你能了解那種不可思議的感覺。

而且，我的夢不僅是如此而已。接下來，就像是驚悚小說般發展下去，希望你能耐著心聽聽我想說的事情吧！

不知道又過了幾天，我又做了另一個夢。

——我突然發現自己……踱步在長長的走廊上。

——依舊是那條走廊，而且天花板和牆壁都是黃色的……

「啊，我怎麼又回到這條走廊來了！」我立刻察覺到異樣，然後才又警覺到另一件事。

「……啊，我正在做夢啊，現在正在做夢啊！」

——我努力地，依照上回的夢境往前走去，彷彿若未依照上回夢境中的步伐，這個夢境就會隨之破滅般……

果然又看見那扇門了。左側的第五個門把，閃耀著金黃色的光芒。

「是這門把！」

我微笑著。

——轉開金黃色的門把，往屋內走去。當然房間裡，有著與上回同樣的擺設。房間的中央，也是紅色的地毯，上面有著水藍色的桌子和椅子，而且桌子上的綠色花瓶裡，依舊插著一朵淡粉色盛開的康乃馨。

「嘻，嘻，嘻……」

我刻意地忍住因為詭異而想發笑的怪異情緒，走進了屋內。往裡側一望，果然又是同樣的大鏡子。我忽然安心下來，開始變得十分愉快。

（所謂的演員，應該也是站在每天相同的道具前，演著相同的戲碼，而我也是一樣，應該會比初次的經驗來得得心應手吧！）

我心裡想著。

——我依循著前回的夢境，忽然來到了鏡子前。鏡子裡自己的模樣，也如同上回有著茂盛的頭髮與英勇的鬍鬚。

子。

「要喝點什麼嗎……」

那位五官立體的年輕男子果然說話了，而且身邊依然依偎著一位臉龐始終朝下的年輕女子。

——我又依照慣例，走到桌邊，然後舉起銀器緩緩地將酒注入酒杯內。此時，背後又傳來了男女竊竊私語的聲音。

——我又因為憤慨，而舉起銀器一飲而盡。然後順手將銀器摔在桌上，搖搖晃晃地走到鏡子前……

此時，我又開始感到詭異，前回那種恐懼的印象彷彿又回來了。接下來要發生的事情，不就是殺人嗎？我望著鏡中自己的影像，果然比真實的我動作還要迅速，那副景象真的實在太不可思議了……

「的確是太恐怖了！」

我的身體忍不住地顫抖起來，驚恐地望著鏡中的一舉一動。

——從口袋裡取出了不是菸盒的手槍……

啊，就要開始了！

——握著手槍的手逐漸往胸上移動……漸漸地往上抬高。

「哎呀……今天應該會瞄得更準了。」

我儘管明白這次不可能有什麼不同，就算心中有任何的慌張，也不可能有任何差錯。但是突然間，眼前瞄準的對象分裂成兩個影像了……

「啊，沒有問題的！」

我是既高興又安心，簡直想要大叫出來。絕對沒有問題。我故意上下動了動手臂，瞄準的對象又合而為一了，同樣的動作、同樣的瞬間又開始反覆出現。

（剛才那種影像分裂的現象，應該是自己一時的迷惑吧！）

儘管心裡如此地安慰自己，卻覺得自己似乎無須想得那麼多，畢竟是夢境才可能發生的事情啊，總會有不合情理之處啊！在夢中，當我想著桌子，就會如魔術般突然出現桌子，就是因為在夢中，才能如此的不可思議。

——槍口已舉在左肩上了，瞄準目標，緩緩地將肩膀朝左邊轉去。那對男女發出了急促的呼吸聲，特別是那個女人更不斷吐露著性感的呻吟聲……

「就是妳，可惡的傢伙！」

我扣住手槍的扳機。

砰——

「呀……」

房間迴盪著淒厲欲裂的哀鳴聲——那個女人一隻手壓住肩部，然後倒在地毯上，而另一隻手似乎想要抓住什麼似的。

「怎麼會這樣呢？」

我感覺到不太對勁，走向被射中的女人身邊。女人似乎還未斷氣，但看起來相當虛弱的樣子。壓住肩部的手染滿了鮮血，緩緩地滑落了下來，瞬間傷口如綻放的花朵般溢出了鮮血。女人的四肢不斷發抖跳動著，最後終於安靜下來而不再掙扎。

「演得真是逼真啊！」

我忍不住發笑，然後踢了踢女人的腰部。女人猶如熟睡般，動也不動了。然後我走到女人的面前，仔細端詳她的臉。

「啊？」

原以為是前回夢境中出現的情婦，但是望著女人的側臉，才警覺到：

「認錯人……了！」

我的胸口彷彿要炸開似的，我抱起死去女人的頭部，看著那已死去的臉龐。

「哎呀，這是……」

果然是認錯人了，她根本不是我以前的情婦，而是我最要好朋友的妻子啊！

「完，完蛋了！」

我不知不覺緊咬著雙唇，怎麼會沒有注意到呢？射殺朋友的妻子，不僅是可怕的殺人罪行，更慘的是我該如何向最好的朋友交代謝罪呢？

朋友的妻子，實在是個很好的女人。她的丈夫是我很好的朋友，但最近卻傳出了奇怪的流言。朋友是個熱愛賺錢的人，經常冷落家中等候他的妻子而很少回家。他的妻子很擔心，所以經常到我的住處，訴說著自己也許未做到妻子的責任，所以才會造成目前的局面等等，她說完後總是趴在榻榻米上哭泣。總之，朋友的妻子就是這樣溫柔且為人著想的女人。然而，朋友卻始終未察覺到自己妻子的優點。

因此我開始對朋友的妻子湧現無限的同情，一有機會總是試圖安慰她。最近，朋友的妻子似乎變得比以前還要開朗些，於是朋友竟懷疑起我與他妻子間的關係。雖是令人氣憤的事，但因我們兩人真的有好幾回共處一室，才會釀成這樣的流言禍端。我也為這件事苦惱了許久。

「如今我又親手殺了朋友的妻子，啊，該如何是好呢？」

我無顏再面對朋友了。對於誤殺的朋友之妻，更是充滿歉意。而且這麼一來，我與朋友妻子之間的清白，更是百口莫辯了。我趴在朋友妻子的屍體旁，絞腸錐心地痛苦自責著……

「……啊，我究竟在做什麼，為什麼在夢中還要哭得如此傷心呢？」

彷彿某處有另個自己在對著自己說話。對啊，這只是個夢啊！

入口處的門忽然打開了，湧進了一隊人馬。走在最前面的一位貌美男子看著我的臉，突然間拔腿就跑到那群人的後面。

「抓到了！」

穿著警察制服的那群人，飛也似地趕緊抓住了我的手腕。我猜想自己就要被判死刑了，隨即手腕被上了手銬。往後的事情，我又不記得了。

聽過這兩個夢境，你有什麼想法嗎？是不是很不可思議？實在是太逼真的夢了啊！

靜謐的寒冬清晨。

高聳的牆遮去了陽光，但天空依然是晴朗無雲，空氣裡飄蕩著淡淡的果香味。

在四面蒼白牆壁環繞的正方形屋子裡，朋友友枝八郎又繼續對我訴說著那個夢境。

不知為什麼，我的腦筋有時總是怪怪的，也許是年紀的關係吧，似乎總是會記錯些事情。

之前，我好像曾經跟你提過在相同夢境中重複殺了兩次人的事情，但第一次的夢境究竟說到什麼地方了，我竟已經忘記了。第二次夢境，我應該是說到被警察逮捕的地方吧，應該是這樣的。

有關夢境的部分，我好像是以半開玩笑的心態告訴你的，我完全未注意到應該認真地告訴你些什麼。老實說，當我在訴說夢境時，一直以為你不是夢境裡的人，而是現實世界的人。但是，因為殺人事件，而與你困在這牢房的房間裡面對面時，我才終於明白你也是住在夢境裡的人啊！而我竟完全未察覺到這一點。

我想說的，你應該已經明瞭了吧！我實在是個不善於言詞的人，好吧，我再說一遍。我曾經告訴你有關夢境中殺人的事件，因此被關到監牢裡，而你經常來此探望我。所以，證明這個殺人事件是發生在你所居住的世界裡。我與你訴說夢境中的殺人事件時，對我來說你也是存在於夢境中的人物。因為殺人事件是夢境裡所發生的，對你而言，也是你居住的世界所發生的事情。因此，我現在等於是在夢境的國度裡與你說話……若是再往前推斷，對於愚笨的我來說，已經分不清楚自己究竟身處何方了。還是稍後，再由其他人來為我們判斷吧——那麼，我還是繼續我的話題吧！

某時，我回憶起那個即將被關到監牢裡的自己，當明白是與那個有大鏡子的殺人事件有關時，我不禁愕然：

「啊，為什麼會做了如此漫長的夢呢？」

而後我才知道，原來當時自己差點被強制送進了精神病院。好險發現得早啊，若是被送進那樣的地方，恐怕一切都完了。

之後，案件果然漸漸展開調查，其中有位杉浦初審檢察官看起來非常親切，他完全不聽我的辯解，不斷地為我解釋說明，而他所說的的確是個充滿豐富幻想力的故事啊，宛如一篇怪奇的短篇小說般。我不知道他所說的是真是假，但實在太有趣了，請你就聽我說說吧！

「你以為，你之前所做的那兩個夢是真的夢嗎？縱使是夢，難道你沒有發覺這兩個夢境間，有些不合邏輯的地方存在著嗎？」杉浦初審檢察官說著。

我因為覺得無聊，而不願開口。接著，他又開始喋喋不休地說：

「你說你曾經在第一個夢裡，射殺了你的情婦，第二次則射殺了朋友的妻子。如果就如你所說的，是兩個相同的夢境，為什麼被害人會不相同呢？你難道沒有覺得不可思議嗎？」

我提出駁斥說，因為夢是自由的，所以出現的人物當然也是可以自由改變的。

結果，他又接著詢問：

「你最初殺害你的情婦時，那個景象是充滿夢幻且單純的。但第二次射殺朋友的妻子時，那個場景似乎帶有強烈的現實色彩吧？你仔細想想兩個夢境中的差異，難道你沒有發現後來是故意營造的景象嗎？」他認真地說道。

我聽完這些話，覺得似乎說的也有道理。的確，在第二次夢境中的殺人過程，實在太逼真寫實了。但是再仔細思索後，就發現他所說的實在過於牽強且狡辯了，我頓時對檢察官產生了輕蔑之感。

「你不說話，就代表你了解我所說的含意了吧！」杉浦檢察官又叨叨不休地說下去。「你聽著，我再舉出些不合邏輯之處。第一，你回想一下那個房間，難道你不覺得那個房間很怪異嗎？進到房間裡，竟有個遮住牆壁的落地大鏡子，還有那令人印象深刻的紅色地毯，另外無論是桌椅、擺設或花朵都很奇特。如果是某個人的屋子，應該還會有更多的家具，但那間屋子就是如此單純且令人印象深刻，任何人見過那間屋子後，應該都不會忘記吧！像是為魔術師的表演而設計的，一點也不適合人類居住。難道你不覺得是為了某個目的，才有那間屋子的存在嗎？」

「——什麼，夢境當然是既單純又令人印象深刻的」，我說。

檢察官洋洋得意地說：「怎麼樣，我都說中了你的心事了吧！不只是這樣，其實還有更大的矛盾之處呢！你記得你在第一次夢中，是不是感覺到異常的恐怖。其實，這就是關鍵啊！你看見鏡中的自己竟拿著手槍，而且更奇怪的是握住手槍的手朝胸口方向伸去。而你自己真正的手，卻僅是握著手槍發呆。總之，你察覺到自己與鏡中影像的動作並不一致。因此，你深感到威脅。因為你發現到具有靈魂的真實軀體與影像之間的兩個空間，竟存在著不可思議的斷層，才會狼狽得不知所措。如果，你擁有常人的判斷能力，就應該會留意到兩個空間所產生的差異性。這也是最重要的地方。試想，如果是正常人會如何看待眼前的景象呢？一定會認為『真是太奇怪了，這鏡子難道有問題嗎，鏡子裡的自己，為什麼不是依照實際的動作來行動呢？這麼說，鏡子裡呈現的影像應該不是自己的影像了！』也就是說，那只是一面障眼法的鏡子，其實玻璃的後面站著一個與自己有著相同打扮的人，故意讓你以為那是自己在鏡中所映照出的影像。如果是正常人，應該可以立刻察覺到的。」

當我聽聞這段話時，頭部猶如被槌子擊中似地驚訝不已——但是，這實在太離譜了，我憤慨地說。而且鏡子也反照了室內的裝潢模樣啊，椅子、桌子甚至是桌子上的酒杯等，還有，那對糾纏在一起的男女也在鏡子裡啊！我持反對意見說。

「我剛才已經說過，那些只不過是道具，故意營造出房間的氣氛。你以為是鏡子照出的影像，其實玻璃後面是另一間一模一樣的房間。相同的陳設，只要左右相反即可。鏡子裡的男女也是一樣的，只要假裝像鏡子照出的景象。而且，對面的房間裡，還有另一個男人，那個人就是我剛才提到的，他故意打扮得跟你一樣。你一定覺得很奇怪，不同的兩對男女，為什麼你無法認出來呢？其實，這種情況就算是常人也會被矇騙啊！你想想看，為什麼故意做成兩間相同的房間，就是為了讓你誤以為對面的空間，與你自己所處的世界是同一個空間。接下來答案就更簡單明瞭了，那個偽裝成你的男人，其實是在向你暗示往後的動作。也就是為了讓你能瞄準目標，射殺後面的那個女人，但發射出去的卻是空彈殼，女人順勢當場假裝倒地，然後抓破彈殼讓裡面的紅色汁液流出，讓你以為她是被射殺身亡的。」

——啊，那麼，為什麼要讓我做出這樣的事呢，我不禁狂叫起來。

「其實很容易明白，就是為了讓你再重回第二個夢境的場景裡，然後真的殺死朋友的妻子。精神衰弱的你以為又回到相同的夢境中，於是依照前回的夢境再次射擊。此時，你的手槍裡已經裝了實彈了。第二次的夢境裡，玻璃的後面不再是相同的房間，而變成暗房般，玻璃則發揮了原有的作用。這些手法，任何看過魔術表演的人都知道。但是你已經喪失了心智，所以才會誤殺了一個女人。」

「——為什麼我必須殺掉那個女人呢？」我怒斥地反問著。

「根據我們調查得知，想要殺掉那個女人的是她的丈夫，也就是你的好朋友。而那間房間也是你的朋友製作的。」

「——不，不可能，他不是那麼壞的人啊！」我說。

「不，他就是這麼壞的人，就算你企圖為他辯解也沒有用，你的朋友其實是個相當可惡的傢伙。他因為事業失敗而需要龐大資金週轉，於是為自己的妻子投保了大筆的保險，但礙於不能自己親手殺了妻子，所以才會假借你的手殺害。他把自己的妻子誘騙到房間裡，不斷地說服她做些讓你喪失心智的行為。而後就遭到你的射殺了。——總之你能來到這裡，把腦中的疑慮釐清，真是太好了啊！」

聽到這裡，我再也按捺不住心中的疑惑，畢竟檢察官的解釋實在太巧妙了，讓人覺得根本就是歪理。

「——但是這太奇怪了，檢察官，為什麼他要利用我呢？」

「這也是容易理解的啊！你總是習慣向那個朋友訴說你的種種夢境，不是嗎？因此，他才會利用你的夢境犯案啊！」

所以，就是你啊！我實在感激檢察官不厭其煩的解說啊！你竟然利用了我，而殺害了自己的妻子，真是可恨的人啊！幸好是夢中發生的事還可以忍耐，若是現實空間裡發生的事情，則真是不可原諒啊！

但是，檢察官真是個固執的人啊！他說：

「如果你認為這是夢中發生的事，那可就是大錯特錯了。如果你堅持是夢境，我就證明給你看……」

「——那麼，你要怎麼證明？」我反問。他立即帶我到鏡子前說：

「怎麼樣，現在鏡子中你的臉，是夢境中的你？還是現實世界的你呢？」

仔細一看，我的臉竟是蒼白又柔弱的橢圓形臉，而不是夢境中那張充滿男子氣概的臉。

「這是現實世界的我。」我隨即答道。

結果，檢察官自信滿滿地又接著說：

「這不是很奇怪嗎，你剛才明明說自己是在夢中的。既然這是現實世界的你，那實在太奇怪了，不是嗎？聽清楚啊，你得好好想想，好好記住啊，你堅信存在的夢境，打從一開始就不存在啊！永遠只有一個空間，你以為有兩個空間就會有另一張面孔，但畢竟還是同一張面孔啊！聽好了，你的精神病十分嚴重，已經不是正常人了。再加上從不整理頭髮，任由鬍鬚滋長，還有你曾經半裸著身體在野外胡亂亂走，甚至還躲藏在深山裡，因此經過戶外的曬黑後，臉型也跟著改變了。現在，我就幫你變回你之前所看見的模樣。首先把梳理好的頭髮像這樣亂抓，頭髮就蓬亂起來了，然後在這裡黏上鬍鬚，再塗抹上褐色的粉……你仔細看看鏡子，這個臉，是不是就是你堅信另一個空間的那張臉呢，哈哈哈！」

——我不禁發出了驚嘆聲。的確是這樣啊！……但是，等等啊，還是不對啊！檢察官確實是好意，但事實卻並非如此啊。他就像是個不懂得數理的人，因為他的理論實在不合邏輯啊！也就是說，他竟然能為我裝扮出夢中那張英勇的臉龐，為什麼對於那張經過化妝整容後的現實的臉，又裝作視而不見呢？反過來說，我也可以以喬裝的方式呈現出現實中的那張臉啊！所以，檢察官所說的仍無法證明什麼。因此，我現在仍舊是在夢中啊！——啊，真是太危險了，差點就被騙了啊！這樣你懂了嗎，現在我們都是在夢中的世界啊！

此時，入口的鐵門突然被打開了。果然是我預想中拿著手銬的監獄長，纖瘦得猶如野鶴般的監獄長身後，則默默跟隨著披著袈裟且肥胖的神父。

「啊，打斷了你們的談話……」監獄長開口說話了，「已經是行刑的時間了，請友枝先生離開吧！」

朋友一驚，從椅子上站了起來。然後望著他們，抱住我的後背說：

「你千萬不要害怕，不管任何人怎麼說，我們現在就是在夢境的空間裡啊！雖然你將要步上絞刑臺，但是千萬不要誤以為就真正失去了自己的生命。總之，你不過是夢見遭受到死刑罷了。你實在不需要害怕啊，一點也無須恐懼……如果真的太難受，就早點從夢中醒來吧，你不久之後就會從溫暖的被窩裡醒來了。你聽，隔壁的房間正傳來你的孩子們的鬧鐘聲呢！竟然是如此可怕的夢，就不要再留戀在床上了，趕快起床，否則上班就要遲到了。那麼，我先告辭了。」

是啊，是啊，我的確是在做夢啊！什麼死刑臺……根本什麼都沒有！

絶景万国博覧会。

絶景萬國博覧會

一九三五年一月 發表於《ぷらふいる》

作者簡介

小栗虫太郎

明治三十四年（一九〇一年）出生於東京，本名榮次郎，自大正十一年（一九二二年）起做了四年的印刷生意，因生意不佳而轉戰小說寫作。昭和二年（一九二七年），以織田清七之名於《偵探趣味》發表〈某檢察官之遺書〉，昭和八年（一九三三年）因甲賀三郎推薦，於《新青年》發表以密室殺人為主題之〈完全犯罪〉，在文壇初試啼聲。隔年在同一雜誌連載《黑死館殺人事件》，因為描寫在不尋常的豪宅中發生的連續謀殺案，全篇充滿假道學，這部特殊的偵探小說，在當時引起不少話題。之後陸續發表犯罪心理小說〈白蟻〉、充滿異國風情的〈二十世紀鐵假面〉，以及〈有尾人〉、〈地軸兩萬哩〉等，這些作品在他死後被集結為《人外魔境》出版，充分顯露他創作海外祕境探險小說的企圖。昭和二十一年（一九四六年）第二次世界大戰結束後，小栗開始書寫以社會主義探險小說為主旨的長篇小說〈惡靈〉，但不幸於該年二月去世，所以僅在雜誌上發表了一回的連載作品。雖然他在文壇初試啼聲時《專業偵探》雜誌才剛創刊，但其中已經刊登了他的作品〈壽命帳〉，陸續又發表〈合車夢權殺妻〉、〈絕景萬國博覽會〉和〈源內燒六術和尚〉等異色短篇小說，之後還連載以祕密結社為故事背景，充滿緊張懸疑的長篇小說《青鷺》。

住在尾彥樓宿舍的三人與老藝妓裝飾兩個雛人形階梯

這是明治四十一年（一九〇八年）的事了，當時不如現在人聲鼎沸，就連入谷田圃都還留有好幾處的傾圮土堤，北邊的山腳下也還有幾棟以茅草為頂的農舍，四周圍繞枯竹的圍牆，其間到處可見水溝和堤壩。尤其是入谷田圃的不動堂，從延寶[1]年間之後就沒有整修過，所以即使站在講究風雅的尾彥樓宿舍往外看，彷彿可以聽見花剪的聲音，看樣子應該是園藝師父在修剪花木吧！

那天是三月三日，天氣異常寒冷，彷彿隨時會下雪一般，但就是這樣的天氣，更讓人懷念人的肌膚和體溫，更何況還有梳著結綿[2]與唐人髻[3]的四、五個少女，聚集在雪洞下方，手牽手圍著燒得火紅的櫻花炭取暖，頭上戴的玉簪和髮飾如星辰般閃閃發光，燦爛耀眼的美景有如夢中花朵。她們談論的即使不是戲子間的閒話，也應該是奢華的事物。但是每到黃昏，尾彥樓中就會出現膽小陰沉的東西，因為昨晚光子的加入，必須再多擺設一座雛人形[4]階梯。

尾彥樓的主人夫婦鮮少出現在宿舍，只有十五歲的獨生女光子、家庭教師工阪杉江，以及屋主的養母阿筆三個人住在這裡。阿筆雖然年近九十，但年輕時堪稱有如玉屋山三郎的火焰寶珠般美豔的太夫[5]藝妓，翻開萬延[6]年間的風俗場所介紹書，從她的本名濃紫，列名當時最高級的藝妓紅牌來看，便可知道這名聲絕非憑空而來。個性堅強的她為自己贖身之後，以存款購買了當時已經沒落的玉屋股票，搖身成為尾彥樓的老闆娘。所以就算屋主兼次郎夫婦和她多少有血緣關係，但是兩人如果沒有本事的話，精明的阿筆是不可能收養他們的。阿筆有個幾十年來不變的怪癖，讓人光聽都覺得背脊發涼。這個怪癖的背後雖然有個故事，不過可能也和那些為她散盡家財或身敗名裂的火山孝子有關。那就是在每年女兒節太陽下山之後，她就會另立雛人形階梯來擺放這些恩客的遺物。

雖然這已成為每年的例行公事，但每到女兒節當天宿舍裡總會瀰漫一股陰森的氣氛。每年只要一到要打掃收拾這些遺物時，不知道是不是大家多心，總覺得好像聞到一股莫名的臭霉味，整棟房子籠罩在朦朧的灰塵裡。最後免不了連光子的雛人形都遭殃，雪洞的燈火也跟著蒙上一層灰。但是一大早就忙進忙出的阿筆，完全看不出有任何愧疚之意。隨著太陽下山，家家戶戶門前的路燈亮起，她好不容易踏著門裡的麥門冬[7]，踢弄著小砂石跑進來，此時門前傳來女兒節上門

1　延寶是日本的年號之一。在寬文之後，天和之前。指一六七三到一六八一年的期間。這個時代的天皇是靈元天皇。

2　結綿為幕末～明治時代日本未婚女性的髮型，梳髮時會在島田髻上加上紅色或桃色的髮帶作裝飾。

3　唐人髻為江戶末期～明治末期的髮型，原先僅有遊女（賣身女）才會梳理，到了明治時期，一般的少女亦會做此髮型。

4　三月三日是日本的女兒節，平安時期，有在河邊流放紙娃娃以去除惡運的習俗。到了江戶時代，雛人形（ひなにんぎょう）女兒節的娃娃則是貴族給女兒的嫁妝之一。

5　一般的賣身女被稱作「遊女」，而美麗高層的遊女則被稱為「太夫」或「花魁」。花魁是從被賣到游廓（妓院）中的沒落貴族的女兒或是民間的女孩中挑選具有資質、極端美麗的，從小加以菁英訓練，確保能長成一流的美女。

6　萬延是日本的年號之一，在安政之後，文久之前，指的是一八六〇年這段期間。此時的天皇是孝明天皇。

7　多年生草本植物，生長於中國、越南及日本一帶，用途為藥用、盆栽、花壇和庭園露地栽培。

推銷的西洋鏡[8]小販聲音：「在京四條河邊乘涼的身體，轉眼變成夜間的景色點燃火苗，如果順利成功的話，就只能依依惜別，希望能夠如願以償，因為我的東西做工實在太精緻了。」西洋鏡小販在光子門前停下腳步。

光子天真的模樣就像紅牌藝妓身邊的小跟班或童星，對於工阪杉江來說更是惹人憐愛，因為她實在太膽小，無法和人群接觸，甚至連女校也無法就讀，所以必須雇用家庭教師，這也就是工阪杉江來此的原因。從另一方面來說，杉江的出現同時也拯救了孤獨的光子，這是因為從她十歲時奶媽過世被送到尾彥樓之後不久，就被派到店裡做事，一會叫仙州，一會叫誰袖，一會叫東路，連個固定名字都沒有。原本就很害羞膽小的光子，又與個性孤僻沒有血緣的祖母阿筆住在一起，在忍無可忍的情況下，難怪她片刻也不願離開杉江。工阪杉江非常具有吸引同性的魅力，年紀雖然還不到三十歲，白皙的長臉、瘦高的身材，加上高挺的鼻梁，多少給人難以親近的感覺，但自從到尾彥樓之後，便將頭髮梳成左右兩個髮髻，使她精明的長相溫柔了許多。然而像她這樣的女人表現出的沉著穩重，對光子這個年紀的女孩來說，應該是印象深刻的，兩人間培養出一種又像師徒又像母女的親密關係，但只有在這時候杉江會顯得有些焦躁不安。

「光子！剛才妳祖母一直在找妳，她問妳雛人形是不是擺好了？不行！妳不去我沒辦法交代，要是惹她生氣的話，我們就慘了！」

杉江略帶斥責的語氣催促道，光子雖然不高興地嘟嚷著「誰要擺那麼奇怪的雛人形！」但還是乖乖跟著杉江來到祖母房間。阿筆住在以走廊和主屋相連的小屋二樓。十個榻榻米大的房間門上有尾形光琳[9]的畫作，只有左手邊向南的窗戶有窗臺，或許是因為這樣吧，每到下午陽光的方向改變後，整個房間就變得十分陰暗，加上門楣下沉，地板發出異樣的光芒，屋裡所有物體的形狀顯得特別明顯，原本瘦弱的阿筆因此顯得更瘦小，看起來好像是奇特的盆景或未經雕琢的木頭娃娃。

但是在擺上雛人形之後，紅白分明的雪洞、燈火長長的火光，使得阿筆四周洋溢著一種有別於平常的鬼氣，那應該不只是因為紅毛毯的反射燈光所致，紅白兩色的火光正好照在阿筆的額頭，使得她的臉變成兩種顏色，額頭下方紅嫩得像嬰兒的皮膚，額頭到髮際之間是微弱的白光光影，再往上則是一片如硫磺海般的白髮。

不過光這麼說好像是我刻意在塑造她的長相，假如以色彩來對照的話，阿筆就是芝居繪[10]中的岩藤，若以山姥[11]來比喻的話，則是關之山了。如果將她臉上的線條獨立來看的話，出現的會是人類最為醜陋的長相。假使有人因為半生的罪孽深重，即使死也無法贖罪的話，這個人應該就是阿筆了。她的眉毛虛偽有如人工假眉，鼻

8　西洋鏡為古代的娛樂器材，在暗箱中裝入畫片，運用光學原理，以箱上的放大鏡來窺視箱中的圖畫。因最初多置入西洋畫，故稱西洋鏡。

9　尾形光琳，日本江戶時代的男性畫家、工藝美術家，琳派之祖。

10　芝居繪乃以歌舞伎為題材的一種浮世繪。

11　山姥為日本傳說棲息在深山中的女妖，化身為美麗的婦人，提供旅人寢食，在旅人就寢後遂將其吞食。

孔微張略顯扁平看來就像男人的生殖器，彷彿在訴說她一生的業障，除此之外，她整個人的氣色有如壽命將近一般，牙齒掉得一顆不剩，只要一閉上嘴巴，雙唇就會往上翹，眼窩深陷，整張臉好像折疊好的燈籠，而折縫處正好是鼻翼，和鼻梁的形狀恰恰相互呼應形成一個可笑的圖形，就好像在阿筆的臉上刻印上永世不滅的嘲笑一般，之所以這麼說，是因為在她滿臉皺紋中還留有一個有趣的形狀。阿筆的身高逐年萎縮，如今就像七、八歲的小孩，但尾彥樓的人因為看慣她那有如妖怪般的長相，所以也就不足為奇了。此時，房門打開了，站在門口的光子戰戰兢兢地向阿筆問安，一邊卻忍不住抓緊站在身後的杉江衣帶。阿筆起身走近雛人形階梯，試圖將雪洞的燈火弄得旺些，她半張嘴正好面對赤紅的火光，嘴裡發紫的牙齦在火光的照耀下紅得有些發黑，看起來就像鐵漿一般，喉嚨深處更像含了一口血似的。光子這孩子從小就無法分辨童話故事和現實世界的差別，平常又因為看多了戲劇和圖畫，所以一發生什麼事，就會沉浸在自己的世界胡思亂想。因此當她看見阿筆下半身蓋著紅毛毯時，大概以為她下面也穿著紅褲子吧！突然間她全身有如被官女的怨靈附身般杏眼圓睜，那一瞬間光子恐怕已經無法區分什麼是幻象什麼是現實了！

然而阿筆一反平常的冷漠，熱情地招呼兩人進屋，衝擊光子幼小心靈的惡夢不斷在眼前出現，無論這個老藝妓每年如何以反常的方式慶祝女兒節，也不管兩人對她的行徑多麼不明就裡，都絕非光子想像得到的事。

傾城釘拔香與老藝妓眺望觀景纜車

阿筆房中的雛人形階梯的擺放位置並無不同，只是每個玩偶，比方說官女的檜扇上綁有墜子，五人樂隊的小太鼓換成皮製的菸盒，阿筆將往日恩客送的禮物一一排放在所有玩偶旁邊。但是，最讓杉江意外的是擺放在最上面的內裡雛人形，女娃娃的手上抱著一個將白色玳瑁雕刻成紅色鐮刀形狀的長髮簪，杉江若無其事地問阿筆說：

「老夫人！這個髮簪應該是花魁們梳兵庫髻[12]時用的東西吧！這該不會是女恩客送的吧……」

因為阿筆向來對杉江頗有好感，一聽到問題便興致勃勃地解答，她張開糾結成團的嘴巴，使得整張臉變得更長，像風箱似地喘著氣答道：

「不！其實這是我的東西。這個白髮簪雖然是我當紅時期的紀念品，不過在玉屋八代太夫當中能戴上它的可沒有幾個人，這是因為還有這樣的習慣……」她輕輕吸了一口菸，把菸管放在一邊繼續說：

「妳看！這髮簪的形狀並不是一般所見的耳掏狀，而是紅色的卍字鐮刀狀，這是和我同

12　兵庫髻這種髮式早在室町時期就已經存在了，當時深受女歌舞伎和游女們的歡迎，然而正規的上層社會卻對此不屑一顧。後來這種髮型在江戶時代開始盛行。

輩的小式部家的家徽，應該是官差調職那一年八朔[13]的紋日，三分以上的八名花魁必須致贈官員白色髮簪，不過我之所以一直保留它，其實背後還有個悲慘的故事。這妳們大概不知道，我得先解釋什麼是所謂的『釘拔』。」

阿筆口中所說的「釘拔」正好代表了肉慾世界的另一面，有時如同鬼火從中升起，有時又好像馬戲團的練習場一般神祕。藝妓在無邊無盡的苦海中時有起伏，經常會覺得自己有如行屍走肉置身在滾滾浪濤中，在海浪捲起之前完全動彈不得、痛苦萬分。這其實是一種職業倦怠，這個時候對接客一事自然提不起勁，營業狀況當然就受影響，藝妓戶的老闆於是想出了一種號稱「釘拔」以提振手下藝妓工作情緒的方法，進行的方式雖然有好幾種，不過最大的機械化處罰工具就在玉屋之中。

這樣的處罰方式應該起源於荷蘭人帶來的宗教法庭或瑪麗亞．特蕾西亞皇后[14]時代的刑具，總而言之大概就像一具大型的風車。首先先將身上只圍了兩塊布遮住重點部位的藝妓綁在其中一面扇葉上，之後開始緩慢旋轉，速度大約維持在藝妓不至暈眩的程度，然後分成兩種情況，如果是她趁客人睡覺時偷走客人的財物，或是與未經安排的客人過從甚密，就會在藝妓轉至正常位置，也就是頭上腳下時棒打她的背部，藝妓當然是疼痛難耐，但如果只是單純提振工作情緒的話，處罰的人會趁著藝妓頭下腳上意識模糊不清時加以擊打，這麼一來受罰的藝妓只會感覺有點疼痛，由於身體馬上就恢復正常姿勢，所以疼痛的感覺會隨著血液快速往腳下流去而形成一種無法言喻的快感。這其實也如同地獄般的色情行業中，最為深刻熾熱的感覺。在經過這般被虐訓練後，藝妓們不只士氣大振，產生的強烈「後座力」恐怕也在大家的預料之中了！

玉屋請了一位名叫豐妻可遊的醫師負責執行「釘拔」處罰，地點就設在玉屋的二樓，在大風車的上下兩端，也就是天花板與地板正對藝妓頭部的位置各開了兩扇窗，地板上的那扇窗正好就在樓梯間，差不多就是現在的天窗，天花板上的窗子鑲了一面鏡子，從這些小地方可以看出他們為了催情所做的設計。阿筆的朋友小式部即將迎接再一次的處罰，阿筆在結束長篇大論的前言之後，終於開始描述當時的情形。

「那天輪到小式部接受『釘拔』處罰，在那之前她抓住我說她有點不舒服，我要她與其畏縮害怕不如坦然面對，奇怪的是她每次在接受『釘拔』這種痛苦之前，總顯得有些興高采烈，那是因為豐妻可遊是出了名的美男子，不只是在玉屋，就連整個花街柳巷都知道他這號人物，從四郎兵衛的會所到秋葉先生的常夜燈，沒有一個花魁不對他心動的，這些往事多說無益，當時豐妻可遊將自己打扮得庸俗粗獷。小式部將兩眼眼圈塗紅，原本最在乎雙鬢細毛的她，不知不覺中卻愈留愈長，這是因為豐妻可遊

13　「八朔」原本是「舊曆八月一日」的習俗，但現在已經固定於「新曆八月一日」舉行。在「八朔」這一天，京都市東山區祇園一帶的舞妓和藝妓們會前往「茶屋」及「師匠」的家，感謝他們平日的關照與指導。

14　瑪麗亞·特蕾西亞(Maria Theresia)，一七一七～一七八〇，哈布斯堡君主國史上唯一女性統治者，統治範圍橫跨奧地利、匈牙利王國、克羅埃西亞、波希米亞等地。

也讓她神魂顛倒了。只要是男人，對小式部渾圓豐滿的肉體根本毫無招架之力。」

就連阿筆也說得臉紅氣喘的，她說著說著突然停下來無奈嘆了口氣。之後看了兩個人好一會兒，才動了動眼角的皺紋低聲說：

「不過杉江啊……人活著，下一秒會發生什麼事情誰也不知道！也難怪在『釘拔』開始沒多久，風車停止轉動之後，還是沒有看見兩個人出現，那是因為他們殉情了。事後我膽戰心驚地跑到風車的暗處看個究竟。這我得好好說明一下，當時小式部是倒吊在風車扇葉上，就好像是時針指在六點的位置，風車在轉了半圈之後，血液會流到眼睛因此影響視力，此時執行『釘拔』的人會在小式部身上打一下，之後她又會回到正常的位置，感覺上身體裡所有不好的血液都已經流出，就好像天亮了一樣。但小式部的脖子卻纏了好幾圈繩子，身體裡的瘀血彷彿都堆積在脖子的兩側，紅腫得像一條條蚯蚓。不可思議的是她臉上竟沒有任何痛苦表情，好像是歌舞的菩薩一般，遭到勒頸竟然毫無痛苦，而豐妻可遊就躺在距離小式部兩、三尺以外的地方，左胸遭鐮刀刺入，因為胸口和咽喉之間竄出兩道血流，從遠處看有如身首異處一般。當時的情形就連個性向來堅強的我，也誤以為是有人殺了豐妻可遊，我完全不敢相信會發生如此悲慘的事，所以直到今天，我只要一看到河豚肉就會想起小式部白皙的身軀，但並沒有悲慘的感覺，小式部雖然愛美，就連被人勒死也沒有在臉上留下任何醜陋的表情，皮膚還是一樣晶瑩剔透，甚至讓人以為在她皮膚下流動的也是同樣清澄的血液，因為她實在太美了，我忍不住按了按她的手臂，結果在凹陷處的四周細如孑孓般的血管若隱若現，那種感覺就好像大風車快速旋轉一般。」

阿筆的表情愈來愈激動，不由得讓人覺得她的故事背後似乎有著不可告人的祕密，杉江覺得眼前異樣的情景有如圖畫般地美，突然想起了某件事讓她忍不住伸手將光子拉到自己身邊。

「這讓我感覺好像在看錦繪[15]或是羽子板[16]上的壓畫，上面是老夫人和小式部，但如果兩個人的髮簪顏色一樣的話，小式部自然稍嫌遜色了。對了！她可以戴玳瑁做的，上面再浮雕上黑牡丹……，老夫人！我對妳剛才說的話有點疑問，風車旋轉的速度不是和平常一樣慢嗎？」杉江平靜問道，一旁的阿筆眨了眨朦朧的眼答道：

「杉江啊！這也是我搞不懂的地方，後來有個叫由香里的見習生說當時她正位於進行『釘拔』的二樓看書，聽見小式部痛苦哀求說：『可遊先生！你轉那麼快！我頭好暈啊！快停下來！停下來！』所以看樣子應該是可遊強迫小式部和他殉情，一想到這裡就更讓我毛骨悚然，因為由香里還說當時她聽見風車轉動的聲音，和往常一樣緩慢。事情都經過六十年了，就算那次殉情事件是經過兩人的同意，但當時小式部一本正經的表情和風車的

15　錦繪為多色印刷的浮世繪版畫。

16　羽子板是一種長方形帶柄的板，一般在日本過年時玩球類遊戲時所使用。玩法類似以大的乒乓球拍來打羽毛球。

聲音，我至今都無法忘懷。」

就這樣，那年的女兒節因為可遊和小式部的殉情故事悲慘結束，光子緊緊依偎在杉江懷裡走下樓，隨著時間流逝，眾人已淡忘此事。這一天上野即將舉辦一場大型博覽會，當時和今天不同，視野相當遼闊，即使從低矮的入谷田圃也能清楚看見盛大壯觀的博覽會。櫻花樹梢有如浮雲，寬永寺[17]的銅板屋頂如積木般前後重疊，更遠處則有仿伊斯蘭的尖銳塔頂，和西印度式的五輪塔競相爭高，好比哼哈二將直入雲霄的是日本第一輛大型觀景纜車。

當天傍晚，杉江準備關上雨窗時，瞄了斜前方的別屋一眼，突然看到一幕出人意料的情景，讓她不由得著迷其中。但那絕非幻覺，更不是因為遠處的異國景致造成的錯覺。她看到的是非常強烈的色彩，感覺上就好像是繪製面子[18]畫或繪草紙[19]的低劣石版畫具，突然從眼前消失似的。向來因為討厭夜裡濕冷空氣，所以一過四點就會關上雨窗的阿筆，當天不知為何竟然大開門戶，而且還把鋪蓋搬到窗臺邊坐下，這或許沒什麼大不了，真正讓人不解的是她竟然身穿當藝妓時的和服。一個年過八十滿臉皺紋的老女人，竟然穿著深紫色以金線繡有曉雨傘的太夫服飾，還露出衣領的衣紋，讓看的人完全感覺不出什麼美感或協調與否，只覺得好像看到醜陋的地獄圖畫或是玩得過火的塗鴉，但是等到心情稍微冷靜之後，杉江注意到阿筆屏氣凝神正在看的東西。她和平常一樣噘著嘴，整張嘴幾乎落在臉的中央，眼睛裡閃爍著異樣的光芒，她的眼神飛越西邊的天空，投射在高出寬永寺森林一半，分成兩半的大型觀景纜車。

老藝妓包下觀景纜車與觀景纜車之倒立

就算這一切都是出現在畫中的景象，與其說遠方的大型觀景纜車壯觀豪華引人入勝，倒不如說身穿華麗藝妓服飾卻年老色衰、滿臉皺紋的老藝妓目不轉睛注視遠方的樣子更讓人好奇吧！專心眺望遠方的阿筆怪異的模樣讓人不知該覺得恐怖還是滑稽，這樣的她突然產生一股超越人類界限的不可思議力量，但同時也讓人搞不清楚這股莫名的魔力究竟是不是來自西邊那座觀景纜車。就在這些紛擾情緒不斷在心中翻滾的同時，遠方的觀景纜車和目不轉睛的阿筆，都融入一片模糊不清的混淆之中。或許是因為阿筆的動作，杉江也注意到觀景纜車的細部構造。

雖然並沒有詳細敘述的必要，但觀景纜車的巨大車輪直徑大約有十多尺，由從軸心向外呈輻射狀排列的支柱構成，四周吊掛了許多像早期客車的包廂，隨著緩慢地旋轉，遊客可以一覽無遺地眺望眼前景色。包廂當中只有一個被漆成紅色，那是最高級的包廂。

17　寬永寺位於日本東京都台東區的上野，為天台宗關東總本山的所在地，主要供奉藥師如來。

18　面子是一種在厚紙板的一面或雙面繪上圖案的卡牌，為日本傳統童玩。

19　繪草紙乃江戶時代出版、帶有插畫的大眾讀物。

杉江雖然知道阿筆凝視的就是這個紅色包廂，但她並沒有停止奇怪的舉動，她這個怪癖已經不只是詭異了，而是好像在凝視凹凸不平的鏡面一般，給人一種煩躁不安的感覺。阿筆的身體日益消瘦，全身長滿了黑色的浮腫斑點，鼻梁和眼睛似乎也預告了不祥的預兆，催促自己必須分秒必爭。光子當然害怕得連靠近都不敢靠近，杉江則想盡辦法希望阿筆停止這樣偏執的行為，最後也惹得阿筆惡言相向，只有打退堂鼓了。到了第四天，阿筆將杉江叫來二樓，要她幫忙包下那間最高級的紅色包廂，還外加一個條件，正因為這樣讓她有難言之隱，感覺上她似乎就是為了這件事而留著最後一口氣。

「總之，在我死前一定會把理由告訴妳的，要妳這麼做大概很為難吧，不過請妳務必想辦法，觀景纜車上不是有個紅色包廂嗎？每天四點停止營業後，那節包廂都會停在最下面，隱身在寬永寺的森林裡，在博覽會結束之前我要包下它，然後妳告訴他們一定要讓它停在最上面。」阿筆不知為了什麼原因突然做出這樣的要求，杉江雖然很想問清楚緣由，卻只能應允阿筆會依照交代辦事。在接下阿筆轉交費用的同時，杉江心生滿腹疑問，但光看阿筆對紅色包廂的堅持，就足以讓杉江看出某些端倪。為什麼紅色包廂不能被擺在最下方呢？還有那個插在阿筆太夫頭上的髮簪形狀為什麼和觀景纜車神似呢？

第二天，阿筆包下高級包廂的事立刻成為大家的話題，報紙甚至還將此事和栗生武右衛門[20]包下義大利馬戲團一事相提並論，批評尾彥樓的阿筆一擲千金的作風似乎有些不合時宜。不久之後終於快到下午四點，觀景纜車停止營業的時間，這個大車輪真的會如阿筆所想的將紅色包廂停在最上方嗎？事情果然如阿筆要求一般，紅色包廂出現在天空中。

「對了！就是這樣沒錯！這件事辦得太好了，不過妳確定交代過他們在博覽會結束前都必須維持這樣對吧！只要紅色包廂被擺在下面一次的話，我可是不會善罷甘休的。」

阿筆有氣無力地說著，完全失去了往日神氣活現的風采，整個人像換了個人似的，感覺上就好像那個身穿華服欣賞觀景纜車的阿筆已經死了似的，只剩下氣若遊絲的她支配著如行屍走肉般的身軀。從那天之後她就不再坐在窗臺上，再度恢復以往的生活習慣。但如果有人仔細觀察杉江的表情，應該會發現她臉上激動的神情。她雙手搭在雨窗上眺望遠方，觀景纜車的四周飄著幾朵染紅的浮雲，看來有如人工的日出布景。關鍵的紅色包廂果真如預期高掛天空，阿筆從今晚起應該可以夜夜好眠了，但對杉江來說卻好像看見魔法般的月光。

她拉上雨窗關上玻璃窗後下樓去，卻沒有回主屋，而是來到別屋前院的楓樹旁全神貫注地聆聽，兩、三分鐘之後，從二樓阿筆的房間傳來尖叫聲，那一瞬間杉江嚇得幾乎崩潰而全身發抖，但不久之後她恢復平靜，在她回到主屋廊簷下時，心情已經和平常沒什麼兩樣了。一星期後，家僕送飯到阿筆房間時發現她已經死亡了，死因明顯是因為心臟麻痺，阿筆的一

20　粟生武右衛門，一八五三～一九三六，企業家，和歌山縣人。

生就這樣匆匆結束了。

「老師！祖母那天應該是很放心了！為什麼會突然發病呢？」在喪禮結束白色的牌位換成豪華的大紅色時，光子站在杉江身邊看著佛壇裡的牌位問道。

「其實是這樣的，雖然妳還小，無法了解其中原因，但是如果一直心存疑問可能會對妳造成負面影響，所以我決定把事情真相告訴妳。」

杉江的表情異常嚴肅，她將光子拉到面前說：

「老實說是我帶妳祖母走上黃泉之路的，或許應該說是那座大型觀景纜車害她一命嗚呼的！不！最主要的原因應該是那個紅色包廂，當妳祖母知道事情已經如她所想的進行時，她就放心地進入屋內，但沒想到才一會兒工夫，那個紅色包廂竟然變成妳祖母最討厭的顏色，這點我還沒有教過妳，所有的顏色在四周的光線變暗之後都會跟著改變，白色會變成黃色，紅色會變成黑色，觀景纜車在太陽下山之後，在夕陽餘暉的照耀下就會變成黑色，銀色的支柱也會跟著變黃，整個形狀就像一根黑頭的髮簪高聳在天空中，但光是這樣還不至於讓妳祖母嚇得心臟病發，光子！其實是我讓那座觀景纜車倒過來的。」

「老師！這是為什麼呢？這簡直就像童話故事……」光子搖搖頭喘著氣說。

杉江用指甲將光子衣領上的污垢拿掉之後，說道：

「不！那其實是我設計的幻覺，妳知道二樓的雨窗上有個洞吧！所以必須在上面裝個玻璃窗，從那裡照進屋裡的影子自然會顛倒，映照在拉窗上的纜車影像自然會變成黑頭髮簪。也就是說原本倒立的影像變成直立，所以妳祖母才會以為上野的紅色纜車包廂被擺在上面，但是平常因為楓葉的關係，光線無法照進雨窗，要想讓她看到倒立的影像，必須讓楓樹往一旁傾斜才行。光子！妳知道妳祖母為什麼那麼害怕朝下的黑頭髮簪嗎？」

由此可知，阿筆之所以猝死，是因為看見了朝下擺放的黑頭髮簪，驚嚇過度所致，但是為什麼倒立的黑頭髮簪會對阿筆造成如此大的衝擊呢？或許她早就不記得那個髮簪了，只是因為以前在玉屋的刑房時，小式部曾經戴過這樣的髮簪？杉江不斷回想六十年前發生的事，果然發現其中隱藏了驚人的祕密。

「那個黑色髮簪的形狀應該和小式部死時戴的一模一樣，當時妳祖母梳著立兵庫髻，戴的是紅頭的白玳瑁髮簪，而她狡猾的計謀呢……利用的其實就是我剛才所說的顏色變化，當時顏色的變化並不是出現在四周，而是出現在小式部的眼睛裡，那是因為經過多次旋轉之後，視覺會開始產生混亂，變得愈來愈模糊，妳祖母就在風車下方的玻璃窗內側塗上薄薄的一層銀沙，之後再將自己的髮簪拿到窗邊。被塗上銀沙的玻璃窗，雖然從另一邊還是可以看見塗了銀沙那邊的東西，不過從塗了銀沙的玻璃這邊卻看不見另一邊的東西。就是因為這樣，被倒吊的小式部因為視線模糊，所以才會把玻璃窗下妳祖母的紅頭白玳瑁髮簪看成是自己的黑頭真玳瑁髮簪，在旋轉半圈之後，又在天花板上的鏡子裡看見一模一樣的東西，所以她才會覺得旋轉的速度太快因而感到暈眩。妳祖母於是趁機拿著鐮刀從背後刺死可遊先生，之後再勒死已經昏迷不省人事的小式部，這一切當然都是因為妳祖母嫉妒他們兩人過從甚密，所以她才會那麼害怕黑色髮簪。」杉江說完嘆了口氣，發瘋似地抱住光子，充滿血絲的雙眼上吊，痛苦哀號說：

「可是……小姐！現在仔細一想，我也不知道當時的自己既無怨恨，也不是賭氣，更不覺得義憤填膺，但是為什麼會做出這樣的事呢？大概是一時的鬼迷心竅，也或許是因為觀景纜車不可思議的魔力控制了我。當我藉由觀景纜車推測出當時在『釘拔』現場發生的事情時，我不忍心妳祖母繼續為了這件事倍受折磨，所以才會做出這樣的安排。光子！這不就是所謂的安樂死嗎？無論老天爺是否接受，也應該會原諒我做的事吧！可怕的因果循環，黑頭髮簪是妳祖母一手安排的凶器，最後她自己卻也死在這黑頭髮簪之下。明天我們就去坐坐觀景纜車，到那節紅色的包廂看看吧！我們在那個紅頭髮簪裡，把妳祖母和小式部的事全拋到九霄雲外吧！」

備忘錄

日本驚悚短篇小說精選

魔像

附紀念藏書票

日本驚悚短篇小說精選：魔像 / 蘭郁二郎等著；銀色快手等譯.
-- 初版. -- 臺北市：笛藤, 2020.07
面； 公分
ISBN 978-957-710-791-6(平裝)

861.57 109010234

定價320元 2020年7月31日 初版第1刷

著者 蘭郁二郎 等
譯者 銀色快手・王詩怡・陳柏瑤・孫玉珍
總編輯 賴巧凌
編輯 陳亭安
封面設計 王舒玗
內頁設計 王舒玗
編輯企畫 笛藤出版
發行所 八方出版股份有限公司
發行人 林建仲
地址 台北市中山區長安東路二段171號3樓3室
電話 (02)2777-3682
傳真 (02)2777-3672
總經銷 聯合發行股份有限公司
地址 新北市新店區寶橋路235巷6弄6號2樓
電話 (02)2917-8022・(02)2917-8042
製版廠 造極彩色印刷製版股份有限公司
地址 新北市中和區中山路二段380巷7號1樓
電話 (02)2240-0333・(02)2248-3904
印刷廠 皇甫彩藝印刷股份有限公司
地址 新北市中和區中正路988巷10號
電話 (02) 3234-5871
郵撥帳戶 八方出版股份有限公司
郵撥帳號 19809050